U0910523

王大进——著

图书在版编目（CIP）数据

漂亮的疤痕 / 王大进著 . —北京 : 中国书籍出版社 , 2018.1
ISBN 978-7-5068-6675-0

Ⅰ . ①漂… Ⅱ . ①王… Ⅲ . ①中篇小说—小说集—中国—当代
②短篇小说—小说集—中国—当代 Ⅳ . ① I247.7

中国版本图书馆 CIP 数据核字（2018）第 022423 号

漂亮的疤痕

王大进 著

图书策划 牛 超 崔付建
责任编辑 成晓春
责任印制 孙马飞 马 芝
出版发行 中国书籍出版社
地 址 北京市丰台区三路居路 97 号（邮编：100073）
电 话 （010）52257143（总编室）（010）52257140（发行部）
电子邮箱 eo@chinabp.com.cn
经 销 全国新华书店
印 刷 三河市华东印刷有限公司
开 本 650 毫米 ×940 毫米 1/16
字 数 304 千字
印 张 19
版 次 2018 年 4 月第 1 版 2021年 1 月第 2 次印刷
书 号 ISBN 978-7-5068-6675-0
定 价 58.00 元

目录

大　厨

厨师和食客是什么关系呢?

他觉得多少有些像导演和演员的关系。厨师永远是在幕后的,食客却是一直在前台。但是不同的是导演和演员其实是经常见面的,而他和食客之间却总是隔着一堵墙的。食客们不知道为他们烹饪的是谁,他也不知道那些食客是谁。当然,偶尔老板也会让他与客人去喝一杯,但那一定是非常尊贵的客人。比如说,眼前的这位邓总。

邓总坐在那张宽大的桌子上,在很认真地用餐。他的菜肴其实很简单,就是三菜一汤。汤是固定的,他喜欢吃他做的那种口蘑荠菜汤。另外他最喜欢吃的,就是豆豉烧鲫鱼。鲫鱼是市场上到处可见的那种,豆豉却是赵师傅自己做的。正由于豆豉是他自作的,烧出来的鱼才最对邓总心里的味。也正是两年前他吃过了他的这道豆豉烧鱼,他才受到了邓总的召见。那时候赵师傅是在凤凰台酒楼里当大厨，已经干了有两年多了。在此之前，他已经干过好几个宾馆酒楼了。——无论到哪，他都是主厨。他是一块招牌。在同行中，他还是有相当的知名度的。他参加过一些比赛，获得过名次。而且，最关键的是他有一些独门的手艺。到了这里，他以为自己短时间里再也不会跳槽了。这里的老板对他不错，工钱比原来的要高四成。当他被叫到贵宾厅看到邓总时，并不知道自己以后的一生会和这个男人联系上。他当时都没注意到在场的有什么人，只知道邓总是坐在桌子的正中间，光脑门，特别的亮。他笑吟吟地举起了一杯酒，大声地说："师傅你辛苦了，这些菜做得不错。"赵师傅记得那天晚上有几道菜是他亲自做的，除了那道豆豉烧鲫鱼，还有佛手卷、蚝油鲍片、鸡茸煨海参、文思豆腐、清炒蒲菜。众客人也都称赞他的手艺好。赵师傅不敢怠慢，赶紧把那杯酒喝了。好酒！但他立即就感觉上了脸。他是一个不善喝酒的人，更谈不上酒量了。"你的这道豆豉鱼做得好，和我小时候吃过的感觉一样。"他说。

"我是用老法子做的。"赵师傅赔笑着说，"豆豉是我自己做的。"

"难怪，好！"邓总说，"你是个真正的大厨师。"

"我要聘你当大厨。"邓总说。

赵师傅当时并没有把他的这句话往心里记。事实上，那一阵子他正经历着人生里的最低谷。他和原来的单位彻底脱离了关系（这倒是无所谓的，他早就把自己视作一个自由人了），父亲去世了，妻子和他解除了婚姻关系，顺带把儿子也带走了。赵师傅不知道妻子为什么那样坚决要和他离婚，她其实是个很一般的女人，黄头发，单皮寡脸的。她在一个文具商场里，几乎就是半失业了，一年也领不了三五个月的工资。但就是这样的一个人，却非要和他离

婚。就在他回老家为父亲料理后事时，她还是又一次提出了。赵师傅感觉累了，烦了，觉得这样拖下去没什么意思，也就同意了。

他把一切都留给了她。

单身一人的赵师傅，似乎就只有挣钱的乐趣了。其实挣钱也不是乐趣，因为他平时几乎不怎么花钱。钱对他没有什么太重要的意义。所以，当邓老板对他说要高薪聘请他时，心里并没有出现意外的激动。他喜欢那个饭店，因为老板对他没有太高的要求。他并不知道老板之所以对他没有特别的要求，是因为那个饭店已经被邓老板吃下了。而邓老板吃下它，并不是看中它的兴旺，而是要把它拆掉。他需要那个地方。那个地方处于一个繁华地段上，他要把那里的一大块地方都拆了，然后盖两座“双子塔”。

两年后，在这个城市的西城区最繁华的主干道上，真的就竖起了两座很高的建筑。它们全身披满了银色的幕墙，楼顶尖尖的，直刺天空。尤其是在天气晴朗的日子里，它们通体发着明亮的光芒，就像是两根高大的水晶柱。赵师傅就在其中的一根水晶柱里，——“双子塔”里的 B 座。大厦里都是各式各样的公司，每天吞吐着许多骄傲的年轻白领，男男女女的。然而，从外表上看很少有人知道在这幢大楼的里面，至少有十层都是不对外的。这十层，完全是属于邓老板的私人会所。里面有豪华的高级客房，有酒吧，有健身馆，有电影厅，还有画廊。赵师傅在这里也有自己的房间，就像是一个酒店里的常客。房间里有中央空调，有彩电，还有独立的卫生间。他都从来没有过这样好的待遇。很快，他感觉自己长胖了不少。

这待遇好得让他在心里有了一种担忧。

他怕自己做得不够好，不免小心翼翼，如履薄冰。是的，这个时候导演和演员的关系就被倒置了。邓总吃得很放松，他在一边却显得紧张。他紧盯着邓总额角上的那块斑，有一块铜钱那样大，呈现着红葡萄酒的颜色。那块斑非常醒目，也显得他格外地与众不同。奇人是有异相的，他想。

只要邓总在这里吃饭，他就在一边看着。他需要邓总说话。但是，邓总却有时说话，有时不说话。说话，也未必是和菜肴有关；不说话，也未必就和菜肴无关。说话不说话，全在于他当时的心境。

邓总吃完了，赵师傅才会松一口气。然后，有人会来收走他的餐具，赵师傅也才能回到他自己的房间去。

对赵师傅来说，邓总既很近，又很远。

说近，那就是他必须随时负责他的吃饭问题。不管是对有钱人还是穷人，吃饭从来就是个问题。而且，有钱人的吃饭问题的重要性一点也不比穷人的差。邓总说他其实吃饭很简单，早晨有时就喝一杯牛奶，或者不吃。中午不过三菜一汤。然而，谁是雇佣私人厨师来做这三菜一汤的呢?

说远，那其实才是最最本质的。邓总就是邓总，即便是在这个大城市里，也是数一数二的人物。报纸上、电视里，经常有他的消息。没有人说得清，邓总有多少个亿的资产。也许连他自己都不知道，因为他的产业里有他自己的，也有别人合伙的，甚至还有银行的。他在全国各地都有投资，因此，钱对他而言也就是一个概念而已。

邓总很忙，赵师傅其实很难看到他。有时，甚至是一两个月都见不到他。他要经常到外地出差，或者出国。当然，即使是在本市，他也并不能经常见到他。赵师傅知道，自己其实就和这里的许

多服务员一样，都是在最底层的。在这个问题上，赵师傅是有自知之明的。当然，比那些年轻的女服务员要稍好一些，自己毕竟是有手艺的。然而，现在他的手艺变得非常简单了，大部分时间他都无事可干。需要他做饭的时候，会有人通知他（实在闲得慌了，他也可以到 A 楼那边的一个食堂去，闲逛一番，有时也为别的厨师支一些招。当然，那里的厨师严格地说，是不能被称作厨师的。要是在大酒楼，他们连给他当副厨的资格都没有）。他做饭的地方和那边公司的食堂是分开的。他是独立的工作间。而他的房间和他的工作间要穿过一条长长的走廊。但他活动的范围有限，很多地方他进不去。

他是个知道规矩的人。

既然他是一个手艺人，他有时就忍不住想：现在的样子，是不是一种浪费？他应该是在酒店里忙碌，忙个不停。然后每月去领一笔工资。他的工资明显高出别人一大截，这让他有一种满足感。当然，到了这里后，他的工资又要远远的高于过去。他现在一个月的，相当过去半年的。而且，轻松多了。过去认识他的人都很羡慕他，说他发达了，遇上了贵人。他相信离婚的妻子，肯定也知道他现在的状况。她会后悔吗？应该不会，他想。事实上在此之前，他的收入就很不错了。他把他的钱，每月都寄回去。现在，他再也无处可寄了。他只能把钱存进银行。但是，他真的觉得钱不重要，尤其是和他眼前看到的那些人比。

也有人羡慕他的，比如负责他所住那层楼面打扫的小秦。小秦是从农村来的，在这里才干了不到一年。这里是她找到的第一份工作，因此她是格外地看重。和别的姑娘不同，她是个看上去很本份的姑娘，胆很小。这里有一些姑娘，表面上看都还不错，但事实上背地里是很疯的。具体如何疯了，他也并不太清楚。因为有着这样的对比，他就有点喜欢她。赵师傅想，她也就比自己的儿子大几岁的样子，可是明显懂事多了。她的工资只有他的零头。在内心里，她对钱充满了渴望。后来时间长了，他才知道她的一点情况，她的家境不太好。她很需要钱，帮她的一个弟弟治病。她的弟弟比她小很多，据说才九岁多一点。赵师傅想帮她，但他又觉得这样不太好。所以，话到嘴边也终于没有说。

作为邓总的私人御用厨师，赵师傅却不是在邓总家里做饭。当然，这也好理解，邓总很少在家里吃饭。他只去过他们家一次，是在一个郊外有山有水的地方，一幢独立的三层别墅。楼下是地下车库和储物间，不远处则是一个游泳池。而别墅四周环绕着很大的一块花园，花园里绿草如茵。他家里有两个孩子，都是男孩。说到男孩，邓总似乎是有些遗憾的。他很想要一个女儿，娇滴滴的，让他来好好地宠爱。他的妻子是个高个子女人，似乎比他要高一头。她看上去很冷峻，也很内向。赵师傅在这个家里，为他们做了一顿晚宴，内容是为了庆贺邓总夫人的生日。那天赵师傅使出了看家的本领，做了一桌非常丰盛的菜肴，像佛手卷、冬笋爆炒鸡、山参蒸鼋鱼、水晶丸子，等等。然而，除了那两个男孩子大快朵颐外，邓总的夫人并没有表现出特别的高兴。

高兴的还是邓总的那些朋友们。有好几次，邓总在他个人的餐厅里举办了晚宴。来的自然都是邓总的朋友，有男有女。不用说，这些人全是在这个城市里有相当身份的人。男的都是腰缠万贯，或者是有着巨大权力的人，女的都是粉黛佳丽，一个个光彩照人，香艳无比。他们都是来品尝赵师傅的手艺的。为了准备好这顿晚宴，赵师傅要提前一个星期做准备，他先要计划好菜单，请邓总过目。

当然，邓总对他是充分信任，完全放手让他做主。他对他只有一个要求，就是必须与众不同，必须要有他的特色，或者说，是“邓总”的特色。因为，他是他的私人大厨师。既然是“御用厨师”，就得有“御用”的水平，赵师傅就得在“新、奇、鲜”上下功夫。

赵师傅很用心。他知道平日里闲惯了，这个时候就要显出自己的本领，所谓“养兵千日，用兵一时”。他知道，他必须要自创一两道菜肴。自创，当然就得有真功夫。此外，他还需要做两道邓总小时候吃过的美味，——其实现在看来稀松平常。究其根本，就是掺杂了他少年时的感情。他要努力地做出那种“原味”来，还要让别的客人喜欢。另外，他还得再找两个副厨。副厨不难找，但也得有一定的经验。此外，他要给人开列需要进货的清单，然后对购进的材料还要细心地挑选。材料的选择，有时对菜肴的质量会起到决定性的作用。有一些材料，必须提前两三天就开始熬制高汤。他是绝对不用味精的。因为，高汤的鲜美就显得相当的重要了。

晚宴就像邓总希望的那样，非常地开心。客人们都表现出很满意的样子。他们吃惯了豪华大酒楼里的菜肴，再来品尝赵师傅这样的手艺，自然有一种特别的感受。

赵师傅心里也是高兴的，觉得自己这样也算是对得起邓总了。否则，他心里会很不安。他注意到，邓总的夫人并没有参加，在他身边的倒是另一个年轻美丽的女人。他感觉那个年轻女人很眼熟，是明星或者电视主持人？或者就是模特。总之，他感觉是在电视上看到过的。当然，也不能排除他是一种胡乱想象。人的记忆有时候会自己骗自己的，他想。那个女人年轻，比邓总的夫人漂亮多了。看上去，她更像是邓总的女儿。当然，他们的关系比这样的关系要简单得多。至少，对他们双方而言，可以用钱来衡量的关系一定是

最简单的关系。也许，这里的人都可以用钱来衡量，他想。当然，也包括了他自己。

晚宴上，不断有高潮被掀起，热闹极了！但是，已经无关菜肴了。男男女女都表现得很兴奋，满脸通红。赵师傅这个时候，既不是导演，也不是演员。他是一个观众，一个无足轻重的观众，没人介意他的存在。在别人的热闹里，他充分地感受到了寂寞。别人越是热闹，他也就越寂寞。

这是一场富人的聚会。

外面，夜色浓重，没人知道这里的一切。表面上看，人们总是以为社会是一体的，而事实可能正好相反。对，其实这个社会正像是一只球，但球的两侧却永远也对不上边，贴不到一块。不管这只球是如何的转动，它们也不在一个平面上。都是后半夜了，他们还在狂欢。当然，宴席已经撤了，但他们还在喝酒，品尝水果和宵点。赵师傅回到房间都已经躺下了，还有人敲他的门。他疑惑着打开门，结果发现一个年轻的女人完全赤裸着，只穿了一条丁字裤，披着长发，在寻找房间。看到赵师傅，她嘻嘻地笑了，吓得赵师傅赶紧关上了门。

他像被烫着了。

而这被烫的，不是手，也不是身体上的其他外在的皮肤，而是心。

一场晚宴下来，赵师傅要好几天时间才能恢复元气。这像是一场空前的战役，耗了他许多的心血。另一方面，他也是不习惯他所见到的排场。他所见的，对他的内心有着非常强大的冲击。——他知道他所见的，只是冰山一角，九牛一毛罢了。可是，在此之前他真的没有想到会这样的糜烂奢华。

而一旦歇下来，他又感到特别的空虚。

他感觉自己过得不实在。

时间久了，赵师傅也变得经常出去走动了，比如说邓总不在的时候。他不喜欢在大厦里的那个食堂吃饭，也不愿意自己做。他喜欢离开大厦，到几百米外的一条小巷里去吃面条。自然，那样的小面条店看上去脏极了，可他不在乎。面条店里只有师徒二人。师傅显然是父亲，而徒弟就是儿子。当然，下面条是不需要太多技术的，即使是打卤面或者是盖浇面。赵师傅最喜欢的，还是清汤面。细细的面条用清水下好了，捞上来，淋一点酱油，再撒上一撮切碎的蒜叶，就算是成了。他喜欢这样的吃法，就像过去在家里时一样，——那是过去他的妻子常给他的做法。对于吃饭，他是越简单越好。除了这种清汤面，早晚最好吃的就是稀饭，然后来一碟小鱼干。小鱼干是他自己做的，一定得是那种一寸铁钉那样大的小鱼，用开水和香料煮了，然后晾干或者用烤箱烘干。吃的时候，只消浇上点酱油泡一泡就可以了。当然，也可以和面酱一起蒸了吃。

面馆的主人知道赵师傅是大厨师，所以开始的时候不免有些惶惑。但是，他们很快就和他成了熟悉的老朋友。有时候，赵师傅会在浇头上点拨他们一下。他们试着做一回，果然在味道上有了很大的改进。所以，他们喜欢赵师傅的光临。说起赵师傅，他们都表现出了一种羡慕，——厨艺高，就是不一样。赵师傅自然是不把他们的羡慕放在心里，因为他的心里根本就没有那块存放满足的供台。因为他突然意识到了，自己现在作为“御用的”厨师，和过去在酒店里完全不一样了。在酒店里，他是真正的导演。而在这里，他既不是导演，也不是演员。自然，他更不是观众。因为他没有权利当观众。他是什么呢？一时他还想不明白。

时间长了，他发现邓总也并不像想象的那样从容。他也会生气，发脾气，而且可以说是怒不可遏。他亲眼看到他和一个男人共进了午餐，然后送那个人出门。那个人刚走，他就气得把台子上的餐具全撸到了地上，踢翻了椅子。他脸色铁青，眼里要冒出火来。赵师傅在一边看得心惊肉跳，不知如何是好。他不知道邓总为什么会发这样大的脾气，只知道那个人是个干部。说干部当然是笼统了，那人其实是个秘书，是个大领导的秘书。

秘书表现得很得体。

邓总破口大骂，骂那个领导不是个东西。在他的描述中，那个大领导简直就是一个恶棍，流氓。每个人做事都必须遵守着规则，而那个“流氓”根本不遵守规则。然而，对这件事他却不能声张，不能公开翻脸。他只能忍辱。赵师傅想：可见这个世界上，没有人不受气的。这样一想，他自己就泰然了不少。只是他不太相信那样的大干部，怎么会像邓总说的，成了“流氓”。看来，每个人的立场不同，看法也就不一致。他所接触的，都是上层社会的，这些人应该有很高的品质。

“呸！畜生。”邓总脸色铁青。

邓总很少发火，或者说很少发这样大的火。很多时候，他只要摆出一副不高兴的样子，下面的人都会吓得半死。有一次赵师傅看到小秦急匆匆从邓总的健身房里跑出来，神色有些慌张。她一定是做错了什么，被骂了。其实他真的很少骂人，尤其是下面一般的职员，因为他们只是最底层的，随时会离开这里。干得短的，也许只有一两个星期时间。再说，他根本就不认识他们。有问题，他会直接责骂他们的负责主管。当然，这也是他的管理艺术。

赵师傅一度想对邓总提出辞职的事，但话到嘴边又咽了回去，

他实在不知道如何很清楚而又妥帖地表达内心的意愿。的确，在别人眼里，邓总对他不薄。他提出辞职，其实就是不识相。而他人眼里所谓的“不薄”，其实就是钱。他想，那些人并不知道，他这点钱在邓总眼里根本算不了什么，实在是九牛一毛。当然，首先是邓总对钱没概念。而且，对他个人来说，报酬的确是高了，可是他却失去了原来的那种快乐。作为一个富豪私人大厨的那种最初的虚荣，早已经消失得一干二净了。儿子给他打过一个电话，表达了他对他的羡慕。要是别人，也许他就会诉说些什么。可是，他和儿子就没什么好说的。有些话只能对自己人说，却不能对外人说；而还有些话，却只能对外人说，却不能对自己人说。

儿子长大了，却并不能理解他。自然，他也不理解儿子。儿子跟随了他妈，让他一度在心里很失落。要知道，那段时间他差不多每个月都往家里寄钱，而结果儿子却站到了他母亲那一边。

也许是因为知道他的离异，邓总的妻子就和他有了一些接触。其实他在心里并不喜欢这个严肃的女人，但是，事实上她后来和他接触时却并没表现出和过去一样的严肃。邓总不在这个城市的时候，她会到这里来，让赵师傅为她做点吃的。当然，她的要求更加简单，因为她喜欢吃素。其实这对赵师傅来说，倒是件难事，因为他并不擅长。所以，他做得还有些费劲。当然，有时候她索性让人从食堂里打来饭菜，和赵师傅边吃边聊。她会向他请教一些做菜的方法，问得很细。她有些寂寞，需要把做菜作为一种乐趣，他想。当然，她需要一些快乐来填补她的生活。他听得出来，她对她的丈夫非常不满，虽然她很有钱，有别的无数女人梦想都得不到的一切。的确，在别人眼里，她的生活里什么都不缺。他只能安慰她，说她是多么地让人羡慕。世界上哪有十全十美的生活呢？即使是女王，恐怕也不是每时每刻都很欢心的。他知道自己这样的安慰其实很虚伪，他有什么资格来宽慰别人呢？

也许安慰是双方的，或者说，她知道赵师傅是更需要安慰的。她甚至说，她可以帮他介绍一个。她丈夫下属那么多的行业，有着各种各样的女人。有一些从事低档工作的女清洁工，也有离异的。当然，他还可以选择她的一位同学，如果他觉得选择清洁女工不太光彩的话。她相信他会愿意去考虑一下，毕竟这样一来，他们就有了更深一层的联系了。或者说，他们就不再是单纯的雇主雇工的关系了。在内心里，她知道像赵师傅这样的男人是需要女人的，因为看上去他的身体相当不错。他可以拒绝成家，但他不会拒绝和某些女人发生关系。她对男人是了解的。以她对自己的丈夫的了解，她觉得足以了解大多数男人，不过她的丈夫比别的男人优缺点都要突出罢了。

赵师傅后来真的和她的一个旧日女同学见了一面。那个女同学其实在过去长得比她还漂亮，但她们的命运却相差很大，这也说明美貌并不是绝对重要的，还得看运气。现在她虽然日子过得不太好，但昔日的精神气还在。她十多年前就下岗了，然后经过熟人介绍进了一个事业单位当了会计。但是，她却并不开心，因为那是另一种“离婚”，或者说是另一种“抛弃”。过去在工厂里是名正言顺的主人，现在却是一个被聘者，感觉是不一样的。和老赵一样，她离异后也有一个孩子。而且，是个男孩。正因为是个男孩，让赵师傅心里有些犹豫。

“感觉怎么样？”邓总的夫人这样问他。

老赵有些不好意思，笑笑，说：“挺好的。”

是的，在内心里，他还是希望能有所发展的。后来的两三个月

里，他和她差不多约会了五六次。吃过几次饭，看过一场电影，逛过三四次商场。他以为他们会有所发展，连那个小秦都碰到过一次，问他是不是考虑结婚了。然而，结果他们却“无疾而终”了。

“你们其实挺合适的。”邓总的夫人后来这样叹息说。她没有告诉赵师傅具体原因，但他能意识到对方也是嫌他有一个儿子，虽然他的儿子是跟随着他的前妻的，然而最后却一定是脱不掉干系的。她这样的判断应该是准确的。当然，这只是很表面的原因，更主要的还是觉得他不太光彩，只是一个做饭的大厨。而且，这大厨还是她旧友丈夫的私人大厨，让她心里有些别扭。

“也没什么，有合适的，我再帮你介绍。”邓总的夫人这样说。

老赵知道，她也就是这样一说，以后哪还可能这样巧？再说，他内心里有一块疙瘩，化解不开。这疙瘩不是别人栽下的，正是那个女人。他去过她的家里，正好她的孩子不在家，他们就做了那种事。他当时心里还有些奇怪，因为做那种事到他那里要好得多，安静，而且条件也好。他们做得有些慌乱。然后，老赵还为她做了饭。当然，那也就成了他最后一次和她的约会。他想不明白，为什么到了这一步却“无疾而终”了，因为这实在有悖常理。

带着这样的疑惑，他郁闷了差不多大半年的时间。他的郁闷，人人都看出来，连邓总也发现了。

“这算得了什么呢？有钱还找不到女人吗？”邓总话语里充满着一种讥讽。

赵师傅没敢接邓总的话，因为内心里有些惭愧。显然，他们的境况不同，理解也就不太一样。自然，在邓总的眼里什么都是可以用钱解决的。当然，事实也是如此。他能用钱解决他所遇到的所有问题，包括上次和那个大干部的不愉快，后来也顺利地解决了，还

相见甚欢。人与人的认识差距，其实是取决于他们的地位差距。赵师傅知道自己不能。

那天晚上，老赵照例去那个小面条店，吃了一碗面条。同时，他还喝了二两酒。他平时几乎不喝酒的。他也说不清那天怎么会喝了酒，只能说明纯粹是一时兴起。吃完了，他还和老板聊了好长时间，一直到他们打烊了才回。在心里，他甚至有些羡慕那个老板，他每天所挣不多，但是和儿子在一起好像还挺满足的。而且，他也是单身。不是离婚，而是女人死了。死了的就比离婚的更心安？也许是自己所处的环境不一样，手里有点钱，所以内心里就有了骚动，他想。

回到自己房间的赵师傅，真是吓了一大跳，因为他开亮灯后发现床上躺了一个人。他以为自己是走错房间了，但他随即意识到那是不可能的，否则他没法进门。再说，除了床上的活物是陌生的，别的陈设都是他所熟悉的。看到他进来，床上的活物动了，是个年轻的女人，抬起身向他笑嘻嘻的。他觉得她有点眼熟，可是又很陌生。

“邓总让我来的。”她说。

赵师傅看到她光着上身，下面是条鲜红的丁字裤。看她的年龄，也就是不到二十岁的样子。她的身姿婀娜，皮肤白皙光滑，他觉得她眼熟，也许她是来自某个夜总会的，甚至就是这个大厦里的。他的脸红了，慌乱得不行。“快走，快走，快走！”他简直是语无伦次了。显然，这样的艳福他是消受不起的。就算他想发生这样的事，他也不希望是邓总来安排的。

事后，邓总没有问这事。他好像什么都不知道。老赵心里有些纳闷，因为在他看来这事太蹊跷了。他好几次想问，但话到嘴边又

咽了回去。显然，如果他问了就是一件非常不恰当的行为。而从那以后，有一年多的时间里，他再也没有经历过这样的事。

小秦还像过去一样，有时候他们会说说话。不过，他们现在很少谈到各自的家庭情况，尤其是她。赵师傅会特别地问问她的弟弟，她却不太愿意多说。他发现这两年多的时间，她变了，不像过去那样紧张和生疏了。她也变漂亮了，时髦了。当然，这是一个必然的过程，他想，女孩子爱美是天性。他发现楼下一个开电梯的小伙子好像在追求她，若有若无的。他试探着问过她，她一口就否认了。然而，他也并不完全相信她。女孩子心里的秘密，是不会轻易对别人说的。

老赵的心里有点失落。

如果那次床上躺的是她，他会怎么样呢？老赵有时候忍不住会这样胡思乱想。小秦当时没有那个女孩子漂亮。她们是两种不一样的女孩子。老赵有一次悄悄地往她卡里打过钱，希望自己能帮上她，可是，却从没听她说过。也许，她根本不知道卡里多了钱。事后想起来，他这样的行为多少有些荒唐。他怕有些事说不清，后来也就再没做过。他的目的很单纯的，只是想做一点好事。

赵师傅的名气越来越响，人们只要一提起他是邓总的私人厨师，立即就表现出了足够的尊重。有时候，甚至有人专门花大价钱来请邓总，条件只是请赵师傅掌勺。对此，邓总当然是高兴的，因为这是对他的一种承认，——承认他的标准远在别人之上。而老赵也是愿意的，毕竟他觉得自己对邓总是有用的。有时候，邓总出差时甚至都带着他，只吃他做的菜。有一次，他甚至跟着邓总出了国。

作为一个厨师，这是老赵过去怎么也没有想到的。

这年的秋天，邓总正式决定举办一次厨艺大赛，全称是“美食厨艺精英赛”。邓总是位企业家，同时也是一位美食家。他虽然自己不会烹饪，却是全省烹饪协会的会长。由他来办这样的活动，似乎也是名正言顺的。再说，他还举办过各种选美比赛和慈善拍卖会呢，举办一次美食大赛算得了什么呢？其实，还有一个外人不知道的原因，那就是邓总个人生活上也遇到了一点挫折，——他的妻子害上了抑郁症，试图自杀，从楼上跳了下来，所幸的是被下面的树木挡了一下，保住了性命。这事当时在社会上引起的影响，还是有一定负面作用的。邓总需要一次活动，来消除他内心里的不快。

关于这次大赛的意义，报纸上早有宣传。一来是弘扬了中华传统文化，二来也是改革开放的成果展示。人们从过去吃不饱肚皮，终于向着小康乃至富裕的生活前进了。生活水平提高了，人们越来越讲究吃了，美食就应运而生了。比赛分成了三个组，意大利美食和法国美食（西餐组），日本美食（包括其他东南亚国家），另外一个就是中华美食。大赛设了特等奖和一二三等奖。特等奖的资金高达二十万元，一二三等奖则分别为十万元、七万元和五万元。自然，特等奖和一二等奖只能在中餐组里产生，因为三个组里核心组是中华美食组，这是大家的共识，也是比赛组委会的宗旨。

邓总内心里有一个愿望，那就是要让赵师傅显露一下身手。当然，赵师傅显露了身手，也就是显露了他自己。赵师傅是他的私人厨师，他的厨艺水平，也就代表了邓总的美食水平。他相信赵师傅是可以获得一定名次的，当然，最好是特等奖，或者是一等奖。如果有人得到了一等奖，那么赵师傅就可以获得特等奖。当然，也可以让赵师傅获得一等奖，而特等奖空缺，——这是一个比较理想的安排。一般来说，事情的结果总是如邓总所愿的。不要说这样的一

个比赛了，就算是模特比赛，或者是歌手比赛，总是按照邓总的计划去落实的。当然，对于邓总的想法，赵师傅其实并不知情。他一向以为自己是个导演，而这一次，邓总成了导演，而且是大导演，赵师傅自己成了一个演员。显然，邓总作为一个导演，气势非常大，他请来了本市的所有媒体，甚至是国家级的媒体。评委们都是资深人士，有国家级的，也有省一级的。参赛的人也来自全国各地，没有任何限制。据说这次大赛一下吸引了全国好几百名参赛者，最后经过层层选拔，最后是十七位进入了决赛。毫无疑问，赵师傅顺利地晋级，进入了决赛。

赵师傅虽然没想到自己要去获得大奖，但他对自己的操作还是相当自信的。几天下来，最后只剩下了三位选手了。一位来自北方，在某个著名的五星级酒店里当厨师，另外一位来自南方，而且还相当年轻，只有二十多岁。也就是这个二十多岁的小伙子，一路上过关斩将，打败了许多对手。看上去，他长得细皮嫩肉的，倒像是一位书生。他说话的时候，还有着许多的腼腆。赵师傅意识到，如果自己要获胜，他是自己一个强有力的竞争对手。但他相信自己凭着经验，应该能胜他一筹。运动场上，高手们的较量不仅是凭力量，也凭经验。当然，仅有经验是不够的，而必须要有力量。烹饪和运动又不一样，它不需要力量。

比赛进行中，电视一直在直播。

到了最后一轮比赛时，赵师傅在心里已经比较明了：冠军只要他和小伙子中间产生了。他还明白，事实上另外那个来自北方的厨师，技艺并不输过他。但那人却缺少他所拥有三个条件：天时、地利、人和。失去了这三样，他怎么还可能胜出呢?

赵师傅希望自己能获胜。到了这一步，他已经看清楚了，邓总是多么希望他能获胜。他并没有考虑到那笔奖金。他知道，这样的获胜对他和邓总，都非常重要。或者说，对他并不重要，对邓总才重要。然而，如果邓总不能获胜，那对自己的未来就很重要了。到了最后的那一天，前面他做了两道菜，翡翠白丸红枣羹和香酥肉卷，赢得了评委席上评委们的频频点头。那个小伙子也做了两道菜，脆炸猪尾和云雾肉。赵师傅能感觉到，当那个小伙子为评委们奉上云雾肉的时候，评委们眼神里有一种惊喜。那是一道他从来也没有做过的菜。他承认那道云雾肉有点神奇，整个场里都是它的香味。那种香有点怪，不是油香和肉香，而更像是一种植物的香味。

台上的评委们交头接耳，在小声地讨论着。

赵师傅看到有个评委正低头向邓总小声地说着什么。邓总后来向他这里看了一眼，眼里带着笑意。赵师傅想到了电视里经常看到的歌手比赛，而他现在就是一个局促的歌手。

"做一道鱼吧。"一个主持的评委宣布说，"豆豉烧鱼。"宣布完了，他也笑了，"很简单的一道菜，希望两位高手在平淡中显功夫。"

老赵很努力，他知道这是特意给他的一个机会，必须要好好地把握住。

他觉得他发挥得淋漓尽致。

相比较而言，他觉得那个小伙子做得过于简单了。

小伙子的豆豉烧鱼上去，每个评委都只是轻轻地点了点头。当他的呈上去时，他看到台上的邓总，脸上露出满意的神情。是的，他是按照他的口味去烧的。然而，别的评委们的表情却有点复杂。也就是通过他们脸上瞬间的表情，赵师傅知道自己出了问题。他输了。刹那间，赵师傅的心里涌上了一丝不安。而接下来的，又有些

难过。在他的内心里，有一股很浓的味道，就像是他自己熬制的那瓶豆豉酱。当评委们在交头接耳紧张磋商的时候，他慢慢地踱到了后台。

他知道自己输了。

问题是，他不知道是输在自己的手里，还是输在邓总的身上。作为一名大厨，他觉得自己这样输得有点窝囊。然而，这却是不可改变的。就算他赢了，能说明什么问题呢？可是，输，却是他命中注定的，他想。

忽然，他感觉心里有些酸楚，眼睛不禁就潮湿了起来……

孤独的邻居

1

这个故事是很多年前听来的。到底是哪一年，或是听谁讲的，我都记不清了。只记得讲故事的人当时赌咒发誓，说他所讲的一切都是真实可信的，就像他亲身经历的一样。可是在我看来，这故事听上去太有点不可思议了。当然，不可思议正是所有好听故事必须具备的特质。合乎逻辑的事情，总是缺少趣味性。既然是听来的，而且事隔多年，现在重新讲述，难免就会有些出入。为了让听众觉得真实可信，我就言之凿凿说，这是我老家发生的故事，几乎就是我亲历的。你也就只能这样听罢——

在我的老家，有那么两个人，是邻居，就是墙挨着墙的那种。按说他们的关系应该很好，可是事实上却非常紧张。谁也说不清，

他们到底为了什么而紧张。一个姓张，一个姓汤。姓张的叫张思林，姓汤的叫汤先胜。两人的年岁差不多，可能张思林比汤先胜大两三岁，要不就是汤先胜大张思林两三岁。反正他们不是同年，也不是一个属相。也许，正因为他们属相不一样，可能就比较犯冲。民间里，对属相是比较讲究的，有许多的说法。两家从搬到一起时开始，就磕磕绊绊的。谁也不占绝对的优势，正像伟大领袖毛主席说的：不是东风压倒西风，就是西风压倒东风。而我们老家那个地方靠近海边，经常刮的就是东风或者西风。时间长了，邻居们对他们之间的矛盾也变得麻木了。东风西风的，随他们刮去。有意思的是，尽管这两个男人争斗得异常激烈，但两家的女人们却并不参战。最多，她们也就是在背后煽风点火。张思林的女人在百货公司里，是个营业员；汤先胜的女人在自来水公司，是个会计，而且他们有了两个孩子。与汤先胜不同的是，张思林总觉得自己吃亏。人家东风压过了他的西风，他自然不舒服。他西风明明压过了人家东风，也还是不舒服。

张思林其实一直不快活，他整个人都是阴郁的。他个头不算高，但因为瘦，所以就显得长，就像一根筷子。他总是低着头走路，皱着眉头，让他感觉他心思重重。他走路时很快，就像一阵风。因为像风，所以他走路时也就没什么太大的声音。一般人对他的感觉其实还是很好的，因为他和大多数人相处，都是很平和的。他很少和人发生争执。在单位里，他能整天不说一句话。别人要是说了什么不对劲的话，他也不反对，只是笑笑。这样的一个人，和邻居会发生激烈的冲突，很多人都觉得不可思议。而汤先胜呢，个子也不算高，却是肉乎乎的，胖墩墩的，走起路来也是很快的，就像一个肉球在滚。他个头虽不高，但说话的嗓门却很大。他是个暴

脾气的人，爱憎分明。三句话不投机，他就搂不住火。可是呢，他有他的长处，比如他这人做事干脆，为人热心，更不怎么记仇。他是个大咧咧的人。他怎么和那个看上去很瘦弱的张思林结下仇，也是让人觉得颇费思量的。但是，世界上很多事情，都是说不清原因的。总之，这一对看上去并不成为对手的人，成了冤家，势不两立。如果有可能，他们一辈子永远不做邻居才好。可是，这由不得他们。彼此做了邻居，他们都认为是倒了大霉，是老天爷对他们的惩罚。

老天爷为什么要惩罚他们呢？事实上，他们只是在自己惩罚自己，这在以后会得到进一步的证明。他们自己却都在想：多一事不如少一事，都在努力地回避着，连走路，都不要走同一条。只要是汤先胜常走的，张思林就努力不重蹈，仿佛他走过的路，都带着一种阴恶的邪气，下了蛊，生怕踩上去会中招。张思林做过的事，汤先胜更不要沾染，觉得那太没出息。他对他充满了不屑。在他看来，张思林那样的男人，根本就不算是个正常的男人。正常的男人就应该大声说话，大声放屁，而不必那样偏执，——他偏执得就近乎是个精神病人。在他看来，张思林就是一个小人，小男人，没有血性，却有一副死缠烂打的功夫。他就像一泡狗屎，你要踩上去了，就一直散发着臭味，跟着你。

可是，就算他们自己在努力回避，却还是免不了三天两头的为一些事情发生争执。谁家的狗跑到谁家，吃了猫盆里的食；要不就是谁家的树，伸到了对方家的一边。许多事，虽然只是动物或植物引起的，但他们更相信它们行使的是主人的意图。它们都是有生命的，或者是在主人的指使下，才会这样的坏。究其根本，不是它们坏，而是主人坏。主人在暗中使坏，越发显得坏了。这样的坏，不是明目张胆地公然挑衅，让人格外地闷气。这就像你在下游喝水，他却在上游撒尿。张思林一肚子的窝囊，可是，汤先胜又何尝不是这样的感觉呢？表面上看，他是稍占优势的，但这种事情有时并不靠体力的。

真要伤人、害人，必须要用心计的。

心计很重要。

2

张思林就以为汤先胜对他用了心计。

张思林活得很不快乐。

张思林原来是快乐的，自从和汤先胜做了邻居以后，他就快乐不起来了。一开始为了什么他也记不清了，反正从搬到这里以后，就感觉处处不顺心。不顺心的主要原因当然是因为汤先胜。他就像他吐出来的痰，不经意间被他逼了吃下去，特恶心。他一直有个愿望，就是有一天要把那口痰吐出来，而且要吐在汤先胜的脸上。甚至，逼他吃下去。要当着众人的面，吃下去，这才好解气。

汤先胜在单位里经常会提到张思林，说他是个屌人。他把他说得一钱不值，非常的不堪。他说他的种种行径，并加以扭曲，夸大（不加以扭曲和夸大，故事就不好听了）。他的描述，得到了所有工友的支持。因为在他们听来，这个张思林在他们眼中，和他们厂里的某个讨厌的技术员是差不多的。他们最讨厌这种娘娘腔，有些酸不拉叽的男人。其实，事实中的张思林和这样的形象是相去甚远的。虽然张思林不是很豪放的男人，但也完全不是所谓的娘娘腔。张思林单位里的人，全都认为他是个有想法的男人。表面上他很温

和，但这样的男人其实是不能得罪的，你要是伤害了他，他会在以后的日子里加倍报复你。汤先胜不知道。汤先胜只知道他们现在基本处于一种相对的平衡状态。因为暂时的平衡了，所以他就在背后嘲笑他。他需要一个发泄的渠道。

可能也正是因为汤先胜得到了发泄，所以，有时候他倒开始不太计较张思林的一些言行了。很多小事，他开始有意无意地睁一眼闭一眼。如此一来，他们这对生死难容的冤家，倒有了一段相对长时间的平静期。然而，怪异的是，张思林总是做噩梦。他反复做的是同一个梦，那就是汤先胜在痛打他。打翻在地，还踏上了一只脚。在梦里，他毫无反抗的能力。或者，至少是不堪一击，对方只要轻轻地一搡，他就倒了。有时甚至对方都没有搡他，他自己就莫名其妙地倒下了。他也是试图挣扎的，可是无任他怎么愤怒，怎么咆哮，就是使不上一点的力气。他就像是一条鱼，被人捞到了岸上。无数的人在围观，他们大声地笑，幸灾乐祸，更有甚者，往他身上吐唾沫。而汤先胜自然是得意极了，嚣张极了，猖狂极了。他们一家子都围着他叫，笑。而自己只有一个人，孤立得很。他内心里充满了屈辱。他忍不住爆发，而他的爆发只能是他的怒骂和哭泣。他气愤得几乎要把牙齿咬碎掉！可当他爆发出来的时候，也就突然醒了。醒来了，一无所有。

“你怎么了？”妻子感到莫名其妙。一开始她还能同情他。在梦里他是很痛苦的，牙齿咬得大战嘎巴嘎巴响，嘴里呜呜咽咽的，像是在吼，又像是在哭。好几次，被单都被蹬坏了。醒来后，他神情紧张，全身都是汗。时间长了，几乎天天如此，妻子就烦了。她认为他有病。这让张思林感到异常的痛苦。人家是一家子在打他，他却得不到妻子的支援，哪怕只是精神上的。精神上的痛苦才是真

正的痛苦。他何止是受人欺凌？更得不到家人的理解。张思林感觉自己要疯了。

但他是疯不掉的，他想。他要坚持住！不是一个勇士，谁能支撑得住呢？因为他并不是偶尔才梦到，而是经常梦到，几乎是三天两头的。怎么会这样呢？他怎么也想不通。说不定，他在梦里是真的被汤先胜打了。因为每次梦后醒过来，他就感到全身无力，又酸又痛。这让他怀疑，到底是梦是真实的，还是醒来后是真实的。从真实的感受去考虑，他更愿意相信梦里的一切才更真实。他记得很久以前是看过一个故事的，说是古代有一个叫庄周的人，梦到自己变成了一只蝴蝶，醒来后却不知道自己是在梦里，还是在梦外。自己现在的感受，就是和古代的这个人一样的。谁能说得清呢？在梦里的感受和现实里的几乎一模一样，甚至比梦外的还要清晰，真切。如此，怎么能不让他心生疑惑？他变得恍惚了。有时，走在大街上，他不禁会问自己：这一切是真的吗？而不是在梦里？

自从他开始不断地重复那个梦境以后，他感觉生活变得古怪了。大街上的景象也不真实了，阳光也是虚假的，所有的人，都是影影绰绰的。只有走在小巷里，那种潮湿阴暗，才让他有熟悉的亲切。可是，这种熟悉的亲切来自哪里呢？他努力地回忆，终于明白了，那也是来自梦里。

张思林多么想摆脱这样的梦魇啊，可是，只要他入睡，总会梦到。他怎么也想不通，什么会这样。即使要做梦，也不必这样重复啊。难道他就不能做些别的梦么？比如说，也轮到他打一回打汤先胜，痛痛快快地打一回。如果这样的愿望不能实现，活该他倒霉，那么，就让他梦到掉到水里，或者房子失火了。但是，就是这样奇怪，一遍遍做到的，只是他被那个姓汤的痛打。这样的梦境，真的要把逼疯了。有时，他就故意不睡，或者在入睡着想些别的事情。然而，那样的梦却固执得很，就像一条忠实的狗，每天跟着他，盯着他手里的骨头。他手里有骨头么？或者，他整个人是那梦的骨头？它要把他吃掉！

对于他这样的境况，汤先胜知不知情呢？张思林想了好久，发现事实上汤先胜是知情的。有那么两次，他们在一个巷子里撞见了，想回避都回避不开。他们都努力克制着心跳，从对方身边擦肩而过。就在擦肩而过的刹那，张思林听到汤先胜喉咙里发出一阵压抑的笑声。那笑声虽然是压抑着的，可是却透着无比的快慰。那快慰是发自肺腑的，不，是发自心底，不可抑制的。那分明是一种得意的笑声，胜利的笑声，是一个战胜者面对一个狼狈的战败者时，发出的爽朗大笑。这笑声，让张思林打了一个很大的寒战。他忽然间悟到：对于他每天晚上梦到挨打，姓汤的是知情的。或者，根本就是他做了下蛊一类的事情。他有一年曾经看过一个好莱坞的电影录像带，说的是一个杀手，潜入美国总统的梦里，要置他于死地。世界这样大，有很多事情，一般人是没法解释的。有时候，在最偏僻的乡村，往往能发生最怪异的事情。张思林自小是在农村里长大的，一直到成年后才离开，所以他对一些稀奇古怪的事，内心里是比较认同的。

因为认同，所以，他越来越不能忍受了。

谁又能忍受呢？

3

汤先胜其实并不知道自己出现在张思林的梦里，居然是那样的痛快淋漓。如果他能知道，他一定会稍稍对他作一些同情。他们两家只隔了一堵墙，一堵并不算厚实的墙。因为建筑有些旧，质量也不好，所以一点也不隔音。谁家这边夜里有什么动静，那边能听得一清二梦。可是当张德胜这边在梦里挣扎的时候，汤先胜正在那边打呼，鼾声如雷。张思林醒来后，就听到汤先胜的鼾声。他相信他是装的。为什么总是等他醒了，他才发出鼾声呢？这样的把戏，其实他小时候就玩过了。中午在学校里午休时调皮，直到老师走进教室，突然就装成熟睡打呼的样子。汤先胜的鼾打得越响，张思林就越气愤难忍。他真恨不得拿一把大锤，把那面墙给砸了！

张思林后来一次次地问自己，他可不可以避免那样做。答案却是：不能！换了谁也不能。能忍受他相信自己一定就努力忍受了。可是，他实在忍不了。一个晚上要是只做一场也就罢了，可是有时候一个晚上他能连着做好几场。刚在梦里挨了打，惊醒后好久再入睡，刚睡着又被痛打。他的妻子也气愤了。但他的妻子气的并不是汤先胜，而是怪罪他。有两次还和他大吵了一场。更多的时间，她不再和他睡一起了。甚至，有一段时间她还搬回到她的娘家去住了。张思林被弄到了精神衰弱，不能上班了。他真要恨死姓汤的了。他感觉，再这样下去，真的就会在梦里，被他打死。那天半夜里，张思林再次从噩梦里惊醒，决定再也不睡了。他看看时间，才是凌晨四点多。妻子不在家。他到厨房里摸了一把菜刀，然后又找着了一瓶酒。那瓶白酒平时是用来做烧菜调料的。他喝了几口，被呛了，辣得要死。他坐在屋子里，昏黄的电灯光在头顶上罩着他，把他照得很孤单。那样的一个时刻，真的是安静极了，连隔壁的鼾声也听不到了。姓汤的鼾声怎么消失了呢？他感觉有些奇怪。他走到睡觉的房间里，把耳朵贴在冰冷的墙上，仍然是没有听到声音。

这就奇怪了。他不知又在屋子里坐了多久，然后走出了门。这时候，天已经有些亮了，是黎明前的那种微亮，——在东方的低空处，几乎就在地平线上方的那一抹地方，有一丝丝白，一丝丝红。而在它们的上面，压着大片大片的黑云。整个小城，还是黑乎乎的，只有少数几盏电灯，暧昧地亮着。因为是初秋的天气，清晨已经很凉了。张思林站在外面，连续打了好几个寒战。汤家也是黑沉沉的，一点动静也没有。张思林回到屋里，看到了门后竖着一根木棍，就操到手里，掂了掂。很合适，他想。

决定生死的时刻到了，他想。不是他死，就是己亡。张思林要结束掉眼前的这一切，他不想再继续受梦境的折磨了。他要在现实里把他打翻在地，踏上一只脚。只有这样，自己才有可能摆脱掉那倒霉的梦境。他想了，宁愿坐牢，也不要再受那样的折磨。即使坐牢，自己也是个英雄。

汤先胜那个晚上睡得很好，但是他的妻子睡得却不太好，因为汤先胜的鼾声没有了。这是非常奇怪的。过去他的头一靠枕，鼾声立即就会响起来，就像钟表一样准时，到时就会敲点。汤先胜对自己这样的异常，当然是毫不知情。整个晚上，他都睡得很香，就像死过去一样。醒来后，却感到全身酸胀。大概也就是五点多一点的时候，他出去撒尿。巧的是，那天家里的马桶堵了，卫生间里全是水，根本走不进去。他正准备上午有空要请人来修理呢。他妻子那时候也是半醒的，所以知道他开门出去了。可是，刚听到他拉门的“吱呀”一声不久，就听到他发出“唉啊”一声，好像摔倒了。她心头一惊，问了两声，他却没作回答，赶紧就从床上哧溜了下去，三步两步冲了出去，看见自己的男人倒在地上，头撞在一块石头边上，裤子褪到了膝下，地上汪着一摊尿水。她又叫了两声，才发现他头上正流着血。

“不好啦，出人命啦——不好啦，出人命啦——”她慌张地大声喊起来。

张思林听见她的喊叫了，但是，这时候他已经在好几百米开外了。当时他那一棒子下去，就知道情况不好。汤先胜只哼了一下就倒下了，半点也没挣扎。他根本没想到他会那样不堪一击。原来他想象中，汤先胜一定是会反抗的。当然，他不怕他，因为汤先胜可是赤手空拳。慌乱中，他只看到他的头撞在了一块石头上，接着就看到地上有黑乎乎的东西。他觉得那都是血水，多得超乎他的想象。张思林也吓坏了。汤先胜的妻子在屋里的问话，提醒了他。他匆忙把手里的棍子扔到屋外的一片小树林里，然后骑上车子就跑。不跑他能做什么呢？因为天空已经越来越亮了。

这个小城的大多数人也还在睡梦里。在他逃跑的过程里，几乎没碰上什么人。偶尔早起的，认识张思林的，也不明白他为什么会那样匆匆忙忙的。当然，没有人特别去介意的。毕竟，忙碌的一天才开始。而张思林庆幸自己逃得那样的顺利，几乎就没有任何的障碍。他逃得顺利，也逃得匆忙。

匆忙中，他没有多想。

他能想到的，就是逃跑。除了一心逃跑，他还能想些什么呢。

4

说起来真的是很奇怪的，自从张思林逃了以后，再也没有做过被汤先胜痛打的噩梦了。汤先胜永远也不能再打了，他想。他摆脱了，轻松了。当然，凡事都有代价。虽然他不再做那样的噩梦了，但他的心境却并没有平静下来。甚至，心思比过去更严重了，只是内容不同而已。

事实上，张思林在逃跑的时候，也想到过妻子的。他这一逃，家里就全交给妻子了。妻子要受苦受累了。只是，妻子的问题不是当时的主要问题。当时主要的问题是能够从家里顺利逃脱。然而，随着时光的推移，逃跑不是问题了，噩梦更是远他而去了，想念妻子，想念家，成了最大的问题。并且，问题越来越严重。

张思林也想过回去看看，但是终究还是不敢。再说，他也跑得太远了。他一下子逃到了数千公里之外的地方。而那个时候，条件好点的人家才刚刚有了电话，更别说是手机了。也就是在南方的大城市，张思林看到了像砖头一样的手机（那都是大老板的象征）。应该说，张思林是我们那个地方，少数最早见识过“大哥大”的人。对那个东西，他也是羡慕得不行。可是，转念一想，他自己有也没用。

为了排除内心里那种强烈的思念产，张思林往妻子的单位打过两次电话，可是对方接电话的人都很警惕地问他是谁。他吓得赶紧把电话挂掉了。唯一的一次，有人答应去叫她了，可是，等了半天也没人来接，他只好失望地离开。他还往家里写过信，可是也没有回音。当然，就算她想回，她能寄到哪里去呢？他自己为了寄信，就得声东击西，不敢在当地落脚地投发。他看到警察就躲，生怕老家里来的警察，会突然出现在他的面前。

在外的辛苦是不必说了。几年间，什么样的活都干过。张思林觉得自己真算是尝尽了人间的艰辛。有两次，他决定偷偷地回去看看，可是，距离到只有一百多里地的地方，他又吓得逃跑了。越是靠近，越是危险，他能感受到，很强烈。最终，他还是放弃了。

张思林想不到他的逃跑，对他妻子的打击有多大。他的妻子几乎崩溃了。她想不到他会离家出走，一声招呼都不打。她不能理解他，也不能原谅他。她把他恨得要死。她诅咒他，希望他永远不要回去才好。

事情说到这里，其实并不有趣。有趣的是其实汤先胜在躺了三天后，就好了。他并没被张思林击中要害，只是正好打在他的左脸颊处的一块血管瘤上，把它打破了，顿时满脸是血。再后来，这血管瘤就没了，消失了，只留下了一块五分钱硬币那样大小的疤。本来他都以为需要到医院去动手术呢。这样说，并不是说汤先胜为此要感激张思林，只是说，他有了一种意外的惊喜。

汤先胜本来想去报案的，但是，想想又算了。他想，既然这是他和张思林的事，那就让他们俩面对面再一决高低好了。他实在想不到他逃跑了。这太没出息了！当他一个星期后，脑袋上缠着纱布上班的时候，看到张家的大门紧闭，不由得笑了。张思林打他这一下，实在是太不划算了。他只是短暂地受了一下皮肉之苦罢了，而他却逃亡在外了，连工作都不要了。他靠什么活？那个年月，工作还是很重要的。谁要是没有了工作，是很被人瞧不起的。当然，后来许多人下岗失业，那是另外一回事。后来，每每想到这个，他就开心得不行。他到厂里说给工友听，他们也笑得不行。一致认为，张思林是个胆小鬼。张思林就像一个胆小的小毛孩子，冲动地想要打人一下，结果只是轻轻地掸了一下人家的衣服，自己扭头逃跑，却不小心一头栽在了河里……太可笑了！

愚蠢的张思林，汤先胜想。他所做的，实在是太得不偿失了。甚至，他这样下去，可能连老婆都要失去了。可怜的人啊！也正因为想到这点，所以，汤先胜对张思林一点也恨不起来。他倒希望他不要再逃了，早点回来。他要当面嘲笑他一番。想到要是嘲笑他，让他无地自容，窘态百出，他就喜不自禁。是的，他要当面嘲笑他，而且，他们可以坐下来喝酒，一边喝一边大笑。是的，他们互相间的仇恨可以做个了断了，一报还一报，相互抵销了。

可是，张思林却像从这个世界彻底失踪了。

仅仅这样，事情也还不够有趣的。有趣的是，汤先胜开始想张思林了。他一直在想：他逃到哪去了。他能一直这样逃下去，永远不回来吗？关于他的下落，慢慢地也有了许多的说法。有人说他是在南方打工，发了点小财，和着一个什么女人姘居；有人说他出事了，车祸，死掉了；有人说他成了盲流，关在了看守所……听上去，都不是太靠谱。可是，汤先胜也想不出来在外的张思林，会是什么一种样子。总之，前一种的可能性更大一些。因为关于南方改革开放，经济发展，许多人下海经商淘金，发了大财的消息，不断地传到当地。那么，张思林也不是没有这样的可能。在传闻中，只要在南方肯干的，遍地都是发财的机会。如此说来，他倒是成全了张思林。

接下来，倒霉的事情似乎是接二连三地来了。先是工厂突然传出了不好的消息，说是要裁员。而事实上工厂的生产不景气早就出现了，只是大家都习以为常了。同时，也是心存侥幸，认为石头不会砸到自己的头上。然而，结果却是谁也没能跑掉。因为天上掉下来的石头不是直接砸在谁的头上的，而是砸中了房子。房屋塌了，大家都被埋了。汤先胜从厂里领了一万多块钱的下岗费，就彻底地工厂说再见了。从此以后，他们间再也没有任何关系了。有大半年的时间，汤先胜无所事事，心生彷徨，生活里没有了重心，孤独得不得了。

要是张思林还在家，他会怎么样呢？汤先胜好多次忍不住这样想。也许，他也下岗了。他那个单位，比自己的也好不了多少。两个男人都下岗了，会怎么样呢？也许还是互相仇视着，但是却不会让他一个人孤独了。他受不了这样的孤独。太冷清了。他简直要疯了！

在这条巷子里，许多人都知道张思林打了汤先胜一棍，然后逃跑了。他们佩服汤先胜的大度。张思林的妻子偶尔回来一趟，汤先胜从没恶言相向。甚至，有一次他主动向她打了招呼，倒让她闹了个满脸通红。这条巷子里，住的散户很多，很多都是一个单位在一个院子。只有他们两家不是同一个单位，却是墙挨着墙的。现在张家的门一直紧锁着，就让汤先胜浑身不自在。有时候，汤先胜恨不得砸开他家的门，看看张思林是不是藏在里面。当然，这只是一种妄想！

汤先胜想着张思林，但张思林却不想他。因为，在张思林的心里，他已经从这个世界上消失了。

这是一种不对等的关系。

5

汤先胜在经历了相当长一段时间的孤独后，走上了街头，开起了一个水果铺。刚开始，只是为了打发时光。当然，更重要的是为了糊口。没有工作，光工厂补的那点钱，撑不了多少日子的。而家里每天都要开销的。在他下了岗不久，他的妻子也要面临同样的问题了。只要是有关企业的消息，大多是不好的。失业下岗，成了一种普遍的现象。国家撑不动了，尤其是那些集体企业。妻子下岗，

只是眼前的事了。

谁会想到汤先胜成了一个有钱人呢？连他自己都想不到。原来他的水果摊子只是在城东十字路口的一个一间房的店面，结果只用了一年时间，就积余了好几千块钱。当然，外人是不知道的。外人知道的，只是汤先胜的妻子在自来水公司里上班上得好好的（到底大家是要吃水的，所以尽管自来水公司亏损严重，却也并没有倒闭），他却让她回来了，代替他，经营水果摊位。仅此一点，他发了财就是不言自明的。他自己呢，成了甩手掌柜，专门负责进货。而且，慢慢地，他在城里的其他地方，又开设了好几个摊位。

人的变化，是不可预料的。提起汤先胜的发迹，过去的工友们都觉得不可思议，最后归结为一句话，就是他命好。既然归结到了命运上，大家也就无话可说了。回头想想，人家汤先胜的粗短身材，天生就比较符合“老板”的特征。他要是不发迹，倒是不正常的。人家那个相貌，就是个发财的命。

汤先胜不再是街头的小贩了，他后来干脆做了一个果品批发部，生意做得相当不错。人家对他的称呼也改了，叫他“汤经理”。“汤经理”这个称呼很受用。一开始，汤先胜还有点不太习惯，可是，很快谁要是不叫“汤经理”，他才不习惯呢。经理，是对他的尊敬。不叫他，就是故意轻慢他。

因为有了钱，汤先胜不再像过去那样感觉孤独了。钱能消除孤独的。当然，他也没时间孤独。因为生意，他整天都要忙。当然，偶尔还会想起张思林。这时候，他突然有了一种判断，那就是张思林是不可能发财的。原因是他自己天南海北地跑了半年下来，接触了不少生意场上的人，知道其实赚钱是很难的，即使是在南方。像他这样的成功者，实在是少之又少。他成功的秘诀在于：他从不冒

险。张思林就是太冒险了。冒险的人，只会自己吃亏。他现在真的想要张思林回来，看看他是什么样子，以及面对如今发迹了的他的态度。那会很有趣！他原谅他，真的，彻底地原谅他。他根本想不出张思林下那样的毒手的理由。

打黑棍子，太不名誉了！

总之，就算张思林是发了财回来的，他的形象也好不了啦。汤先胜在心里，真的还有些为他感到惋惜呢。甚至，他想过要把他的妻子，安排到他的批发部来。他妻子的那个工厂，也是摇摇欲坠了，一年下来，总共才发了四、五次工资，还是打了折扣的。当然，这样的想法只是一闪念。要是张思林知道了汤先胜这样的想法，一定会被感动的。

人发了财，就会有人惦记着，这话一点也不假。发了财的汤先胜，就经常有一些小混混，到他所在的铺面上去胡闹。这让他很心烦。心烦的时候，不免又会想到张思林。小混混当中的一个，还真有点像张思林，只是年轻了许多。可能是想张思林想得太多了，有一次汤先胜就梦到了他。梦里的张思林还是过去那个样子，瘦瘦高高的，一点也没变。甚至，连衣服，都是过去的颜色。他走路时一点声音也没有，悄悄来到他的身后，把汤先胜吓得吃了一惊。“你回来了？”他的问话还没完，张思林照着他的后脑勺就是一棍子。醒来后，他还摸了摸自己的后脑勺，感觉好像真有些疼。

这感觉太奇怪了！

汤先胜以为偶尔梦一下也就算了，后来也果然就是好长时间没有梦到。可是，相隔了大约两个月的样子，他再次梦到了他。而且，从那以后，就不断地梦到他。他成了他夜晚睡梦中的常客，三天两头地用木棍来照顾他的后脑勺。即使是梦里，后脑勺也还是后

脑勺，不是西瓜，也不是木鱼。吓醒了的汤先胜，还能感觉到自己的心跳剧烈，啪嗵、啪嗵的。现在的汤先胜，不是过去的汤先胜。现在的汤先胜是汤经理，知道生命的重要了。至少，现在的生命和过去的生命，含金量是不一样的。

“疑心生暗鬼，”他的妻子说，“一定还是你想到他过去打你的那一闷棍了。”

汤先胜不理她，觉得她这回答真是太扯淡了。要是这样简单，他会当事情来和她说吗？他不认为这是一件简单的事。偶尔梦到他，是简单的事；经常梦到，怎么可能简单呢？为此，他还特地去了医院，向医生征询了意见。可是，医生们也说不出所以然来，只是说他可能是累了，或者精神紧张。紧张个屁，他心里想，比他的老婆还能胡扯。通过这事，他甚至在心里有些恨医生，觉得他们其实都是一帮说话不靠边的人。这样的人，以后还值得信任吗？

既然问不出所以然，他也就只有忍着。他相信，总有一天，他会不再做着那样的噩梦了。这个张思林，也的确可恨。事情过去多少年了，他怎么还来打扰他？而且是在梦里。他不怕他在现实里找他。在现实里，他可以坦然面对他，并且战胜他。在梦里不行。在梦里，自己完全是被动挨打。他在明处，张思林在暗处。有好几次，他在梦里想回头把张思林看够清楚，可是头根本扭不过来。他永远站在他的后面。

汤先胜心里挺烦的。

或者，他死了，是阴魂在缠他？想到这里，他不由吃了一惊。这样的可能性太大了，他想。这么多年，他一点声音都没有，很可能死掉了。否则，他这样在夜里总梦到他，是没理由的。如果他真出事了，他心里倒有点不忍呢。

他越来越牵挂他了。

如果说，后来的汤先胜有什么愿望的话，那就是他想看到张思林。活要见人，死要见尸。也许，看到人了，他就再不会做那个被打闷棍的梦了。那种梦太吓人了。每次醒来，他都惊出一身的热汗。他要见到张思林，一定要见到。甚至，他想去问问他的妻子，到底他在哪里。但是，后来却一直没机会看到他的妻子。

这两个人好像都从这世界上消失了。

当然，他知道他的妻子在。有人说，张思林的妻子现在既不住在原来的家里，也不怎么住在娘家。据说，经常有个男的和她来往。关于那个男的，身份不明。反正肯定不是张思林。这让汤先胜还有些担心。不管如何，汤先胜相信，自己最终一定还是能够探知到张思林的消息的。

终会有一天，他坚信。

6

张思林突然就回来了。

许多人都吃了一惊。

其实，也没什么要吃惊的，只要他还活着，就总要回来的。真正让人吃惊的，不是他回来这件事本身。让人吃惊的是，他在外这么多年，竟然什么变化也没有。真的，他那样子就像前一天才出门一样。换句话说，就是几年时间，在他身上没有留下任何的痕迹。他既没有发财，也没有成为盲流。别人问他这些年，在外面是怎么过的，他也说不清。他是真的说不清，反正就这样一天天过来了。究其原因，很多事情是他自己也记不清了。记不清，自然就说不清。肯定有过痛苦，也有过艰辛，但事后回忆，都不过是过眼烟云。最能明确的是，他挺过来了，没少胳膊没少腿。

说来也奇怪，自从他回来以后，汤先胜就再也没有做过那样的梦。他解脱了！心里的那种轻松，真的是难以言表，比他做成了一笔大生意，要快慰得多。他恨不得要写一封感谢信给他。感谢信虽然没写，但他真的请了张思林下了顿馆子。两人都喝多了，满脸通红，说话时，舌头都打了结。那天中午没有别人，就他们俩。汤先胜在城里很好的一个酒店，要了一个小包间，上了一瓶很好的白酒。一桌的好菜，几乎没怎么动，两人倒把一瓶酒喝了个一干二净。张思林其实是酒量很小，三两就醉了。余下的，都是汤先胜喝光的。

喝光了酒，汤先胜就不停地笑。他乐得很。这个世界太奇怪了，他想。他们过去是一对冤家，现在却很亲密地坐在了一起，推杯换盏。人还是过去的人，只是时间不一样了，整个社会大背景也不一样了。现在的汤先胜，心胸宽广。刚回来的张思林，猛地看到他，还有些不好意思，想躲避，是他主动叫住了他。

张思林浑身都麻木了，他看到眼前的汤先胜满脸通红，眼睛也是红的。他在他眼里很陌生。他不再是过去的那个汤先胜了。这让他感觉很气馁。最让他心里有些不平的事，这个家伙居然什么事也没有。不但没事，相反他还发了财。而自己这几年在外，吃苦受罪不说了，更是一无所有。最最关键的，是妻子和他完全生疏了，形同陌路。妻子不搭理他。是的，她不能原谅他。虽然她收到了他的许多信，做了许多的解释，她还是不能原谅他。她恨死了他。她怎么能轻易原谅他呢？她要和他离婚。她认真提了，这是张思林过去所怎么也没想到的。她有条件离婚，因为没有孩子拖累，又

显得年轻。

“你真、真他、他、他妈的傻，怎么打、打了一棍子，就、就逃了这么多年。”汤先胜的眼泪都笑出来了。

张思林的眼泪也出来了，他也笑着，有点强作欢颜。

“算、算、算了，从、从、从此以、以后，我、我们是兄、兄弟。”汤先胜像是大人大量的样子。

张思林在心里，却一点也不愿意领这样的情。

“回、回来就、就好，省、省得我、我天天、天、天天天挨、挨你、你黑、黑棍、棍子。”汤先胜握着张思林的手，掌心里全是汗，热热的。

“有、有什么问、问题，你、你、你以后只、只管、管开口！”汤先胜说完这话，一挥手，就从椅子上滑到了地上……

7

人们看到的景象是奇特的，这一对冤家和平共处了，彼此看见了，脸上还挂着笑。汤先胜很忙，经常早出晚归的；张思林很闲，也很孤独，有点无所事事。妻子是吵着要和他离婚的，但是吵了几次以后，矛盾居然有所缓和了。并且，她还回来和他住在一起了。

这让不少人，心里感到一种宽慰。

但是，张思林还是孤独的。妻子上班后，他就一个人关在家里，没人知道他做些什么，想起什么。他也不跟人交流。没有人知道，他们看到的只是事情的表面。只要他知道，他和妻子已经无可挽回了。他们只是形式上的了。分手，只是早晚的事。张思林已经看到了不久后的结果。

日子一天天地过去，人们差不多已经把张思林和汤先胜过去的事情忘记了。张思林有时到街上去，还会到汤先胜的批发部去坐坐。汤先胜呢，比过去更胖了，因为他现在日子过得太舒服了。他成了一个有钱人，处处受人尊重。因为张思林回来了，他也再不做那种被打闷棍的噩梦了。甚至，他还有了一个情人。那个小情人原来只是他雇来卖水果的，谁想一年的工夫，出落得又白又嫩。心宽体胖的汤经理，就把持不住了，干脆暗里就把她彻底地私有化了。张思林看过那个小姑娘，真是忍不住有点羡慕汤先胜。汤先胜的妻子后来也知道了，和汤先胜吵过。可是，对于一个发了财的丈夫，你能拿他怎么样呢？把他吵翻了，很可能逼他干脆离婚了事。所以，最后她只好容忍了。

容忍是她唯一的办法。

张思林看到了汤先胜的妻子，心里就有些同情。与汤先胜相比，她老得厉害。虽然她现在也有钱了，生活条件好了，衣着也是鲜亮的。但是，一看就是个郁郁寡欢的中年女人。她受汤先胜的冷落，寂寞与哀伤全挂在了自己的脸上。尽管家里一天天地比过去更加有钱，她却一天天地过得越来越不幸福。前前后后也就是一年的时间，她的头发白了不少。许多认识她的人，都觉得她的日子过得窝囊。辛辛苦苦帮自己的丈夫赚钱，到头来，却让一个年轻的小女人，挤到了一边。当然，这种挤法比较残酷。

然而，幸与不幸，有时是捉摸不定的。谁会想到汤先胜会出事呢？但是，事实就是如此。就在那年的冬天，汤先胜出事了，在他和那个小情人租住的房子里。但是，出事的时候，小情人却并不在现场。没人知道那段时间出了什么事。有人看到那个下午，汤先胜是喝了酒的，满脸通红，然后去洗浴中心洗了澡。等人发现他出事的时候，已经是第三天的下午了。

对于汤先胜的死亡，各种说法都有，但大多是怀疑他是心脏病或是高血压，或者就是酒精中毒。说法不一。真正的原因，谁知道呢？

在追悼的人群中，张思林也出现了，他的脸色很沉重。有人事后回忆说，他的眼神一直有些飘忽。不久，就有消息说，张思林到公安局投案了，他说汤先胜是他害死的。他说他梦到自己打了他，在他的身后，一棍子就打死了。但是，公安局经过认真调查后，却没有接受他的说法。

在后来的日子里，人们看到张思林一直待在家里，逢人就说，他要等公安局来抓他。然而，谁会抓他呢？他说的都是疯话。

没有了汤先胜，张思林孤独得不行。许多事情，他只能靠回忆来完成了。他把自己隐在了回忆当中。

他生活的全部，就是回忆。

很快，他就老了，成了一个老人。

无可置疑的老人。

漂亮的疤痕

1

老张毫不怀疑自己对陈玉凤的爱。

但是，老张从没想到自己当初和陈玉凤相好时，说的那些誓言（戏言），有一天真的会成为现实。并且，他后来真的做到了。

老张是爱陈玉凤的，爱得很用心。从开始时起，他就恨不得把一颗心都掏给她。要是陈玉凤想要月亮，他绝对不会摘一颗星星（这只能是一种夸张的说法，形容老张爱得是忘我的，尽力的）。事实上，陈玉凤从没开口向他要过什么。给陈玉凤什么，都是老张自觉自愿的。有一段时间，老张真的就像一只辛勤的蚂蚁，不断地忙碌着，把自己的家里有用的一些东西，一点点地，偷偷地，无声地，搬运到她家里去。而陈玉凤并不希望老张这样做。事实上，她

和老张好，并没有想过要在物质上，讨他什么便宜。所以，每次她都拒绝了，甚至为此还有点不高兴。“我什么也不要你的，你有那份心就行了，”陈玉凤这样对他说，“我只要你的一颗心。”老张眨巴着眼睛，他知道心是不能给的。陈玉凤就笑，说：“那就要你的肝，要你的肾。”老张说：“那就给你一只肾吧。”老张知道，给一只肾，是不会影响到他的性命的。

其实，陈玉凤所说的“心”，只是一种比喻罢了。老张呢，也做到了。他心里装的，真的就只有她了。他爱她是全心全意的。自然，陈玉凤也体会到了。陈玉凤要的是情意。她缺的，就是男人对她的情意。至于物质上的，她根本就不是那种贪图小便宜的女人。再说，老张这样的，又能给她什么呢？整条槐树街的人都知道，她陈玉凤是个豪爽的女人，大大咧咧的，为人热心，做事热情。她在靠近机械厂的那个地段，开了一个小卖店（主要出售烟酒杂货，还兼着零售几份小报），生意不好也不坏，勉强可以养活自己和孩子。很多人都记得她过去的样子，中等身材，体态丰腴，剪着短发，满脸红光，目光和蔼。从本质上来说，她并不是一个合适做生意的人，因为她根本就不会精打细算，斤斤计较。别人来买东西，短少个一毛两毛的，她也不计较，愿意下次来补上的，她照收；有人故意想讨便宜不给的，或者遗忘的，她也不在乎。因此，在这条街上，她的人缘是相当不错的。人们都认为她是个不错的女人，相比之下，对她的男人倒是印象淡漠。

其实，陈玉凤的男人过去在这条街上也是一个角。年轻时候的余大乐，是个浑身长刺的愣头青。喜欢赤着膊，横着走路的男人。哪里有打架斗殴了，一定少不了他。他一直就没有职业，谁也不知道靠什么生活。余大乐自己也不知道。当然，他也不需要知道。反

正，他自己过得有滋有味的。狐朋狗友的，三五成群，走在街上，挺威风的。那时候，余大乐的父母还都还活着。就算在外面没饭吃，在家里总能找点冷饭剩菜的填饱肚子。这方面，他倒是不讲究的。这样子晃荡着，有好几年。等到成家了，他才慢慢地收敛。人，是会变的。尤其是他们有了孩子后，余大乐就变成了另外一个人。他变得不再另类了。他变得和这条街上大部分已婚男人一样，知道为家庭忙碌了。时间一长，人们很自然的也就忘掉了他过去的那些行径。说到底，他过去的那些不光彩的行径，也并没有造成什么危害，也就是一个青年混混正常的状态罢了。

老张是个什么样的男人呢？认识他的人都相信，老张只是一个很普通的过日子的男人。老张大名叫张跃进，人却很踏实。一切中规中矩的，从不冒进。甚至可以说，他是一个内心有点胆怯的人。老张原先就在机械厂上班，每天油腻腻，脏兮兮的，按时上班、下班。他所有的心思，都在过日子上，别的什么也不多想。他对自己的工作，没有什么抱怨，对家庭，自然也没有什么抱怨。他知道自己干的就是力气活。他没有什么追求，在车间里，连个小组长都不是。老张的女人没有工作，整天在家忙着家务。她姓赵，叫赵大梅，邻居们习惯称她为“张师娘”。在这里，“师娘”并没有原始上的那种意思，——对师长的娘子的一种尊称。相反，根本只是对一般的没有地位、没有职业的已婚妇女，一种客气的称呼。因为，一般情况下，很多人并不知道对方的名字。老张所住的地方，是在偏近郊区的地方。那是一个老的贫民区。住在那里的，大多是老城南的人。那里的妇女，不少是没有职业的，于是不管姓李姓赵，大家见面了，都以师娘相称，前面冠以夫姓。

因为一家三口，只有老张一个人工作，所以日子过得自然就紧巴。但是，他们一向如此，也很习惯了。而且，那一片的大多数人家都差不多，贫富之间的区别不大。当然，最近这几年，有了一些变化。但这变化，也是渐进的，缓慢的。

小地方，日子过得平淡得很。

和大多数夫妻一样，老张和女人之间谈不上爱，也谈不上不爱。他们原来就是别人介绍的。这样的婚姻，哪有爱？互相看顺眼了就行了。当然，他们也从没有想过“爱”这个词。如果一定要说“爱”，就是他们能在一起过日子就行了，有着共同的利益，互相关照。所谓共同的利益，也就是平安过日子，有饭吃，有衣穿。总体来说，他们的生活没有太大的变化。时间是无声无息的，但是，他们都在时间的流逝里，变老了。他们从年轻夫妻，变成了一对中年夫妻。老张从当初的小张，变成老张。他也不知道是哪天人们叫他老张的。老张是自然而然的，那个名称一直在等待着他。老张一定是老张，因为他的孩子都已经长很大了。他们有一个孩子，上中学了，男生。

对儿子，老张不怎么管。

儿子会自己长大成人，就像自己过去一样，老张这样想。

要是不出意外，老张很可能就像他的父亲一样，很平静的过一辈子。他父亲过去是个普通工人，育有三子一女，一辈子很老实地在厂里干活，没有任何花花肠子，然后退休。除了他的母亲，应该说，他没有碰过任何别的女人。这样，一直活到了七十一岁，最后是得了中风，在床上瘫了两年多，去世了。一个很本分踏实的人，没有人对他有什么不好的评论。但是，老张就不一样了。

老张没有成为像他父亲一样的好男人。

老张爱上了陈玉凤。

这一爱，就把一切都改变了。谁也想不到，他会和陈玉凤爱上。他自己也没想到。但是，男女关系这种东西从来就是说不清楚的，不是吗？

2

自然，他们很早就认识了。

老张那时候还在厂里上班，骑车经过陈玉凤的那个小店，会停下买一包烟。他不多话，付了钱就走人。老张喜欢到她的店里买烟，一来是方便，二来也是觉得陈玉凤的烟不贵，要比别处便宜五分钱。而陈玉凤呢？那时候就觉得这个男人很本分，会持家过日子，用钱很节俭。她发现他每次都是买同一个牌子的。玉兰，两块三一包。事实上，另一种牌子，梦溪，据说比玉兰更好抽，价格只贵了两毛钱，但老张却不买。陈玉凤向他热情地推荐过，但老张只是淡淡地，笑一下，说："我习惯了！"

陈玉凤知道，有些老烟枪是习惯于抽某一种牌子的。老烟枪，往往并不计较香烟品牌的优劣。甚至，有人偏就喜欢那种低劣的差烟。因为那种烟抽起来更有劲，更解瘾。或许，老张也是一个老烟枪。然而，据她观察，他抽烟并不算凶，三天才一包。这个厂里的工人，许多人一天一包，有的甚至是一天两包（这情况大多是由于互敬，一包烟一圈发下来，也就差不多空壳了。互相敬烟，其实也是互相联络感情的一种方式。而自己正好没烟，又犯了巨大烟瘾，这时别人也会主动提供香烟解馋）。她看出来了，老张这样子，是属于一种节俭。老张平时也不太和人多交流的（虽然看上去，他这样未免显得小气了。但是，陈玉凤更喜欢这样的男人。这样的性

格，其实和她，是多么的不同啊！在内心里，她真的有些欣赏小气的、节俭的、顾家的男人。因为这样的男人，是和她的男人完全相反的。只要和她的男人相反的，一定就是好的）。

老张是一个性格内向的男人。性格一内向，自然就有点小气。有些熟悉的工人，下班时见到她了，总会和陈玉凤开上一两句玩笑。更有一些，知道她男人不在，很大胆地盯着她丰满的胸脯看。陈玉凤也不生气，因为她觉得犯不上生气。男人是种什么东西，她心里清楚得很。那些男人以为她很需要那事，因为看上去她身体健康，应该有很好的欲望需求。但是，他们错了。她对那事根本就无所谓。当然，她毕竟是人，是个正常的女人。偶尔，她也会想。可是，只是一闪念。她甚至不希望她男人回来。他出去了，省了她不少的心。

那几年里，机械厂像大多数国有中小型企业一样，慢慢地衰落下去。工厂里，先是利润下降，工人的工资短少。再后来，工人们上班都不正常了，开始轮流工作，不必像过去加班加点（生产任务下降）。又过了两年，开始分流、裁减工人。老张当然是首先受到裁减的一批，因为他是没有任何背景和牵扯的。最终，整个机械厂倒闭了。好好的一个厂，被一个很大的房地产企业收购了。事实上，促使它倒闭的，正是那个房地产开发商。他让它提前倒闭了。所有的厂房（有很多都还很好，甚至有新盖不久的办公楼），都被推倒了。房地产商要在原地盖成一片高楼住宅区，沿街的，开发成一片小商铺。陈玉凤要想再经营，就必须去买一个。当然，她也可以不买。但是，她要生存啊。买一个，可以看好未来。

因为机械厂倒闭了，陈玉凤的生意自然就受了很大的影响。

下岗回家的老张，那一段日子真是苦闷，他不知道自己能做

什么，以及他如何应对未来。下岗时发的那点补贴，能做什么？大概只够半年多的日常家庭生活开销。而且，突然回家待着，精神上很不习惯，浑身的不舒服，像是没了手，没了脚一样。他就像一个残废人。或者说，突然发现原来很有用的手和脚，闲得没一点用处了。多余的。这时，他倒宁愿是个残废人。在家里待的时间一长，老婆也就有所埋怨了。老婆当惯了家庭妇女，就觉得他应该是在外顶天立地的。男人就应该是头驴子，每天围着磨盘，不停地转圈。

老张是想转圈的，但是，磨盘没了。他需要自己去另外找一个石磨，套在自己的脖子上。可是，像他这样的一个普通下岗工人，没有特别的文化和技能，要想再找一份合适的工作，是多么的困难。这难度，要远远地低于买彩票中大奖的概率。就这样，他四处托人，苦苦地折腾了有一年的时间，终于有了一份新的比较固定的工作。这份工作听上去不太光彩，但是，它却比较固定。正是因为它的不光彩，造成了它的固定。但是，老张却有点别无选择。他在一个新开的比较高档的洗浴中心，当搓背工。

“有什么丢人的呢？你不偷不拿不抢，靠的是力气，挣的是辛苦钱。”老张的女人这样说。在她看来，一个男人，除了努力挣钱，没有别的什么好说的。挣钱才是硬道理。

对这样的道理，老张当然是深知的。这样的道理根本不用她来说。因为，“不偷不抢就算是合法的挣钱”，这样道理是放之四海而皆准的。问题是，道理正确，行为就一定正确吗？行为正确，面子就一定正大光彩吗？毕竟，这是个伺候人的事。而在城里，凡当搓澡工的，大多是进城的农民工。他们进城来之前，原本就没有过高的要求。可是，自己就不一样了，好歹是个工人阶级（只不过暂时下岗罢了。当然，其实也是永远地下岗）。所以，在接受这个工作

之前，他真的是颇费了一番思量。

思量很苦恼。

但事情就是这样的巧妙，如果他不是到那个叫清平乐的洗浴中心去当搓澡工，他就不可能再和陈玉凤有什么瓜葛。他们两者相距是比较远的（老张原来骑车上班，需要四十分钟的时间）。甚至，他都不会想到她（因为他们过去只是点头认识而已），只是他下岗后，每次去社区外的那个小店买烟，就想不自觉地想到她。社区外的那个小店，玉兰烟要比别处贵一毛钱。这两年的物价在涨，而他的收入却没增加。岂是没增加，干脆是他从此没了收入。而在没了收入的情况下，他的烟瘾却比过去要大了许多倍。命运就是这样的喜欢捉弄人。因此，即使是一毛钱，他也还是计较的。

老张真的成老烟枪了，烟瘾一下子大得吓人。也不知怎么搞的，原来过去在厂里，他一包烟能对付个三五天，甚至一个星期。可是，如今在家里，一天（最多两天）就能抽掉一包烟。老婆出去买菜或是因为别的什么事不在家，他就大口大口地抽。有时，一口气吸下去，一根烟就能烧去半截。他觉得那样抽才痛快，才能除去心中的闷气。他想象心中的块垒，都随着吸到肺里的烟，全都吐了出去。抽得痛快！他站在一个地方，半个钟头的工夫，脚下就能有五六只黑乎乎的香烟的尸体。老婆从菜场或是别的什么地方一回来，立即就嚷着说屋里太呛人了，烟雾弥漫。——这未免过于夸张。老张想：他只是抽烟，又不是在烧烤。为了这个，老婆恶声恶气不知骂了他有多少回。她以危害身体健康的名义，严厉谴责他的嗜好。她越是骂，他就越想抽。

到了浴室干活以后，老张抽得又少了。一天十多个小时，都在忙着为人搓背，哪有工夫抽烟呢？偶尔，歇下来，客人会给他递上

一支好烟。抽着，特舒服，浑身上下，感觉都是通透的。那魂儿，仿佛也随着深吸一口，再喷出去的烟飘走了。舒服，舒服极了，比做爱还舒服（说到做爱，他现在和老婆做得越来越少）。每天下班时，心里特别踏实。所以会踏实，倒不是因为别的，而是因为工作稳定，收入也不错。有时，生意好的时候，一天的收入会是原来在工厂里的一倍还多。

也许是命中注定了什么，老张干活的那个叫清平乐的洗浴中心，就开在原来机械厂的厂区里，靠近街面。因为是新开张的，档次也高，生意好得不行。原来沿街一溜的破烂不堪的围墙，或是门房，也差不多都开发装修成商业店面了，很繁华。他所在的那个洗浴中心，是个集洗澡、休闲、餐饮于一体的销金窟。里面有唱歌的，也有按摩的。出入的小姐们，一个个都很年轻，漂亮，妖气十足。她们挣钱来得快，也容易得多。但是，老张也不眼红。他在浴场里，有自己固定的客人。这些客人，是真正来洗澡的，而不是来娱乐消遣的。有时，他伺候的人中，也会有真正的大老板，他们出手大方，这就让老张觉得，自己的劳动，受到了尊重，“劳”有所值。也是出于一种对自己的犒劳，他不再抽玉兰了，开始买一种叫白渡的香烟。白渡比玉兰，要高一个档次。有天晚上十一点半他才下班，突然想抽烟，结果就在一个新开的店铺，看到了陈玉凤。

这次见面，对他们俩来说，都是一个意外。

陈玉凤以为他下岗回家，再也不会现身于这一带了；而老张看到这一带拆迁了，以为她也早停止不做了。毕竟，她那样的生意也赚不了几个钱的。只是糊口而已。当然，很多人做的，也只是糊口，包括自己现在所做的。

乍见之下，两人很亲切。

就是一下子，他们的距离近了。

3

在此以前，他们虽然见过多次，但实际上他们并不了解。可是，那天他们谈了许多。老张一下子知道了陈玉凤的许多情况。比如说，她的家庭情况，丈夫、孩子，甚至她的父母。从她的话语里，他能听到她对她男人的哀怨。她一点也不避讳她的哀怨。也许，她是气极了。事实也正是如此。那天她的男人是回家了，和她吵了一架，然后走人了。他在家里的种种作为，简直就不像一个正常男人。即使是张跃进，站在一个旁观者的角度看，她的男人也太过分了。

但是，她发泄了一通之后，也就平静了下来。男人是自己的，谁让她当初做出那样的选择呢？平静下来，她又说起自己过去的美好时光。她说过去其实学习挺好的，但是却没考上学校。她爱好绘画，还上过区文化宫举办的美术培训班。也就是在那个美术班上，她认识了现在的男人。他那时候，整天在文化宫门外的那条街上晃荡，屁股后面跟着几个晃晃荡荡的，流着长发，穿着喇叭裤的小青年。

她说她那时候就是迷他，迷得不得了。他所有的坏行为，在她当时看来，都是酷极了，帅得不行。那个时候，他比她大几岁呢？大七岁。她死心塌地跟着他，不管家里如何激烈的反对。而且，反对得越激烈，她的心就越是坚定。自然，美术辅导班也不上了。

老张事后听得蛮感动的，因为他怎么也想不到陈玉凤是这样的一个浪漫而执着的女人。她说事实上甜蜜了不过了大半年的时候，然后她的男人（准确地说，是男友）就有点不把她当回事了，甚至一度想把她甩掉。因为他整个人自我感觉很风光的，不乏一些社会上的闲杂女青年对他有好感。但是，陈玉凤很执着，哭着闹着，坚决不同意放手。再说，她觉得她都和他睡过了，理应跟着他。很明显，事实教育了她：跟错人了。结婚这么多年，那个男人给过她什么呢？她觉得他什么好处也没给过她。她没有享过一天的福。他只给了她艰难与忙碌。她给他做饭、生孩子，陪他睡觉。可是，他对她没有半点的感激。相反，他认为她给他做什么，都是理所应当的。有一样不如他的意，就要破口大骂。她真是受够了。她哭过，哭过无数回。但是，慢慢地，她就接受了。她认命。因为，一切都是她自找的，就像她妈妈后来批评她的一样。她怨不得别人。

陈玉凤让老张有了一种同情。相比之下，他就觉得自己的女人一点也不厚道了。他们的婚姻，是别人介绍的。那时候，老张家里的条件不好，母亲有残疾，全家就靠他父亲一个人。所以，等到大龄的时候，别人一介绍，他也就同意了。他对女人的要求不高，只要身体健康，心地善良就好了。而当时自己的女人在附近的农村，最大的梦想就是能嫁一个“工人”。双方你情我愿，一下就说好了，就像做什么生意一样。整个过程，很平淡。

很长时间以来，老张从来没有感觉过自己的婚姻有什么遗憾。但是，自从听了陈玉凤的叙述后，他忽然就有意识地对照和检查起自己的婚姻来。检查之下，就发现了许多的苦涩。他发现自己的婚姻是不圆满的。事实上，他早就知道自己的婚姻是不圆满的，但他从来也没有觉得是一种什么缺憾。因为，他当初选择时就接受了已有的一切。他对婚姻一开始就没有什么特别的要求。为什么现在有了不一样的感受呢？他一点也没有意识到，自己这样想的时候，实际上是喜欢上了陈玉凤。他在陈玉凤的脸上，看到了一种自己女人所没有的东西，那就是和气、乐观、热情。她是富态的，圆圆的脸上，有一双明亮的大眼睛，看人的时候，很温柔。

陈玉凤也根本没有想过她会和老张成为一对情人。她从来就没想过，和自己以外的男人有任何别的瓜葛。尽管她对自己的男人有怨恨，有时甚至是恨得要死，但从没想过出轨。男女关系说是情人，但实际如果没有性，还会有什么情？而这男女性关系，她是没什么兴趣的。有时候她想，就算一辈子不再有性生活，她也不会主动去想。她不觉得那种事有什么意思。男女间的那种事，她听过，也见过，不算少。最后，一个个都是黯然分手。她所要做的，就是努力地挣些小钱，维持家里的日常开支。她要带好孩子。孩子是她的骄傲。她的儿子也大了，虽然学习成绩不太好，但平时挺听话的，对她很好，知道疼她。儿子比丈夫好。儿子也是男人了，小男子汉。所以，她不觉得生活中缺什么。另一方面，她当然也是比较认同老张的，觉得这个男人顾家。顾家的，当然就算得上是好男人。老张开始时，还为他是个搓澡工，而有点不好意思。毕竟，她当时认识他时，他是个机械厂的工人。大家总是认为搓澡工，不太光彩。但是，她不这样看。这个世界上，从来没有下贱的职业，只有下贱的人。

和老张产生感觉的，是那年夏天的一个雨夜。老张下班了，路过她的小店门口。她正在关门，却突然怎么也拉不动卷帘门了。老张那天下班也早，因为下雨，没什么生意。整个下午和晚上，他就搓了十多个人。夏天的生意，本来就清淡。他是赤着上身出来的，把一件汗衫搭在肩膀上。看见了她正在努力，就赶紧上前，帮她拉了下来。就是在刹那间，她看到了他宽厚有力的后背，看到了他肌腱突起的臂膀，她知道了男人的意义。她的心里，涌起了一股暖流。最意外的是，他们在回家的路上，居然同行了一段。她住得不远，就在这条街和模范马路交叉口里面一条叫作鱼市巷的里面。他把她一直送到家门口。在陈玉凤的经历里，从来没有一个男人对她这样体贴过。对老张而言，实际上并没有更特别的意思。他们只是顺路，他就陪她走一段。再说，陪她走一段路，对他来说，也是愉快的。他平时很少和妇女打交道的。小雨时断时续的，走在街上，感觉特别。

有了这一回这样更近距离的接触，后来的接触也就越来越多，越来越频繁。换句话说，他们已经成了一对比较熟悉的朋友，有点知根知底的味道。老张买烟，总喜欢到她这边来。而陈玉凤每次总是尽可能地按进价给他。老张不接受。他知道她是小本经营，并不容易。两下一客气，双方又增加了不少的好感。男女关系其实就是这样简单，双方只要一有好感的，界限就没有了。界限没有了，什么就都容易了。陈玉凤不计较他只是一个浴室搓澡擦背的，甚至后来还非常喜欢他整个身体干干净净的，永远散发着一股肥皂味。而对老张来说，爱上陈玉凤，是一件很幸福的事情。她很宽容，也很温暖。在她的怀里，老张就像一个贪婪的大男孩，简直比他自己的儿子还不如，一点血性也没有了。他心里想的，只是一味地哄陈玉凤开心。陈玉凤从来是个不会耍小性子的人，也不知道怎么回事，和老张在一起，居然有时也会故意耍耍小性子，看他急。

老张像是突然掉进了一个蜜罐里。一切都是甜的。满头满脸，都是蜜。睡梦里，咂巴着嘴，也能品尝到甜蜜的滋味。他怎么也想不到，自己会和陈玉凤好上。有个晚上，也是雨天，他下了班坐在她的小店里，两人聊天。整个街上都很静，看不到什么行人，只有

车来车往。陈玉凤那天其实早该下班了，但她却没有走。她没看到老张下班。她在心理上好像形成了一种信赖，看不到他下班，她就不会关门。她指望他来买烟。事实上，他并不每次来都买烟。抽烟不好，她也这样说过。而且，他也不是每天都来。他内心里，还是有所顾忌的，不敢经常来，做得太明显。那天，主要是她特别想和人聊天。她心里有些闷。她也不知道为什么有些闷。然后，她真的就等到他了。他说他来买烟的。她让他进到店里，两个坐着聊天。聊着聊着，老张就脸红了，心里有了一种欲望。他看着她，身体感觉要膨胀。她当然也感觉到了一种不对，气氛的异常。她要站起来，摆脱这样的尴尬。他看到她站起来，他就也站起来，因为他也要摆脱这样的窘迫。两人都起来，面面相对，一下就不知道如何是好了。也就在两秒的时间里，老张选择了抱住了陈玉凤。而陈玉凤也顺从地让他搂住了，仿佛自己站起来，只是为了等待他的拥抱。而事实上，他们俩都不是讲究浪漫的人，一男一女，抱在一起了，接下还能做什么事呢？他们都明白应该发生什么，但是，那天他们却并没有发生。说到底，老张在内心里还是胆怯的。当一场不可避免的爱情来临时，他有点惧怕。但是，他们在心里也都明白，将来会是什么。

陈玉凤那天在他的身上很近地闻到了肥皂的味道。

她喜欢那样的味道。

那气味，让她有种家庭日常生活的感觉。虽然，她知道，那气味并不是来自厨房和卫生间，而是来自他所在的浴室。但她仍然喜欢那样的气味。

老张对爱情一点经验没有。所以，事后他有一个多星期，没敢再去看陈玉凤。因为他怕她不高兴。她为什么会不高兴呢？他也想不出所以然。他完全是想当然。事实上，他不去看她，她才是有点郁闷的。后来，他们不咸不淡的，维持了有一个多月的时候。这期间，他们是暧昧的，含糊的。要是没有后来陈玉凤的丈夫那件事帮忙，老张就不知道他还有没有勇气或者说是机会，让关系取得突破了。

有时候，机会比勇气还要重要。

而陈玉凤的男人，给老张创造了一个机会。有时候，帮忙的并不一定是朋友。甚至，有可能还是仇家。受益者，连一声感谢都不要说的。

老张事后回想起来，觉得自己真是一个比较走运的人。

4

一对过去没有爱，或者说缺乏爱的人，一旦有了爱，往往会比别人更炽烈。老张和陈玉凤，也正是这样。他们有点贪，有点不顾一切。他们是干柴烈火，火上浇油。他们爱得明目张胆，大张旗鼓。好在这个地方人杂，而且陈玉凤的为人一向很不错，没有谁有心要去张扬这种事。况且，是查无实据的。周围邻近小店铺的人，尽管觉得他们的关系有点不同寻常。但是，谁会管他们这样的事呢？再说，他们所处的环境，本来就是一个灯红酒绿的场所。他们知道，关心自己的生意，远比关心别人的非正常关系要重要得多。何况，时代不同了。社会上的男男女女，有非正常关系的，多了去了，谁计较呢。管好自己的钱财，比去管别人的非常正常男女关系要重要得多。

老张有时也帮陈玉凤上街去进货。他们走在街上，也掩不住有

一种甜甜蜜蜜（尽管他们有意要遮蔽）。外人看上去，他们就像是一对恩爱的夫妻。到了批发市场，往往是陈玉凤和人侃价格，老张在一边立着。不熟悉的从事批发的店主就会夸赞他们是一对很般配的夫妻。当听到别人这样说的时候，老张的心里也是甜甜的。

陈玉凤自然也并不介意别人这样说。她在心里，对张跃进也有了一种依赖。只要是上街办事，她都喜欢叫上他。有时是让他参谋，有时是让他照看，有时是什么都不是，只是需要他在身边。有他在身边，她觉得有底气。这是一种很奇怪的感觉，就像过去做姑娘时，依赖男朋友一样。她恋爱了，真的。在老张的身上，她才知道什么是“爱情”。她知道什么是爱情了。她相信现在经历的，才是真的爱。

老张对陈玉凤，自然就是恨不得把心掏出来了。在她的身上，他仿佛第一次知道什么是女人。或者说，他才知道这世界上的女人，其实是有很大区别的。他在陈玉凤的身上，知道了爱情，尝到了甜蜜。原来，他根本不知道爱情是个什么东西。现在，当然他也还是说不清。但是，他相信他说不清的那种复杂美妙的感觉，就叫“爱情”。在那份爱情里，他甜蜜得不行。看什么都是好的，做什么都有信心。在浴室里，他帮人搓背，也越发地卖力。他觉得他应该更加认真，就像他对待“爱情”一样。同伴打趣他，他也不恼。因为，他觉得他现在是一个幸运的人，应该更加宽容。在这样的一个时候，他得到了陈玉凤，多不容易啊！在他眼里，陈玉凤就是一个完美的女人。是的，别人女人再美再好，和他没有关系，而陈玉凤就是他最爱的女人。

中年男人得到的爱情，虽然来得有些迟，但它却往往又更浓烈。老张恨不得把陈玉凤捧在手里，含在嘴里，百般地疼爱。他也知道这样的爱情，是不太“道德”的。可是，那种爱情的甜蜜与幸福，完全把“道德”给淹没了。他这场爱情，真的就像是一场特大洪水，没头没脑地，他自己都淹在里面了。他的老婆其实是感到有些异样的，但却偏偏没有往这方面去想。在她的眼里，他依然是个老实男人。她想，就算是公开招标，也没人对她的男人感兴趣。就算是那些不正经的女人，也不可能看中他。那些女人只会看中钱。而她所要做的，就是把钱管得紧紧的。

“男人有钱就学坏”，关于这一条，老张的女人是记得死死的。除了给他一些买烟的零花钱，她尽量把他的口袋掏空。她有权利掏空，因为她认为是她在支撑这个家。她觉得自己对这个家，操心得太多。她全心全意，为的都是这个家。“嫁汉嫁汉，穿衣吃饭”。既然她成了他张跃进的女人，她就有权利控制一切。

老张倒也不反对自己的女人那样的。事实上，他也没有小金库，挣多少钱，都给她。他乐得轻松。需要钱了，就伸手向她要。平时的生活里，她也不烦他了。他们的关系是简单的。现在，她对性没什么兴趣。有时候，他们一个月才做一两次。她瘦瘦高高的，脸像刀子削的，有些苍白。她在妇科方面有点不太舒服，所以，她有时就没什么兴趣做。再说，她觉得也做够了，没什么稀奇的。平时在家，她从电视连续剧中所获得的那个乐趣，比那事强多了。有时，她还讲给老张听。那些言情连续剧，让她看得津津有味，每一个情节，每一个人物，都会让她感慨半天。她为好人喝彩，为坏人拍案（当然，她是无案可拍。但在择菜时，看到激动处，往往会扔下菜，很激动地大声谴责着）。在这个时候，老张就觉得自己的女人赵大梅简单了，爱憎分明，分明得太于简单。

赵大梅其实是个死心眼，就算是把自己男人的钱全掳去，但她

也并不知道家里有多少钱。甚至，她连存折放在哪，也记不住。存钱、取钱，都还是让老张去办。老张有时候发现陈玉凤那里缺少一个修水管的扳手、老虎钳，或者是一管玻璃胶，他都从家里悄悄地带过去。赵大梅是一点也没觉察。老张有时候就忍不住想：就算从家里把一只锅端走，她也不一定就有马上有所反应。

陈玉凤在心里知道，自己的爱，其实一开始是有一种报复的成分在里面的。她是喜欢老张，但是，也不是非要发展到那样的程度。他们也可以做很好的朋友。她对他没有防范。自然，他对她也是诚实的。有那么一阵子，他们已经有点冷却下来了。他们完全是可以冷却平淡下去的。但是，是自己的男人惹起。

她的心，真是被自己的男人伤透了。没有哪个男人，可以做到像他那样的无情，陈玉凤想。他太无情了！她相信，没有几个女人，可以做到像她一样，善于容忍。当然，她不忍又能怎样呢？她早已经忍受惯了。从某种程度上说，她已经不需要一个男人了。至少，她不需要余大乐那样的男人。所以，余大乐后来出去，她并没有特别的介意。她只希望他一个人在外面混，要多保重自己，没病没灾就好。想不到后来他好像还真出息了，说自己在深圳开了一个公司，当了什么总经理。偶尔回来一趟，满嘴跑火车，天南地北，见识广泛；神通广大，上到北京，下到什么小村子，没他不认识的人，没他办不了的事。陈玉凤也就听他吹，随着他的性子，只是心里不信。她觉得他真是变化太大了。原来，他只是一个会耍横耍酷，靠打架斗狠，展现自己一身蛮力气的人，一个街上的混混。但是，他现在成了一个靠嘴皮子招摇撞骗的江湖油子。在陈玉凤听来，他说的种种事情，其实都不怎么靠谱。应该说，听来还是很有诱惑力的，但是，后来的结果证明，根本就没有成功过一件。他

总是说他赚了多少多少的钱，可是，陈玉凤没有从他手里拿过一块钱。相反，每次他离开的时候，倒是理直气壮地向她讨要。有时，还嫌她给的少。

陈玉凤也不计较他不给家里钱。她根本就没想过，他能挣什么钱。她只希望他在外不要惹下麻烦就行了。她对他的要求，实在是低到不能再低了。可是，就是这样，他有一天告诉她，他在外面有女人了。他要和她离婚。她当时就傻了。她先是有些不相信，后来就是满腔的愤怒。他凭什么？凭什么？凭什么！？她当然不能同意。她不会让他就这样轻易得逞的。那样，她就是一个太过于软弱的傻瓜。

关于余大乐的一些情况，陈玉凤后来才陆续知道一些，说他事实上经常在周边的一些中小城市晃荡，有时候，也是天南海北地跑。他有女人，不三不四的，也不止一个。也没有太多的瓜葛，都是临时鬼混的，多则三五个月，半则三四天。当下的说法是，他找了一个很肥的女人，两人经常混在一起。很胖的女人当然也很有钱，否则有什么能吸引余大乐呢？他成了一个很不要脸的男人，弄点钱来贴补，就是在糊他的脸面了。是的，用那个女人的钱，来糊他的脸。他成了一个吃“软饭”的。他以为有点小钱，就可以买来别人对他的尊重。可是，骗得了别人，能骗了自己吗？

陈玉凤其实很害怕余大乐回家。她宁愿他在外面鬼混。每回来一次，他们就要爆发一次很大的争吵。余大乐回来，对儿子也是不三不四的。陈玉凤就看不得他那样子。他一个人可以胡作非为，对她也尽可以作威作福。但是，她绝不允许他影响孩子。和老张发生实质性关系那天，正是她在和余大乐大吵了一场之后。陈玉凤正在生闷气，老张来了。她就对老张说：“你想不想要我？”她这样说的时候，心里直骂自己不要脸，但她还是很坚决地说了。老张当时听得有点发呆，脸色都有点白了，吓的。他被她这没头没脑的话，吓得不轻。但是，五秒钟以后，他反应过来了。他在猛烈地冲击中，知道了她内心深深的寂寞与怨恨，知道了她的伤心与快乐。他们那天有点发疯，就像是两个笨蛋在搬运什么东西，使的都是蛮力。当然，主要是她发疯，而他多少是有些被动。她紧紧地搂着他，搂得他几乎抬不起腰来。她咬他，嘴里发出含混的深沉的呜呜声。他看到了她的脸，是通红的，眼角涌出了泪水。她大口地喘气，就像是一个呼吸困难的病人。她需要他用力，弄疼她，抵消内心的伤痛。也许，她并不认为自己在和老张做那种男女的事情，而是主动让人来惩罚自己。而他就像一个笨拙的，没有任何经验的人，第一次在农田里用铁铧犁耕地，走得歪歪扭扭的，使的都是笨力气，不太得要领。一场混乱的肉体交错后，分开了，有些累，躺在一边，屋子里静极了，头脑里一片空白。对陈玉凤来说，她的精神一下松弛了。她踏实了。她知道自己做了一件无比错误，却又无比正确的一件事。而对老张来说，他得到了，像是一个饿极了的人，闯进了一家无人看管的糕饼店，吃饱了，撑得走不动，留在原地，对下一步有点不知所措。他有点迷失。或者说，他有些犯晕，就像一个不习惯在海上颠簸的人，在狂风大浪的小船上，有点辨不清东南西北了，迷糊得厉害。但是，在这迷糊中他知道自己是幸福的。她的气息，她的体温，她在经历了那场狂风暴雨后的慵懒模样，都让他体会到自己是在一个美妙的温柔乡里。她让他赞叹。他喜欢她身体上的气味，惊讶于她身上的白净，贪恋她温暖而丰满的乳房。在她的身上，他获得了前所未有的体验，与体验后的巨大满足。

从那天开始，老张就想，他要对陈玉凤好，永远对她好。她是一个苦命的女人。他要善待她。他愿意为她牺牲一切。他是个男人，他会说到做到。而后来，事实上他也真的做了。他很努力地表现自己。他把她的事，全当成了自己的事。更准确地说，事实上是比他自己家里的事还要重要。陈玉凤当然是感觉到他对她的好的，很强烈。很多时候，她拒绝他为她献的那些小殷勤。她觉得，只要他有时陪她说话，和她温存，就很好了。她是幸福的，她体会到了。同时，她还体会到了性爱的快乐，非常意外，非常美妙。说它意外，是她真的没有想到和老张的性爱，是和余大乐的不一样了。或者，只是她遗忘了过去？她有些不能肯定。不管怎么说，拥有了这个男人，她觉得自己是要好好待他的。

待他，要比待余大乐好。

因为，她觉得老张比余大乐好。样样都比余大乐好。老张老实、厚道、体贴。她在心里说：她会对得起他的。她会给他的妻子不能给他的那些温暖与快乐。

重要的，他们希望长时间地彼此拥有对方。

5

两人这样好了大概有一年多的时间，直到陈玉凤有一天生病。

陈玉凤生的不是一般的头疼脑热，而是大病。

病情很严重。

老张怎么也没有想到陈玉凤会生病。在他看来，她的身体一向是很好的，精神饱满，性情开朗。这样的一个人，怎么会生病呢？陈玉凤当然自己也没想到。最初她只是感觉不舒服，但她以为只是累了。自从和老张好上后，她自己都觉得生活不太正常了。原来很平淡的生活，一下子变得浓烈了。事实上陈玉凤后来也犹豫过、矛盾过、自责过。她不知道是不是应该和老张继续保持着那样的肉体接触，做那种夫妻之事。大概是老张第三次找她的时候，她其实就想拒绝了。但是，她又受不了他可怜巴巴的眼神。在那个时候，他就像一个很无助的小孩子。她的心原来还在努力地硬着，一下就软了。心一软，就由着他了。其实，她也是喜欢和他做那种事了。喜欢，真的很喜欢。

她在老张的心里，真的就那么重要吗？陈玉凤有时忍不住在心里这样问自己。只要她稍稍情绪不好，老张就非常的不安，问这问那，生怕是由于自己惹她不高兴的。他这样宠她，倒让她有点不太习惯。有时，她真的需要他对自己凶一点，可是，有时又很需要他像只宠物一样地围着她。在这期间，老张甚至提过想和她结婚，她当然拒绝了。她知道自己不能这样做，即使自己同意和余大乐离婚。

让陈玉凤感到奇怪的是，余大乐在最初逼迫她离婚，没有得到同意后，再也不提了。很长时间，他也没有任何的消息。他就像从这个世界上消失了一样。陈玉凤宁愿他这样的。当时，她的判断就是：一、他原来要结婚的目标，消失了；二、无奈之下，他选择同居，既然结婚也只是一种形式，他就不再讲究了；三、他以拖待变，希望由她来提出来。这样，他又可以逃避道义上的责任和经济上的补偿。而她相信，第一种的可能性要大得多。她不相信哪个女人会真心爱上余大乐，——尽管自己年轻时，爱得死心塌地。

陈玉凤没有想到自己一下子会病得那样重。

老张直到那个时候，才知道陈玉凤其实根本就不像他原来认为

的，性格开朗。开朗只是表面的。当医生告诉她，病情比较严重，需要住院时，她一下就垮了。去医院检查时，他们还是一起去的，她除了脸色苍白，走路也还是有力的。可是，出了医院的时候，她就说：走不动了。她就坐在医院门口的大街上，看着眼前车来车往。当时天气很冷，还飘着细雪。她就那样坐着。他怕她冻坏了，让她站起来，他去打一辆出租。可是，她却不肯站立，眼里充满了泪水。

"你不要多想，没什么的。有病我们就治。"老张着急地安慰她说，"这病，也没什么了不起的。你放心，我会帮你的！"

陈玉凤低着头，不说话，大粒大粒的眼泪往下掉。

老张的心，疼极了。

6

谁也想不到陈玉凤病得那样重，危在旦夕。

在那段日子里，老张的情绪也很低沉，悲叹生命的无常。医生开始时以为他是她的男人，告诉说，她的病情很严重，光依靠透析，恐怕不能解决问题，也许需要换肾。老张知道，当医生说"也许"的时候，实际上就是"一定"。整个手续费用，需要十几万，还不包括肾源。这一下子要十多万，到哪筹这笔钱呢？老张就像疯了一样，到处去帮她筹钱。

陈玉凤的情绪很恶劣。她突然发现，自己其实是无依无靠的。在她最需要人帮忙的时候，自己的男人却不在身边。而在她身边的，却是一个名不顺言不正的人。她劝老张不要这样忙。老张这个样子，把自己的工作给耽误了。但是老张觉得在这个时候，帮她治

病肯定比自己的工作被耽误重要。她的儿子还在读书，男人又没个影踪，能帮忙的，就是自己了。他劝慰她说，不说他们是这样的一种特殊关系，即使是一般的邻居或是熟人，他也要帮的。事实上，老张知道，要是他再不帮她，她真的就连心也死了。陈玉凤只是因为一时的困难，情绪上有些绝望，但她虽然嘴上说她不愿治疗，宁愿去死，但实际上求生的意识是很强烈的。谁会不想活呢？实际上，人往往是越没希望活，就越想活。对死的恐惧和对生的愿望，是格外的强大，无与伦比。

对医院里的人的误解，老张也不好申辩。如果他说自己其实是一个无关的人，别人会怎么想呢？所以，他选择沉默。自己的女人对他现在每天上午都出去，觉得有些奇怪。以往，他都是下午才上班的。他就只好对她扯谎，说是他要帮忙维修洗浴中心的锅炉，或者是别的什么活。反正，他要找理由的。

那一段时间，他总是扯谎。各种各样的，有的听上去还正常些，有些根本就很可笑。但他顾不得了。女人骂他，他也无所谓。她骂了，也就消了气了。

“真的不要治了，死了算了，”有一次，陈玉凤对他这样说，“我这病是治不好了。”

“你别乱说了，医生说，一定能治好的。”

“你对我很好了，”陈玉凤说，“谢谢你啊，我不要治了。白花钱。”

老张说：“别乱说了，有病当然要治。孩子还没成人呢。一起想想办法，总是有希望的。”

听到了孩子，陈玉凤就哭了。

哭得很伤心。

看她哭成那样，老张就也流了泪。好好的一个女人，怎么就成了这样呢？他们还没有爱够啊。过去的种种疯狂，一幕幕地回想起来，老张觉得就像是梦。

陈玉凤的儿子在心里应该是猜到老张是什么人了。但是，看到老张这样尽心地照顾他妈妈，所以，表现得比较安静。甚至，透着一丝友好。无论如何，没有老张的帮忙，他是没有能力照顾他妈妈的。他对他的父亲，是没有好感的。而大人们的事情是比较复杂的，他管不了，也不想管。但是他不欢迎老张，也不反对老张。他们像是陌生人。当然，他们本来就是陌生的。

老张不计较那个孩子的态度，他只希望陈玉凤能好起来。他帮忙取出了她名下的所有存款，自己还贴了一万多一点。但是，这是远远不够的。

为了陈玉凤，老张其实是做了忍辱负重的。陈玉凤有两个表姐或是姨姐的什么亲属来，看到他，目光透着一种特别的东西。尤其是有一次，她的一个远房堂妹，从他身边经过的时候，赶紧把腰肢一闪，好像他是个什么不洁的秽物。陈玉凤心里当然知道他的委屈的。再说，她自己也是难堪的。所以，她尽量不让他来。

让人感到意外的是，余大乐回来了。

老张过去见过余大乐。那一次，余大乐正好到那家浴室去洗澡，偏偏又正好轮到老张给他搓澡（除非是固定的熟悉的客人。一般的客人是按号排序的，轮到谁就是谁）。那是一个身材很高，又很结实的男人。他有一双像铜铃铛一样的大眼睛，但是，他的眼白却很浑浊，充满了对人的不信任与自大。他躺在澡凳上，默默地享受着老张的搓揉。他大手大脚，仰面朝天，直直地躺着。双腿中间的那活计，软软的，而那紫褐色的睾丸袋，拖得很长，无力地垂挂着。老张的手是有力道的，而且张弛得法。很多人都喜欢老张的搓捏。老张搓澡的时候，很用心。事实上，他从来也没学过，但是，他知道怎么让人舒坦。他会把客人的身体擦得干干净净的，每个隐秘的角落，都擦到。全身的关节、脉络，经他的大手一搓捏，就都全散开了，活泛了。一活动，像是重新经过了整修，焕然一新呢。

“爽，搓得好！”那次余大乐这样对老张说。

老张笑笑，说：“下次再来，多多照顾我。”

那时候，老张和陈玉凤还是清白的。

老张以为，在外闯荡的余大乐应该是胖了。可是，相反，他看他比过去瘦了，头发也白了。按说，余大乐的年龄并不算大。当然，老张过去在上中学时，有个同学，就是“少白头”，十六七岁，却是像一个老头，头发白了一大半。两个男人，一见之下，有点发愣。对老张来说，其实多少还有些紧张。可是，余大乐却什么也没多说。他选择了沉默，在沉默中，大口地抽着烟。他当然应该清楚，这个男人和自己女人的关系。世界上没有无缘无故的恨，也没有无缘无故的爱。他相信老张不是“雷锋”。老张只是一个搓澡工。他在老张的身上，嗅到了自己女人过去所留下的气息。真的，他并不夸张。或者说，夸张的只是他的神经。他相信在自己不在的这段日子，自己的女人把她交给了另一个男人。

但是，自己能说什么呢？余大乐在心里想。甚至可以说，他在最初的暗自吃惊后，平静了下来。他发现和自己女人好上的，居然是这个的一个男人。这个男人，看上去块头要比自己小一号，当一个搓澡工，倒也是恰当的。可是，这样的一个男人能给陈玉凤带来什么呢？他能给她金钱？他不相信自己的女人是贪钱的。再说，这样一个搓澡工，每天也挣不了几个钱的。那么，他能给她快乐？他

实在不相信，搓澡工能这样的能力。

出了这样的事，余大乐是事先没有想到的。他回来，本来只是想和陈玉凤再商量一下离婚的事，没想到她却躺在医院里了。

他被她绊住了。

7

真正绊住余大乐的，其实也不是女人的病。绊住他的，是另一个女人。这个女人是个很有想法的生意人。她经历复杂，遭过不少的罪，但她后来平坦了。尽管她吃过苦，受过罪，却一点也不影响她肉体的增长。她是个很丰腴的女人，丰腴到从背后看，腰和屁股是没有太大区别的。可是，余大乐对她说，他喜欢。

她当然不会太相信他的话。

当然，她也无所谓。因为她知道，谎言并不重要，结果才重要。

她是个精明女人，自然知道男人是个什么样的玩意。她经历过三次婚姻了，当然太了解男人了。如果她的肥肉能卖钱，她相信余大乐喜欢的只是她出售的好价钱。她也不介意他说假话哄她。因为，在内心里她是不会当真的。生活里，有时候需要假话。在男女关系中，更需要足够的假话。她知道他需要什么。她也不介意他的需要。双方都是心知肚明的。再说，决定权在她的手里。他的假话，也能让她得到快乐。因为，他说假话哄她，本身就是一种极低的姿态了。她对付过不止一个男人，前两次离婚，每离一次，她的财富就增加一次。第三次婚姻，她差不多已经是个有钱人了，离婚时，那个男人却没有得到一分钱的好处。自然，如果余大乐要和她要什么心计，她相信他也不会得到半点的好处。

她对自己充满了自信。

这个女人姓金。余大乐叫她“金总。”即使是在床上，他也这样称呼她。这样的“尊敬”，已经成了一种习惯。金总的生意做得还不错，不算很好，但也不赖。她的生意不算大，但足够算得上是“有钱人”。至少，她对自己是满意的。当然，除了对肚子和屁股上的赘肉之外。她也想减肥，试过各种方法，但硬是没用。身上的肉，仍然是一天天地在增加。时间长了，她的注意力也就不在这上面了。

金总是第一次来到这个城市。这个城市不大，很安静。但是，她一下就觉得这个小城市不错，有很多的生意机会。从经济上来说，这里要滞后一些，因此，也就孕育了无数的商机。仿佛在这里做任何事，都有赚钱的可能。然而，真正要发大财，其实也困难的。金总知道自己只能做一些耗费不太大的生意，比如说，开个茶社、网吧，或者跟人合伙，搞一个什么项目的开发。当然，什么能赚钱，就做什么。她是个生意人，目标明确。至于做什么，只要不犯法，别的就管不了那么多了。而余大乐并没有把自己想要离婚的事情告诉她，她一直以为他是已经离了的。然而，当她知道他的现状后，也并没有生气（这是出乎余大乐意外的），只是说：“那你要好好地照顾她，帮她治好病。”

余大乐听她的。

余大乐不相信她说的那些话，是发自真心的。但是，他相信如果自己不按她的意思去做，她只会更不高兴。她希望他听她的，一切都照她的安排去执行。其实余大乐很不愿意留在家里。他一点也不想去医院里，伺候陈玉凤。但是，他又有些无奈。

余大乐在无奈之下，选择了服从，并且希望自己表现得有情有义，像个仗义的男人。这样，让金总觉得，她选择他，并没有错。

金总很大方，听说陈玉凤的治疗费有问题，一下子就提了五万块钱，让余大乐去医院交了。余大乐也说服了陈玉凤，把她的那个店铺抵押出去。陈玉凤同意了。她当然同意。她病得很重，不敢肯定自己以后即使好了，是否还有能力来经营。先保全性命，也是老张的意思。她已经很麻烦别人了，自然也不能太拂了一片好心与苦意。店铺能卖个好价钱，当然是一件好事。在这样的一个时候，她需要人的帮助，哪怕是她曾经恨死了那个人。是他应该表现一回的时候了，好填补他心中的愧疚（其实他根本就没有）。有他的出现，老张就可以暂时退下了。一段时间以来，已经很让老张辛苦与尴尬了。

老张没有告诉陈玉凤，他已经被老婆发现了他的行为。赵大梅发现他来的是医院，但不知道他具体去探视谁。他就撒谎，说是过去工厂里的一个同事的家属住院了，生了重病。他为什么一定要说成是同事的家属呢？完全可以说是同事啊。他笨！事后想起来，自己也心生懊恼。显然，这方面他的能力是欠缺的。赵大梅闻言十分愤怒，就认为他的心根本不是同事，而是人家的老婆。普天之下，没人听说过，作为一个同事，要去频频看望人家老婆的。老张就再次撒谎，说他的同事是出了车祸了，行动不便，拜托他来帮忙。而且，医院里有个医生，正好是他过去同学的表哥。说这些话的时候，老张就想，其实自己也和余大乐差不多了，特别会胡吹乱编了。赵大梅当然不太相信他的话，痛骂他，而且气得把家里砸得稀巴烂。她扬言要离婚。

也许，离婚是个不错的选择。老张根本就不怕她这样的威胁。

因为他居然敢这样不在乎她的威胁，女人就骂得更加的刻骨。那一句句语言，就像一把把锋利的刀片，直割到了老张的肉里。老张被她骂得气极了，也砸了家，把大衣橱上的穿衣镜打碎了。大大小小凌乱不堪的镜片，把屋里的景象也照得支离破碎。

不过了，她要离了才好，老张心想。

女人就号啕大哭。

她想不到她的男人一下子变成这样。

像变了一个人。

8

老张做了一件天大的事情。

他给陈玉凤捐了一只肾。

陈玉凤的病情越来越严重，虽然医生们努力地治疗，但不能解决根本问题。她的身上，出现了明显的水肿，便血，有时，甚至还昏迷。医生的建议是马上换肾，可是，肾源是一个很大的问题。医生当然愿意由家属提供，这是考虑到他们的现实状况（包括经济）。当时说这话的时候，医生是对着余大乐和老张两个人的，在医院住院的那个走廊上。老张看着余大乐，可是余大乐把目光看着地上。然后，余大乐一屁股就坐在了垃圾筒的边上。

垃圾筒和余大乐都一点声音也没有。

医生对老张说，其实，一个健康的人，完全可以献出另一个肾，并没有实质性的健康影响。他好像在心里，更认同老张是家属一样。

“我是不能献的，”半晌，余大乐对老张说，“这两年我的身体

也不好啊，别的哪个亲属肯献呢？”余大乐担心要是献了一个肾，身体肯定是要受到影响的。身体受影响，就绝对会影响他的那种生活（到目前为止，金总对他的那种表现，还是基本满意的）。那种生活要是质量低了，金总肯定就会对他不满意。金总对他不满意了，他以后的日子就不好办了。说什么，他也不能割让一只肾。尽管医生说，对身体并无大碍。但是，他不能相信医生的话。因为自己是个习惯的说谎者，所以，他对别人也不加信任。

信任别人，是件很危险的事。

老张不吭声，一直看着余大乐。显然，他是她的男人，如何决断，是他的事。然而，余大乐说了那句话以后，就再也不吭声了，继续和边上的垃圾筒沉默下去。

事后想起来，老张肯定是冲动的。他冲动之下，就说了那句话。他是气，气愤于余大乐的那个熊样。他是一个男人，有权利，也有责任，救自己的女人。 不管怎么说，陈玉凤是他儿子的母亲。他并没有想过，自己真的要献出一只肾。只为，他并不是一个首当其冲的责任人。当然，如果需要，他并不吝惜，只要陈玉凤有这样的要求。然而，他的话一出口，余大乐就像得到了救命稻草。甚至，他把老张的身份都想好了，说是陈玉凤的表哥。在心里，老张真的很瞧不起余大乐这样的人了，自私透了！她嫁给了这样的男人，真是太糟糕了。他让人感觉恶心。

陈玉凤当然并不知道老张要给她一只肾。

老张的女人当然也不知道。

知道的，只有这两个男人。

9

陈玉凤痊愈了。

她所以能痊愈，当然是因为老张的那只肾。仿佛是命中注定的一样，老张的那只肾用在她的身上，连一点的排异反应都没有。用医生的话说，简直就像是原来就属于她一样。天生的一对？老张在心里这样问自己。可是，如果是天生的一对，为什么他们不是一对夫妻呢？在陈玉凤醒来的时候，他看到她流露出来的，不是欣喜，而是眼角的两行泪水。

“谢谢你，”当时陈玉凤抓着他的手。老张能感觉自己的手是凉的，他很虚。“你为什么要这样做呢？”她问。他没说话。他想：这是应该的，只要她愿意，他什么都可以给她。他很高兴自己能帮上她。他想到自己过去在刚和她好上时，是真心愿意为她付出一切的。他想到了他们过去说的话。“你不是说要我的心么？”他说，“我没给你心，只给了你一只肾。”陈玉凤就哭了，哭得很厉害。“你的心给我了，我知道。”她泣不成声了。她现在知道自己爱的男人是个什么人了。她觉得自己过去对他的，都值了。不，她付出的还不够多。她希望自己以后能更多地回报他。她想，以后她会样样让着他，依着他。尽自己最大的女性的能力，去温暖他。

世界上最爱她的人，就是老张，她想。另一方面，她更加看不起余大乐了。关于余大乐的事，她也知道了。只要他再提出离婚，她会马上毫不犹豫地同意的。真的，她不要任何条件。

她担心老张。担心老张的身体，也担心老张以后的处境。

老张是瞒着老婆做这件事的。他相信，没有任何人会理解他这样的举动。其实，包括了余大乐。但是，余大乐嘴上却不说。他甚至还帮老张一起商量，寻找一个合适的捐献理由。他恨不得他马上就在医院提供的自愿书上签字。他需要他这时候勇敢的献出。他不在乎他是他老婆的情人。在这个的时刻，那不算什么。如果没人捐献，最后难题还是落在他的肩膀上。而他，实际上是不想承担责任的。他现在的心思，完全在另一个女人身上。很显然，对他而言，陈玉凤是一种负担。他所以还在照顾着她，只是因为金总要求他这样干。

金总是个盘算很深的女人，余大乐有时不得不服。他的能力和心计，远在她之下。金总有一些计划，在慢慢地实施当中。余大乐相信，他会把家庭的事情处理好的。等陈玉凤痊愈了，他做丈夫的责任也尽到了，她总会同意和他离婚的。死缠着没有意思的。

余大乐把算盘打得很好的。

老张当然没有想过事后的发展，会是什么样的情形。他能感受到的，只是余大乐对他的态度是松弛的。从头到尾，他没有表现出一点男人被戴上绿帽子以后的愤怒。到了后来，他甚至还表现得相当友好，给他递烟什么的。老张慢慢就体会到了他的意思。他有另外的女人，而且，前后还远不止一次。他早就不在乎陈玉凤和他的事了。

因为是瞒着老婆做的那个手术，所以，老张没敢多休息。而最巧的事，就在他躺上手术台的前一天，老婆赵大梅回娘家了。她的一个远房的什么姨侄，和人打了架，她要回去看看。关于借口，他也早想好了，就说是跟人到外地，想合伙贩点东西，做生意。就算老婆不太信，她也无可奈何。她也发现了，自从和她吵过架的老张

的心思，越来越活泛了。事实上，那阵子老张哪有活泛的心思啊。老张是魂不守舍，整天飘飘忽忽的。关于陈玉凤的病情，让他的心绪很乱。他想帮忙，但却时时感觉有力使不上。他想离开，但又觉得有责任去关照。尤其是，他和余大乐在一起，感觉很别扭。别扭得不得了。他觉得医院里，所有的人，都用一种很异样的眼光看他。仿佛，他的脸上被人写上“情夫”两个字。

老张在医院里整整躺了一个多星期，而这期间，余大乐只来过两次。但是，老张没有怨恨。从医院出来，正好老婆也回来了。老张的脸色很差。他努力地掩饰着，但还是很容易被人发现了。老婆以为他是出去累了，或者病了。让他休息，他却说要是上班。其实，到了浴室，他就进了休息室睡了。他也不能下水。在他的右下肋处，有一道三寸长的红色伤口。至少在一个月的时间里，他不敢脱光衣服睡觉。好在这是一个初春，晚上睡觉还需要穿着内衣。难堪的是，有两次，他的女人想要他做那件事（自从上次爆发了争吵以后，他们再没做过。也许，女人觉得可以通过那件事，缓和一下他们间的僵硬的关系）。面对这样的要求，老张当然难堪极了。但他表面上不动声色，含糊着找一些借口，推挡掉。他不能做，他很虚弱。他需要休息。毕竟，他献出了身体里的一个很重要的东西(对男人来说，象征的意义，要远远大于那东西本身)，不是简单地受伤。他缺失了。他身体里的另一个东西，完整地存在到另一个女人的身体里，为她服务，为她工作。事实上，成了和他再没有关系的东西。

日子一天天地过去，老张慢慢地也就有所恢复。他每天都要去小心揭开纱布，去看看那里的伤口。医院里的医生已经帮他换过两次了，伤口愈合得非常好。拆线以后，伤口部位有些痒，有时痒得还非常厉害，一直痒到心里。那痒的感觉很怪，就像他第一次和陈玉凤约会前的那种感觉是一样的，火急火燎的。常识告诉他，伤口处是长新肉了。伤口的颜色也变浅，由原来的一道黯然的血痕，逐渐变成了红色，再变成浅红……

陈玉凤也出院了。

老张知道，在他出院后的第二个星期，她出院的。据说，她恢复得相当好。他出院前，去看过一次她。而她正好在睡觉，睡得很沉。余大乐也不在她身边。老张是想叫醒她的，但是，犹豫了一下，还是没忍心。谁想，过了这么一段时间，他就再没看过她。他心里忽然有了一种障碍，想不出正当的理由去看她。自己只是扮演了一个救人者的角色。救过了，他的使命也就完成了。再去，仿佛就有了一种想要索要回报的嫌疑。当然，如果不是余大乐在家，他是一定会去看她的。甚至，他还可以再照顾她。他想见她，太想见了。他想知道她的现状。想听她手术后的感觉，想她再拉着自己的手，甚至，想再次听到她说自己喜欢他。

老张没有想到，有一天余大乐来找他。余大乐一直等到他下班，然后非拉着他去喝酒。他并不愿意去，因为他不知道余大乐这样做的目的。但是，余大乐却非要拉着他，好像他就是他的兄弟一样。老张心想，也许他是想说说陈玉凤的事情。两人就在离洗浴中心不远的另一条巷里的一家小饭店坐下了。

看上去，余大乐整个人都很萎靡，精神落魄，情绪低落。他也不说话，点了几个菜后，只顾喝酒。几杯酒下肚，他才开口。开口就骂那个姓金的女人。他说那个女人太毒了，一切变好了，她把他甩了。他心里苦，苦极了。他悲叹自己的运气太差了。他前面勾搭过三四个女人，都是好好的，然后就离他而去。但是，那些女人都不足以让余大乐伤心。因为那些女人全是要骗他钱的。他从外面好不容易挣来的一点钱，全花在那些不正经的女人身上了。最后是人财两空。只有这个金总，他看出来这个女人的真正能耐了。她是可以做成大生意的人。他在心底里佩服她。而跟着她，他就不用为了钱的事太操心。她让他活得滋润。

老张看着余大乐，一直默默地看着他，听他絮絮叨叨地说着。在心里，有了一种厌恶和怜悯。他明白了，余大乐是让那个姓金的女人甩了。余大乐老了，是更老了，头发比原来白得更多了，额头上的皱纹像刀刻的，一道一道的。他感到不平。他说他过去帮那女人做了好多事，仿佛那女人的财富全是靠他挣来的。如果是真的，他又何必这样计较呢？他完全可以在以后自己来干，老张想。

余大乐怨恨那个姓金的女人无情。他说，姓金的一共给了他八万多块钱，可是，他全用在给陈玉凤的治疗上了。而且，姓金的把陈玉凤的那个店面也吃走了。她把那一排的店面都吃下了。她要在那里做大。她有了新的合作伙伴，据说也是一个颇有实力的老板。她让余大乐在家好好照顾陈玉凤，说，他应该做一个“好丈夫”。她过去为什么不劝他做一个“好丈夫”？关于自己的婚姻状况，他是瞒过她，但是，那正是因为他爱她，想得到她啊。

“陈玉凤现在好点了么？”老张小心翼翼地问。他发现，从坐下来后，余大乐就没提过陈玉凤，仿佛陈玉凤和他没有什么关系。甚至，他对她有些怨恨。因为如果她不生病，也许他和姓金的那个女人就还能保持着那种关系。是她的意外，粉碎了他的前程。失败之下，他冷静了下来，如果他再和陈玉凤离婚，那么他就什么也没有了。一无所有。至少，眼下他只能消极地等待，等待着事情的进一步发展。

“最近我手上没钱了，你借我点钱吧，”余大乐最后说，“过一阵我还你。陈玉凤好多了，已经能在家里四处走动了，有时还在阳台上晒晒太阳。”

“你们的过去，我就不问了。但是，从现在开始，你们注意点。”余大乐拉着脸说，“你们太不像话了！太过分了。以后再这样，就别怪我不客气了。你们最好断掉这样的关系。”

老张不说话，一颗心木木的，麻麻的，就像被酒精浸过了一样。

10

半年多的时间过去了，老张仍然在那个洗浴中心，当着他的搓澡工。关于他给陈玉凤献肾的事，没有什么人知道。即使在洗澡中心，也几乎没人知晓。他不是什么名人。认识他的人少。再说，他也不想对人说。每每想起来，他有些心酸。这种酸涩的感觉，只有自己体会最深。老婆最终知道了那件事（谁也不知道她是怎么知道的），愤怒地在他身上，没头没脸地打他。他都没还手。老婆伤透了心。老婆伤心得不行，气得真想和他离婚了。老婆想：如果她生了病，也需要一只肾，他会给她吗？

老张意识到严重了。他也在心里问自己，会吗？会的，但是，心情却和给陈玉凤不一样的。她们的性质也不一样的。

老婆恨死了他，认为他是世界上最傻最傻的男人。她是不能原谅他的，也许，一辈子都会记着这件事。她也看出来了，那个女人在冷落他，活该！她恨不得叫自己的男人，去把那只肾再讨回来。当然，那是不可能的。她也不能让他去讨。那只会让他们再续旧

情。她禁止他以后除了工作的地方，再去任何地方。

“你是一头猪！猪都不如！”她这样气愤地骂着老张。

老张忍辱负重，随她骂去。

陈玉凤现在怎么样了呢？大概是几个月前，他远远见过她一次，是在菜市场的岔路口。看上去她恢复得不错。如果不是他知根知底，相信没人知道她曾经是个很严重的病人。甚至，她能感觉到她脸色的红润。他想她，想极了。很多个深夜，他想得很痛苦。他忘不掉过去的一切。过去的一切的一切，都能回忆起来，哪怕是其中最最细微的。他不太相信，她能不想他。她没有理由不想他。可以说，不是他，就没有她的第二次生命。她的第二次生命，是他给的。她即使不念旧情，可是又怎么能不感谢他后来的献肾恩情呢？

男女之情，不论当初是如何的甜蜜，如何的海誓山盟，竟然是这样的不可靠，老张在心里很感慨。不论是他和陈玉凤，还是陈玉凤的男人余大乐和那个姓金的女人。可是，不管别人怎么样，陈玉凤也不应该对自己这样绝情啊。

他的心很寒。

到底，老张忍不住，往她家里打过两次电话，一次，一听声音是余大乐，老张赶紧就挂了。另一次，是陈玉凤接的。陈玉凤一听到他的声音就哭了，哭得很厉害，几乎没法说下去。大概意思是，她很感激他，也很想他。但是，他们再不能见面了。她让他多注意身体。老张从她断断续续的话语里能听懂，现在余大乐对她很不好。

老张心情差极了，很复杂。当然，她在电话里对他表现得非常温情，这让他感到不少的安慰。然后，也正是因为这样的温情，使他越发地牵挂她。

后来有那么一次，洗浴中心的一个新来的搓澡工告诉他，说有个女的找他。那个下午他正好不在。当时他干吗了呢？去买烟了。只有十几分钟的时间。但是，就是没遇上那个女的。同行告诉他，说那个女人有些慌张，听说他不在，就又走了。他问那个女人的模样，得到的描述就是陈玉凤的样子。那人还告诉他，说那个女人好像让人打了，脸上和眼角，都有伤。老张听了，不语。他什么都不想说，他也无话可说。

老张像是换了一个人。从此，他变得更加沉默了，原来那个虽然不多说，但是却很有内在精神的老张不见了。给人搓澡，客人已经明显感觉到他不如过去用心了，手劲还在，拿捏也还准确，但就是有不到位的感觉。他的心散了。

有个晚上，就在老张快要下班的时候，经理叫他，带着他上楼，穿过男宾的休息厅，再穿过电影厅，再打开一扇门，让他到隔壁的一个贵宾小包间里。“有个客人让你去捏一下，腰椎不好。你好好地伺候着，人家是点名要你的，说你有手劲。”老张心里有些狐疑，因为他知道，这时候他已经到了女宾部了。过去，他也来过一次。他小心地推开了408的门，看到在铺着榻榻米的小床上，半躺着一个十分富态的女人。那个女人烫了一头的卷发，湿漉漉的，好像还在滴着水。她裹着一件白色的浴衣。她正在慢悠悠地一边看着前面的电视，一边抽着烟卷，看到他进来了，随手就在茶几上的烟缸里，摁灭了。

老张有点胆怯，也有些别扭。但是，他也知道，经理的话，他是不能不听的。经理平时很少出面，更很少和搓澡工直接打交道。而且，事实上，这半年多来，他还是得到了照顾的。他要好好地做。他已经习惯了这份工作。他甚至不能想象，以后不做这份工

了，还能做什么。在这份工作中，他得到了一种踏实。按照规矩，他除下自己上身的浴衣，下身有一条半截的丝质长裤。他要求女客人趴下，然后隔着她的浴衣，轻轻地开始拿捏起来。

“不用的，”女客人说，语气坚决。

老张很少为女客按摩。他知道，在这个店里有，但不是他这样的。那是属于另外的一种性质。他是在最大众化的浴池里，服务于最基础的，也是有最正宗要求的浴客。他从事的是最低级，也是最光明正大的事。显然，这次不是。他的手，缓缓地，慢慢地，像是试探性，一点点的，由上而下，由轻及重，捏揉着。他的手能感觉到女客人的后背很阔，很绵，就像是一个面包师傅，面对着一个巨大案板上的巨大面团。

女客人发出轻轻的惬意的呻吟。

老张一天也没有学过按摩，但是，长时间帮客人搓背，他知道所有的关节与骨骼。他能感觉到，女客人肉体的绵软，很厚实，有弹性。“你……捏得……真……好，”女客人说，“……好，……真好。”老张不说话，尽力把注意力放到一双手上。陈玉凤也让他捏过，捏过后直说很舒服，说全身都让他捏散了，捏松了。捏得她全身软绵绵的，没了半点的力气。但是，全身上下却都感觉捏通了。休息一会，感觉全身就全是精神，像换了一个人。

“往下……往下……”

老张的手接触到了她的屁股。

女客再次发出哼哼声。

那声音让老张感觉有些异样，一时间想得有点走神，岔了，感觉手触到了臀部中间最柔绵的低凹处，一惊，好在女客并没有特别的反应。

“给我涂点精油。”女客人在下面说，“我的包里有。”

老张看到了床头柜上那只女式坤包。

女客人自己抬起了身，伸手去摸到了那只包。他看到了她的浴衣松了（什么时候解开的？他可一点都不知道），敞开了。浴衣里面的胸罩也脱落了（大概是褡扣在前面的那种），一对硕大的乳房在胸罩里忽隐忽现。她转身把一小瓶植物精油给老张，重新伏下。老张只好把她的浴衣撩起来，看到了她巨大的白皙的后背和屁股，以及像牛腿一样粗壮的大腿。他努力地不去看，不去想。把精油倒了少许在掌心上，然后均匀地涂抹在她的后背上。一股植物油的气味，在房间里荡漾。然后，她再拉下浴衣，自觉地翻身向上（这时倒是和没穿一样。因为浴衣更像是铺在身下的毛巾毯。而她只穿了一件银色的丝质内裤，紫褐色的乳罩松垮垮地挂在两只奶子的表面上。他不去看她，但能感觉到她在看他。

老张的手，只是在她腹部按摩着，然后很快地过渡到大腿和脚踝。

脚踝是结实。

老张在她的脚踝上用劲。

“你的肩膀很宽。”女客人说。

“我过去是个工人，在工厂里。”他说（半天了，他没和她说过话。他偶尔回一句，是对客人的尊重）。他那意思是自己过去干的是体力活。当然，他现在也还是个体力活。但这两种体力活，又是有所区别的。老张在按摩时，整个上身的腱肉突出，非常健美。

“你的伤口好了吗？”女人突然问。

老张一愣。

“你就是那个割了一只肾的男人。”女人说。

“你是个不错的男人。”女人说。

“世上少有呢。”女人说。

老张不吱声。

“让我看看你的那个伤口。”女人说。

女人坐起来，看着他右肋下的那道伤口。现在，这道不长的伤口已经完全愈合了，浅红色，像一个月牙，又像是半个唇迹。“愈合得不错。你这伤疤，还很漂亮呢。”女客人说，还用手轻轻地上面抚摸了一下。

“你这男人，有情有义。”女客人说。

老张明白这个女人是谁了。

他的手重新向上。

“用劲。”女人命令说。

老张却使不上劲，她的大腿上也全是绵绵的肥肉。想到自己这大半年来经历的事情，忽然有了一种伤感。鼻子一酸，不觉就有眼泪吧嗒、吧嗒在那个女人堆积了太多脂肪的白皙的腹部上，正好流进她的脐窝里，就像是一只小酒杯里快要溢出的晶莹透亮的美酒……

幸福的女人

1

一个女人，要看她的日子过得是否称心、富裕，其实只要看看她的一双手就可以了。

手对女人的重要性是毋庸置疑的。

生活优越的女人，往往会非常注意对手的保养。她们知道，拥有一双漂亮白皙的手，是多么的重要。手，对一个人的展示，有时并不输于一张生动漂亮的面孔。很显然，要是一个漂亮女人有一双粗糙短粗的手，肯定是美中不足，令人遗憾；而一个姿色平常的女人要是拥有一双漂亮精致的手，却分明是可以大大加分的，让人欣赏。

林凤瑶就有一双非常精致漂亮的手，尤其是对她那样一个年龄的女人来说，要保持住一双漂亮的与年龄并不相称的手，很不容易。但她的确保持住了。她的一双手白皙细腻，白皙的皮肤下，能看到她细细的呈淡青色的血管。指关节非常匀称，十指修长。特别是指甲，她剪得精致极了，不是很长，也不短，尖端部分呈瓜子型，上面浅浅地涂了一层透明的指甲油，晶莹剔透，煞是好看。

她的这双手比她的实际年龄要年轻六七岁。

所以会有这样一双漂亮精致的美手，当然是因为她生活优越，不需要操劳，所有的家务活有保姆来干。她每天早晚必用温水和醋以及黄瓜汁等等来长时间地浸泡，然后再涂上护手霜。这不仅是时间的问题（它会占用很多的时间，但女人是比较会利用时间的），也不是财力的问题（因为它实在所费有限）。重要的，是心态问题。一个整天为了生活而忙碌（至少是为家务而操劳）的女人，是不可能会想到特意养护双手的。只有那种养尊处优的女人，才会比较注意。

而林凤瑶就是这样的一个女人。

很长时间以来，林凤瑶自觉自己过得比较幸福。

不，非常幸福。

所谓的幸福，其实也就是她比较容易满足罢了。林凤瑶原先在一家公司里上班，丈夫过去和她一个单位，后来辞职了，自己开了一家不大不小的公司，一年也能挣个好几十万，儿子也大了，上了初中（一所寄宿的贵族式的高级中学）。而后来林凤瑶也从那家公司，调进了一个机关，变成了一名正式的国家干部（这是一个很大的飞跃，所以能办成，当然是因为她的丈夫花钱买通了关节）。很多认识她的人，也都认为她是幸福的，尤其是女人们。是啊，作为一个女人，有什么比嫁了一个能挣钱的老公更幸福的事呢？因为有

钱，她就可以住上比她的女朋友、女同事家大得多的房子，买得起漂亮高档的私家车。生活条件更优越，花起钱来大手大脚。你不是有钱女人，你当然体会不到那种大把花钱的快感，但你一定能想象得到。然而，也正因为大家没钱，所以往往会把她的幸福无限地放大。

是的，富人的幸福往往是被穷人所放大的，而忽略他们的痛苦。

也许是时间长了，一些真正熟悉了她家庭的人，对她的那种幸福感，不再有多少认同了。甚至，可以说是一种不以为然。当然，谁也不会把自己的不认同（也就是异议）说出来。谁也不能肯定自己的那种不以为然里面，究竟有没有一点妒忌的成分。妒忌是个很奇怪的小妖精，你无心说一句话，很可能它就躲在里面。

说到底，她周围的那些人，也还都是厚道人。谁会故意去说破人家的幸福呢？要知道，这年头的人们，生活都挺不易的，在不能保全自己幸福的前提下，还是尽量不要去过问（甚至是干涉、破坏）别人的生活。而且，一个人的幸福感，完全取决于他或她自身的感觉。一个亿万富翁，可能会感觉很不幸福，这样的例子并不算少。就算你身边没有这样的人，至少你可以从报纸上读到：某国，某亿万富翁离家出走，生死不明；某国，某大财阀因倍感人生的灰暗，而开枪自杀。在你的身边，你也可能看到，一个很普通的家庭，其乐融融，特别的知足。甚至，你到菜场去买菜，看到一对从外地来的农民，拖着衣服邋遢的小孩，忙着生意，一天挣个二三十块钱，满足得很。据说，幸福这东西有一个金钱指数，年收入少了，会有不幸福感；多了，也同样不幸福。这样的情况，和林凤瑶家里的情况还正好有点像。大家觉得，既然林凤瑶她本人觉得幸福，那就让她幸福去吧！

事实上，林凤瑶的幸福感与家里财富的多寡并没有什么直接的关系。她所以会有那么强烈的幸福感，是她天生容易满足。从表面上看，林凤瑶很有女人味，细心、温柔，事事为人考虑。但只有和她经常在一起的人，才会知道，其实她的骨子里是多么的漫不经心。她做事时是细心的，也是认真的，但在很多大的方面，却表现出粗枝大叶。用她的男人孙克俭的话说，她是天生的享福命，不太爱操心。光从睡觉这一点上，就能证实。就算是第二天天要塌下来，她晚上只要头靠一枕头，就能睡着，而且睡得很沉。与她正好相反的是孙克俭，晚上经常性失眠，尤其是最近一两年，失眠得厉害，有时不得不依靠安眠药。

“现在又不像过去。过去公司运转困难，你失眠，现在情况这样好，你失什么眠？赚钱多少现在真的无所谓，日子过得去就行，而且现在是健康最重要。”林凤瑶经常这样安慰自己的丈夫。但不管她如何进行安慰，他的焦虑却一点也不见好。孙克俭说自己是个天生的劳碌命，无事也要愁。晚上睡不着觉的时候，他就大口地抽烟，一支接着一支。“你要少抽烟，抽烟对身体不好。”林凤瑶经常这样劝丈夫。可是，孙克俭不听，越抽越厉害，抽得脸上都有了烟叶的枯色。

作为一家贸易公司的总经理孙克俭，他的幸福感远没有林凤瑶那样强烈。他很少在家里，大部分时间都在公司里和外面奔忙。有时，一个星期可能只在家里睡一两个晚上。他们为了这些问题，也吵过。有那么几次，甚至争吵得还非常激烈。但林凤瑶的好处是，她没有隔夜的气。前一天还可能气着呢，但第二天就烟消云散了。只要家里安静了，她马上就觉得其实日子还是蛮好的。她体谅他，觉得他很辛苦，万事都挺不易的。在骨子里，她有点像她的母亲。她的母亲就是一个贤妻良母。她父亲过去在家里，是什么事都不用干的。闲来无事，就整个躺在竹椅上，抽烟，喝茶，要不就是背着手，在院子里转来转去的，油瓶倒了，他也不会伸手去扶一下的。家里所有的活，都是她母亲一手操劳。不仅不让她父亲干一点家务活，还得伺候好他。

林凤瑶是这样的一种性格，但孙总经理却并不这样。孙克俭稳重、踏实，不太爱讲话。他是一个心思很重的人。因为心思重，自然他的幸福感也就比自己的女人要差好多。同时，他又是一个耐得住性子，凡事都会记得牢的人。他对林凤瑶的性格也是不以为然，认为她有时对一些事情是太不上心了。当然，她不上心，对他是一件好事情，这样他就可以活得更轻松些（和心眼太细的女人生活，会很累的）。和很多生意场的人正好相反，他不是一个夸夸其谈的人。他做什么事，从来就是以行动来表示的。在他看来，要达到一个什么目标，直接干就是了，说那么多废话是没有用的。包括对家庭里的成员的爱，从来也是只做少说，或干脆不说。

如果这种状况一直保持下去，倒也还不失为一个幸福的家庭，无论是对林凤瑶而言，还是对孙克俭而言。对现在的大多数家庭而言，其实平静就是一种幸福。但遗憾的是，这种平静在去年秋天的一个早晨被打破了。

2

出事的时候是一个秋天。

那个秋天的早晨与往日多少有一些不同，它的一个特别不同之

处就在于下了大雾。据环卫工人说，五点多钟的时候还好好的，但六点一刻的时候，大雾弥漫，迅速就把整个城市洇了，就像在一杯水里加进了一勺牛奶。林凤瑶像往常一样，吃好了早饭，就去上班。

另一个和往常不一样的是，林凤瑶的丈夫不在家，到外地出差去了。自然，这样就没有车送她了。过去这种时候，她要么是打车，要么就是乘坐公交车。但这个早晨，她决定骑自行车上班，——她早就想骑车了。因为，她想那对身体是有利的。她一直想多增加自己的运动，减少腹部的脂肪。前一个晚上，她在衣橱的镜子里，打量自己时，发现自己的腰围越来越粗，撩起衣服，看到小腹上有了非常明显的赘肉。她想过各种方法减肥，可是效果总是不明显。有人告诉她，其实骑车能减肥，尤其是对小腹的脂肪。而就在一个月前，孙克俭参加了一个什么购物摸奖活动，商场里奖励了一辆女式自行车。而这辆崭新的自行车，还一次没有骑过呢。所以，这个早晨她决定去实现她的健身计划。

事实上，这是一种非常冒险的举动，因为她已经好久没有骑自行车了。毫无疑问，她对车技已经相当陌生了。但她对自己是自信的，觉得骑车就如同一个人学会了做爱，有过一次以后，就算是多年不做，也不会遗忘的。想到这个比喻的时候，她自己也忍不住笑了一下。显然，这样的想法对她而言，是多么的不恰当啊。想到做爱，其实她也是很长时间没做了，因为孙克俭太忙了，经常很晚才回家。就算有时在家里，也常常因为有别的事而忽略掉。他们有多久没做了？两个月？三个月？也许是四个月。当然，老夫老妻了，她早已习惯了。在整个家庭生活中，那事并不重要，她想。

林凤瑶从车库里把自行车推出来，擦干净车上的浮灰，骑上

后，感觉很快就适应了。她骑出小区的时候，物业的保安还表示了一下对她的惊讶。她住的是市中心比较繁华地段的一个高档住宅小区（明湖山庄），很少有人家还有自行车，新来时间不长的那个保安更没有看过她骑车。她在经过小区门口的时候，车子扭了一下，但很快她就控制好了。那骑在上面的感觉，有点特别。当然，和车子是新的，也有点关系。上了路以后，她不得不骑得很小心，因为雾太大了，有点看不清。路上所有的车子也都开得很慢。她出了小区，上了繁华的中山北路，然后过赵府园，前进大道……上班的人真多，平时坐在车里感觉不到。再次骑着自行车上班，还真有种特别的感觉。骑着车子的人黑压压的，真的就像是过江之鲫。路，现在是显得越来越窄，而车子是越来越多。汽车道不断地扩张，而人行道则越来越窄。

雾很浓。城市里原来林立的那些高楼全不见了踪影。路两边都是高大的法国梧桐，根深叶茂。林凤瑶一路上骑得很慢，当她到达上海路的时候，心里松了一口气，因为再过一条马路就到单位了。就在她快到单位大院外的门口时，突然从前面一条巷子里冲出一辆灰色的轿车，一下就把林凤瑶撞倒了……

那一撞其实是非常致命的。她的那辆崭新的自行车，被撞得完全变了形。林凤瑶当时完全没有思想准备，只听一声巨大的声响，然后整个人就飞了出去，随即眼前一片漆黑……所有的目击者都惊呆了，没有人会相信林凤瑶还活着。因为那一撞实在是太强烈了，那巨大的声响把路上所有的人都惊呆了。众人纷纷向躺在离已经变了形的自行车有十几米远的林凤瑶跑过去，发现她身底下是一片血污。那片血污正在迅速地扩大，触目惊心。有人赶紧打电话叫急救车，而这时她单位里的同事也发现了，七手八脚地把她弄上了车，送往医院。一切都是那样的惊悚。而当大家从惊悚中恢复过来的时候，才发现他们忽略了最重要的东西，那就是那辆肇事汽车早已经不见了踪影。那一切是发生得太快了，众人只想着救人。而那辆车在出事后，并没有停留，反而是加速向前开了。最重要的是，当时那条路上处于一种相对的空荡的姿态，而且在不远处就是旧南城的圆形广场，而广场之外的道路则呈 X 型向外放射。这给那辆肇事汽车的逃逸提供了特别的方便。

万幸的是林凤瑶被抢救过来了。从出事地点到最近的市立第二医院只有短短的一千多米距离，所以，送过去也就是三四分钟的时间。“时间就是生命”，这回是充分地体现了出来。奇怪的是，她虽然被撞出很远，摔得很重，但伤得却并不像想象的那样严重。她的额头处都撞裂出一个口子，大量的鲜血往外涌。但医生说，并未伤到颅骨。右臂也受了伤，骨折，鲜血染红了整条衣袖，湿淋淋。

她整个成了一个血人。

孙克俭在出事的第三天下午才急急地从外地坐飞机赶了回来。林凤瑶单位里的同事先是通知了他的公司。他公司里的人又打电话给在外地的孙克俭。外人当然不知道他在外面的情况，但据孙克俭自己说，他在接到电话后，赶紧放下了手里正在谈的生意，买了第二天最早的一个航班往回赶。他下了飞机，出了机场，打了一辆车就直奔医院。他到林凤瑶的病床前时，她早已经脱离了危险，但还处于昏睡状态。林凤瑶的父母都焦急地守在外面，心神不宁。孙克俭脸色凝重，找来了医生，问了一下大概的情况，医生告诉他，并无大碍，只是需要住院医疗一段时间。她的臂上打了石膏，缠上了绷带，估计是可以很好地得到恢复的。

林凤瑶的兄弟姐妹，还有单位里的同事，都来看望过了。儿

子也来看过了，但因为要上学，又走了。照顾她的任务，主要就落在了她父母的身上。而孙克俭回来后，他就让她的父母都回去，他一个人守着。林凤瑶醒来后，看到孙克俭的时候，眼泪一下子就涌了出来。孙克俭赶紧就一边帮她擦，一边安慰她。他告诉她，医生说，让她休息一阵就好了，伤口缝了针，骨折的地方也打了石膏和绷带。而林凤瑶看上去很憔悴，一张脸像纸一样地白。

在医院里，林凤瑶足足躺了有二十天。在那二十天里，孙克俭差不多一直守在医院里。公司里有什么事，全是专人把文件或材料什么的送过来。林凤瑶让他回公司里去忙，说自己现在好多了，用不着那样照看的，但他却不同意。他不仅为她端茶送水，还给她换内衣，倒尿壶，搀扶着散步，等等，忙得不亦乐乎。医院里的医生和护士，她的病友，单位里的女同事，看在眼里，全都说他是一个很不错的丈夫。

林凤瑶的父母和他的父母也都劝他回公司，怕他耽误了挣钱。她由他们来照顾就行了。她不是一个娇气的人。她已经能从病床上半坐起来，自己进食了。既然她已经没了危险，而且并没有大碍，他就应该去忙他的“事业”。

“事业”对男人而言，应该是仅次于生命的，他们虽然不能体会，但是懂。

孙克俭见她恢复得不错，终于答应了由她的父母来照顾她。当然，他也会时不时地过来，加以看望。而林凤瑶觉得有父母陪她，她也不寂寞了，挺好的。事实上，她更盼望能早点出院。她觉得自己回到家里，感觉会更好一些。她不喜欢整天躺在医院里，医院里的呆板、感伤与消毒水的气味，让她感觉很不好。

有一天下午，林凤瑶半躺在床上，情绪上有点伤感。当时病房里空空的，原来的两个病人也都走了。外面的天气已经有些凉了，但室内还好。从病房向外望去，可以感觉到明显的深秋的几许寒意。但阳光看上去还很灿烂，它们从窗户射进来，形成一道斜着的笔直的光柱。光柱里，有无数的细小灰尘在飞舞。她盯着那些飞舞的微尘，有点发愣。这些微尘，在一般情况下是根本看不到的。可是，在这样的一种环境下，你却可以看得很清楚。它们以一种很自由的状态在舞蹈，极端地优雅。

林凤瑶感觉自己的身体也轻飘起来，就像一根羽毛，浮在床上。不，她感觉自己更应该像那些微尘，可以自由地飞舞……

她妈妈那天一直在陪着她，絮絮叨叨地说着医院里的一些事，以及在林凤瑶小时候，家里所发生的一切。林凤瑶似听非听，恍恍惚惚。忽然，她感觉脑子里一亮，猛地想起来，好多年前的这一天下午，她也是在医院里。同样是这家医院。当然，那时候的医院非常破烂，都是平房，只有院长办公室才是二层的青砖小楼。她当时是来医院看望外婆的。外婆已经不行了。妈妈说，外婆本来还可以，但住进医院后的第十七天，病情突然恶化了。尤其是那个姓杜的主治医生在给外婆用了那种昂贵的进口药之后，外婆就完全陷入了昏迷。

外婆去世已经有好多年了。

林凤瑶随着她妈妈的话语，慢慢地走进了一个时间隧道。那条隧道的开端是暝暗的，混沌的，曲折的，幽深的。她的思绪在里面有点趺趺撞撞的，就像一个人夜深时行进在一个没有灯光的山道上。但渐渐的，她找到了感觉，眼前越来越亮，空间也越来越宽敞。突然间，一切都明亮了起来。她就像到了一个朝阳的，有着巨大落地窗的房间，无比明亮。她不仅看清了屋内所有的物体，甚至连飘浮在光线中的那些非常细小的灰尘都看清了……

那一天里的事，她全想起来了。接着，稍前的，和稍后的，她所经历的事情，也都全记起来了。从早晨醒来后，一直到晚上入睡，她所经历的每一件事，和人说的每一句话，都能想起来。尤其是，她在她母亲的叙述中，发现了很多记忆上的错误。她不得不一一地进行更正。她的更正可以细微精确到当天的天气、具体的时间、人的衣着和所做的每一点小事。当然，在更正过程中，她的母亲开始时还进行抵赖，——她不肯承认自己的记忆有误。但是随着林凤瑶的一步步叙述，她就完全投降了。她就像一个伤痕累累、奄奄一息的士兵，身边满是战死的同伙的尸体，自己手里的枪早已经没了子弹，成了一杆废铁，而对方却开着轰隆隆作响的巨大坦克，向这边无情地势不可挡地压过来。敌我的力量对比太悬殊了！她根本就没有抵抗的能力。

林凤瑶自己在心里也诧异极了，她不知道自己为什么会一下子变得那样的强势。她对多年前的回忆，有了一种惊人的精确。而在此之前，她是从来记不住太远一点的事情的。就算是两三天前发生的事，她也只可能记一个大概，而现在，居然是把多年前的往事，像翻旧照片一样，全清楚地呈现在了面前，连点滴都不作遗漏。

这真的太神奇了！

3

仿佛是一个黑暗无际的仓库，突然打开了一扇门，林凤瑶对过去的记忆全被唤醒了。出院那天，她的心情还很不错，可是到家后不久，心情就变得特别的压抑。因为，在家里的最初几天里，也许是她一个人的缘故，无所事事，她陷入了冥想，一下子把过去近二十年时间里所发生的事情，全想起来了。先是隐隐约约的，后来就越来越清晰。

这一想不要紧，要紧的是她的心情一下子变得特别的灰暗和沮丧起来。她想起来，事实上妈妈对她并不好，偏心。比如说，有一天，妈妈对她说：等她将来出嫁，要给她陪三床新被子、一辆自行车、台式收音机。可七年后当她出嫁时，爸爸妈妈却只给她陪了一辆自行车和两床被子。在她坐月子的时候，妈妈对她说，将来的那幢老房子也会考虑给她一份，但当她的孩子两岁的时候，父母则把那幢老房子的产权全部给了两个哥哥。至于她的公公婆婆，过去对她做下的这种前后矛盾的事情，就更多了，数不胜数。当时她为什么不感到沮丧和气愤呢？因为她自己根本就没有记住，而她现在却全想起来了，最最要命的是，她把所有的日子像日历一样，一张张地铺在了面前，并且，把有关联的日子重新罗列组合到一起，并加以分析、比较。这一比较，一分析，原来根本不起眼的日子，最最琐碎的事情，就变得复杂和严重起来。

林凤瑶想起了过去的许多事。

她想起了奶奶在世的时候，爸爸妈妈对她并不好，尤其是妈妈。林凤瑶记得在她小时候，奶奶是很疼她的。而父亲和母亲有几年里，经常吵嘴。有时，还吵得相当激烈。他们为了一点鸡毛蒜皮的小事，就可能会大动干戈。当他们大动干戈的时候，奶奶只能在一边唉声叹气。她是一个处于家庭边缘的人，自然是只有旁观的份。林凤瑶还想起了很久以前她妈妈对她爸爸说过的一句话，说她觉得凤瑶的性格像她奶奶，她不喜欢。当然，她相信那只是她妈妈当时随口说的一句话，并不具有深意，但这时候想起来，她却觉得有点刺心的痛。

林凤瑶意识到，自从出了那场车祸后，她的思想变得特别的敏感，而且，焦虑、多疑、伤感。她糟糕地发现，其实自己这么多年来的生活根本就谈不上什么幸福。

有什么幸福的呢？房子比别人大？可是，在这个城市里，有漂亮的好房子的家庭主妇，又何止成千上万。是丈夫挣的钱多？但他挣了多少钱，事实上她一无所知。他公司里的经营情况，她根本就不知情。除了少数在家里的时间，他大部分生活，她根本就不掌握。家，对他而言，真的就很像一个旅馆。只要他在家的日子，她马上就变得欢天喜地，样样都得伺候好他。甚至……是床上，她都努力地讨好他。现在回想起来，她真的觉得有点脸红，是不是……过于下贱了。他对她的态度，并不好。就算她是一个佣人，他也应该对她客气些。

林凤瑶感觉自己就像是做了一场梦，而现在，她醒了。

所谓的幸福，其实只是自己过去太粗心了，太马虎，忽略了生活中很多重要的细节。而现在，她把过去的那些细节全想起来了。一想起来不得了，她觉得自己的生活简直是一团乱麻，毫无章法，而且不可理喻。特别不可理喻的是，她想不通为什么自己会在那样的一种生活状态下，没生气，没反抗。相反，还活得那样起劲。这太不可思议了！

让她倍觉窝心的当然不是她发现父母们过去对她的那些琐碎言行（说到底，父母毕竟是养育了自己，她气气也就算了，不当真），而是发现自己的丈夫孙克俭的种种不一致（这和父母间的矛盾关系是不一样的，性质不同）。比如说，他过去为了恋爱的事和她争吵过。他说他和前女友只是很普通的关系，和她接触以后，他就和前面的断了往来。但后来他却又见过三四次。她和他吵，他就一会说是只见过一次，一会又说成是两次。他说他非常非常地爱她，她也是相信的，沉醉其中。可是，现在林凤瑶把他们恋爱以及结婚前后的事情想起来，发现他所说的那些事情根本就是前言不搭后语，互相矛盾，漏洞百出。可是，她居然就信以为真了，当时怎么就会那样蠢呢？许多都是非常明显的错误啊。尤其是在最近两三年，他的一些做法就越来越离谱了，简直像是欺负三岁小孩子啊！把她当成弱智了。

林凤瑶先开始只是发现了一点点，但是，出于一种好奇和追究的心理，她的回忆越来越深入，也越来越清晰和具体。她就像一个胆怯的小女孩，慢慢地推开了一个堆满了玩具的陌生房间。随着门缝的慢慢开大，眼前看到的东西越来越多，她的胆子越来越大，好奇心也越来越强烈，以至要不顾一切地彻底走进去。而她走进去后，才发现她是受了怎样的一种欺骗，原来那些看起来花花绿绿非常鲜艳的玩具，其实早已经是千疮百孔，用力一扯里面全是破棉絮，霉味扑鼻，呛得她要窒息。

而孙克俭对她的这种情绪变化却一无所知。

孙克俭那一阵子为别的事而恼火。

没有人知道，就在孙克俭那次从外地赶回来，在医院里看望林凤瑶的当天晚上，他接了一个电话。电话里的人要求和他见面，被他低声喝住了。关了电话以后，他一直有点心神不定，面带怒色。晚上九点多钟的时候，他往外主动打了几个电话，其中有两个是打给公司里的副总经理和会计，说些生意经营上的事。一个是打给某年轻女士的，态度暧昧。另一个电话好像则是打给那个曾经主动打他手机的人，他要那个人在某条路上的某个茶社见面。然后，他从

医院里消失了两个多小时。

稍后的几天里，孙克俭显得非常地烦躁。当然，人们对此能够理解。事情出了，却一时找不到肇事者，一点可靠的线索都没有。好在住院治疗的那点花费，对他们这样的家庭来说，不算什么。况且，林凤瑶是享受着公费医疗呢。

在家里又躺了二十多天的林凤瑶，这时已经能下床活动了。甚至，保姆请假不在时，她还能自己做饭。伤养好了，她也把过去的事情全想起来了，一件也不差。她自己也不能相信，怎么一下子突然会有了这样惊人的记忆力。她大脑的某处，好像成了一个专门存放记忆的仓库，而过去近二十年时间里所发生的事，全储存在里面。现在，那扇门突然被什么东西撞坏了，里面储存的东西就像开了闸门的水一样，汹涌而出。这汹涌的记忆，让她有点不能承受。过去的那种幸福感，荡然无存了。

之后相当多天的时间里，林凤瑶一直努力克制着自己的情绪，她怕自己会失控，尤其是看着孙克俭煞有介事地忙来忙去的时候。她在心里，其实一直是冷笑的。原来，她对他还心存感激和许多的爱意，可是，现在突然间，她看他，就像看着一个浑身散发着恶臭，令人厌恶的小丑在台上表演。她觉得他这些年来一直在骗她，把她当成了一个傻瓜。是的，她在过去也的确就像一个傻瓜。她当初怎么就那样笨呢？

她简直有点恨自己了。

因为恨自己，所以她就更加地变得不能容忍了。她不是不能忍受他，而是不忍受自己在他眼里的愚笨形象。她不想让他觉得自己永远是好欺骗的，容易对付的。她要戳穿他，让他知道她的强大。她要洗刷掉过去由于她自己的“愚笨”而带来的屈辱。

那天孙克俭没有出去，在家里转来转去的，他说前面忙了一阵子，这会正好消停了，有一两天整块空余时间，要好好地陪陪她。显然，他注意到了她最近一段日子以来的忧郁，不开心。但他以为她只是一人在家太寂寞了，或者是为抓不到肇事者而感到压抑。他一点也没有想到别的地方去（当然，谁会想到她会发生这样的“奇迹”呢？在常人的理解中，她取得那样的记忆力，几乎是不可能的）。他也知道，陪她的时间不多了。或者说，她让他的陪着的时间不多了。

事实上，林凤瑶很不情愿看到他。她倒希望他到外面去，去公司，或是别的任何地方。但是，孙克俭却固执地要求陪她。她在卧室里，他也在卧室里；她到阳台上，他也到阳台上。他让她和他交锋变得别无选择。他当时一边抽着烟，一边用眼睛的余光看着她。他更多地是看着外面小区里的绿化，看着外面的天空和阳光，有点无话找话，他说起去年的这个时候，自己在外地如何如何。林凤瑶听说，不吱声。孙克俭又说起自己的过去，说自己在哪一年哪一月，做了什么什么。为了表示他的浪漫与温情，他接着又叙述起自己当时追求她时，经历了什么什么。事实上，他所说的这些，过去对她已经说过无数次了，而林凤瑶自然也听过无数次了。而过去，林凤瑶听他说这些时，每每会感到一种甜蜜。可是，现在听来，她却感觉像在做梦一样，因为他说的，好多根本就是驴唇不对马嘴。

林凤瑶在开始时还想克制，可是在他开始回忆起他们过去恋爱时的种种经历时，她忍不住了，开始一一纠正。孙克俭开始时还有点发懵，但很快就意识到，他遇上了一个超强大的对手。他最初虽然不能完全肯定她的纠正是百分百的正确，但他发现，至少她能够在她的叙述中，能够把前后左右的事情能说得一清二楚，脉络分明，逻辑严密。她的叙述，就像一张完整的渔网，把所有的事情都包围其中。而自己的那些回忆叙述则是支离破碎的，就像一张陈年的旧渔网，不堪一击。他真的有些不能相信，她怎么能把过去的那些事情记得这样的清楚，太不可思议了。最让他感到害怕的是，他过去对她讲过的公司里发生的那些事，她居然也能记得一清二楚的，与实际不差分毫。她怎么会突然变成这样的？他真的在心里有了一种恐惧。

他向她解释，可是她却根本就不理他。

他越是解释，漏洞就越多。

他被她弄得尴尬极了，简直无地自容！

4

单位里的人都感觉到了，林凤瑶重新上班后，变得忧郁了。她身体各方面恢复得都非常好（从外表看，根本就看不出她曾经受过伤。额头处的一点伤，已经被头发很好的遮住了），完全是和过去一样了。可是，她过去身上的那种幸福感和满足感没有了。原来，她每天坐在办公桌前，没事的时候会非常小心地用黄瓜片擦手，然后再到盥洗间去用温水清洗。现在呢？她仿佛对什么事都不感兴趣。对手，更加不闻不问了。

当然，这也不算什么，大家在心里想。任何一个人，在经历了一些事情后，在心理上，总会有一些印痕。这种印痕，有可能会产生一些情绪上的变化。有轻微的，也有严重的。林凤瑶经历的车祸说大不大，但说小也不小，尤其她是作为一个女性，接受的程度相比较于男人，肯定要更脆弱些。然而，大家也都相信，在经过一段时间后，她一定能忘记那场不愉快的车祸，脸上一定会重新恢复过去的开心自信。当然，也一定会注意她的双手护养。毕竟，她坚持了多年了，几乎成了一种习惯。而要彻底地改变掉习惯，是多么的不易啊！

可是，很长时间过去了，她却依然是忧郁的，闷闷不乐。人们想：那场车祸给她的刺激真是太深重了，这说明她内心的承受能力是很弱的。毕竟，对于一般人而言，经过这么长时间的休息调整，早应该恢复正常的心态了。谁也不知道她内心的伤害有多重。当然，谁也不能替代她，也不可改变她。在外人眼里，甚至觉得她其实是大可不必的。让他们感到奇怪的是，她的记性似乎出现了一种质的飞跃，单位里的陈年往事，她往往能回忆得特别的清楚。有人开始时不信，故意把一些资料档案调出来，然后一一地考问她，居然一点也不差。有时，甚至能精确到上下午的大概时段。

人们真的惊叹不已。

一个月后，林凤瑶被提拔成副处级女干部。她的提拔出乎很多人的意料之外，当然，却又是在情理其中。大家以为这样一来林凤瑶也许会开心起来，的确，事实上她那几天里脸上也露出过笑容。可是，很快地，她又变得沉默了。时间长了，大家也就习惯了，默认了。

不能习惯的是她的丈夫孙克俭。

孙克俭虽然不能习惯，但他也是默认的。

默认下的孙克俭表面上声色不动，但内心里是相当焦虑和急躁的。他当然不在乎她的冷淡与悲戚，而在乎的是她的冷静与惊人的记忆。他知道，虽然她不爱和他讲话了，但是事实上她却一直在注视他，观察他，甚至是在分析他。他感觉自己已经失去了某种程度的“人身自由”。他现在感觉，自己已经没有了她所不知晓的东西。有一个星期天，他们吵得非常厉害，他完全恼羞成怒，甚至动手把家里的一些值钱的古董都砸了。开始时只是为了一点小事，他说让保姆给她买一条黑鱼来煨汤，她就讽刺他，说怎么突然间他变得这样好？是不是内心有愧了？他觉得她完全是无理取闹，只是回了一句，结果她把陈年的事情全抖落出来，历数他的种种不是，简直是把他的行径说得一无是处。而很多地方，他是被委屈的，但是他却拿不出反驳她的有力说辞来。因为，另一方的说辞实在是太坚硬了，有理有据。而且，格外地合乎逻辑。

他真的沮丧极了。

内心里也愤懑极了。

他感觉自从林风瑶出事以后，他就一直不太顺。生意上的事情倒还不算什么，公司是照常运作的，严重的是他内心里一直止不住那种焦虑，越来越强烈。他知道，他们现在已经出现了信任危机。她明显对他有了敌意。以后他再说什么，恐怕是难以对付她了。而事实上，他有许多事，是不希望被她知道的。有些事情一旦被她知道了，当然会有比较严重的后果，会有很多很多的麻烦。而现在，林风瑶变成了这样，要瞒她，肯定是越来越困难。于是，他的失眠症比过去越发地严重了，安眠药比过去增加了一倍都不管用了。早晨起来，枕上能发现好多落发。照那样的速度下去，也许很快他就能变成另一个光头葛优。

他当然不想成为葛优。

葛优的光头，还是相当好看的（用人家自己戏里的台词说，那叫“聪明的脑袋不长毛”。智慧的象征）。

当然，也并不是说孙克俭秃了脑袋就不好看。好看也要区别不

同的对象。毕竟，他不是一个演员，而是一个公司的总经理。总经理就要有总经理的样子。另一个更关键，也更隐秘的一个要害是，是有人不喜欢他的秃顶。所谓有人，当然是个女人，一个年轻女人。年轻女人希望他能保持年轻，体现出一种活力。孙克俭深深体会到，到了这个年龄段，光有财力还不行，还要注意形象。年龄越大，心里越没底气（连钱都撑不住了）。

就在一个月前的一个大清早，孙总经理几乎是被人赶出来的。嘉宝花园物业管理公司门口的保安，惊诧地看着孙克俭一脸发灰地开着车离开。是的，他的脸色不能不发灰，他气坏了。他没有想到，那样好地对待一个年轻女人，她却一下子变得特别的刁蛮。

天下有三毒：蛇牙、蝎尾、女人心。孙克俭想到了这句话。当时，林凤瑶出事，他就怀疑和她有点关系，可是她却矢口否认。他之所以会怀疑到她，因为她多次逼他离婚，他说林凤瑶不肯离。她就经常咬牙切齿地诅咒着。当时，孙克俭也真是想和林凤瑶离的。但他终究下不了这个决心，一天天地拖了下来。而拖得越久，想离婚的念头也就越淡。维持现状最好。这样，他就处于一种可进可退、可攻可守的状态。

年轻女人虽然矢口否认，但孙克俭心里却像明镜一样。他当时在外地接到那个消息的时候，就给她的一个兄弟打了电话。她的那个兄弟虽然也是否认的，但实际上是慌的。他后来曾经主动要求和他见面，他当时没有答应。事后见了面，他一直支支吾吾的，想探听他的底线（心理的和法律的）。他则是含糊的，顾左右而言他。他都知道，是她指使她的弟弟去干的。而事实上，他并不恨她偷偷地去做某种事，而是恨她找人干下的事不够利索。当然，这事也的确让他感到惊心。因为，谁知道下一个要对付的，是不是他呢？

孙克俭心里又有了一点悔。

悔他认识的这个女人太复杂了。

他认识那个年轻女人的时候，那个女人除了一副漂亮的身材和脸蛋，什么都没有。他把她从一个酒吧里解放出来，然后给她的兄弟找了一份职业，还给她买下了这处在嘉宝花园里的房子（当然，事实上户主还是他。所有的证件上都是他的名字。他只是给她签了一份书面的赠予说明）。第一年还好，两年下来也还好。可是，如今是三年了，她从一个性感的小花猫，变成了一个凶恶的母老虎。她要求他这，要求他那，如果不答应，就是又吵又闹。

那个晚上，她要他迅速离婚，在三个月的时间之内。她说她不能等了。他让她再容他些时间，可是她根本不容商量。她说她给了他太多的时间，一次又一次。她不让他留在屋里，更别说上床了。他可怜巴巴的，就像一条丧家之犬。他反复地哀求她，跪在她的床前。可是，她根本不朝他看一眼。当天色发亮，她起身上卫生间时，看到他，扬言说要叫来她的兄弟赶他出门，孙总经理真的冷了心。

她的兄弟是农民工。

有一种农民工是善良而本分的；还有一种农民工却是野蛮无畏和凶狠的，逼急的时候不顾一切，有一种鱼死网破的狠劲。很不幸的是，她的兄弟偏偏是属于后一种。

“你别把我逼急了，逼急了，我什么事都能干得出来！”他走下楼梯了，还听到背后传来她的这一句。

他相信，她是个毒辣的女人。也许，很多事可以说到做到。

孙克俭内心里真的有点害怕了。

5

日子就这样平静地一天天地过去。

日复一日。

林凤瑶表面上还不错，每天上班下班，但和孙克俭的交流明显少了。孙克俭能分明地感觉到她在有意识地拉开与他的距离。她不想再扮演什么幸福女人的模样了。正好相反，她要通过她的言行，来表达自己的不幸！

是的，强烈的不幸。而且，关键她要让孙克俭看出来，要让他感觉到她的不满。

而孙克俭，当然是心知肚明。但表面上，却又装出一副浑然不觉的样子。装糊涂有时候是非常重要的。因为，他发现在她面前已经不能像过去那样表现了，而装糊涂是唯一的办法，也是最好的办法。

表面上糊涂，可是背地里他还是在想办法要解决问题。他要尽量遮盖过去的一些事情。有一天，她突然问他，“你过去是不是开玩笑，提过要和我离婚？”孙克俭心里慌了，急忙否认，说：“没有啊。”话音还未落，林凤瑶就指他是哪一天，什么场合，什么情况下，讲的什么什么。铁证如山，无可抵赖。孙克俭就讪笑着说，“我都忘啦，呵呵，你不是说是玩笑嘛。真是玩笑，肯定是我随口一说，逗你的。”

是的，当时她是当成玩笑的。然而，现在不是了。她现在回想起来了，他说那个话的时候，其实是别有用心。她有点明白了，他现在一定是在外面有了情况。她问他是不是外面有了人，孙克俭当然满口否认。她脸上没有表情。可是他能感觉到，在她冷冷的眼神后面，说明她一切都知道。根本就没有什么事情，能瞒得过她。

她是认定他是在外面有了别的女人。

她的推测是准确的，虽然是太迟了。

他感觉自己真的是完全败露了。

因为败露，他内心里更希望脱离她了（倒不是为了再和那个年轻女人搅和在一起）。因为，他感觉现在的自己，在她面前，完全是赤身裸体。当然，身体上的赤裸并不可怕，因为，在夫妻生活中，赤裸其实是多么的亲密和愉快啊！问题是，现在赤裸的不是身体，而是精神。他感觉自己的思想完全在她的掌控之下。

不，她并没掌控他，她只是洞悉了他过去的全部缺陷。她在他的身上，发现的就是千疮百孔，而且是红肿溃烂的。

但他越是有那种想离的想法，她就越不让他得逞。

他真的很是沮丧。

现在他是不行了，但反过来说，他在过去却是做得非常成功的。

嘉宝花园的人，一直认为孙克俭是小区里面那套房子的男主人。虽然他不常在，但因为知道他是个生意人，也就不怎么介意。生意人，经常在外面奔忙的，一年里难得见几回，也是正常的。两人虽然年龄上不是很相称，但是，有钱的生意人，离婚之后再娶一个年轻的，也不是新鲜事。没有人怀疑他们是不正常的男女。就算是，谁又能拿他们怎么样呢？大家又不是公安，不会去查户口。

女主人当然是年轻貌美，相当的妖艳。她有一张粉白光洁的小脸，一双眼睛漆黑的，水汪汪，毛茸茸，看人时，很煽情。而鼻子

和嘴巴都是小女人型的，秀气得很。尤其是她的身材，特别性感，细长的双腿，浑圆的屁股，还有一副小蛮腰。她的头发是经常变换颜色的，一会儿是金黄，一会儿是褐色，一会儿又会是通红的。她的衣着也极其大胆，经常穿那种紧身的，低胸的，半透明的像内衣又不像内衣的那种服装，有纯白，有艳红的，还有黑色的。穿在身上，格外地招人目光。尤其是大晴天，她喜欢把自己的各式各样的胸罩全晾到阳台上，黑的，白的，黄的，绿的，蓝色，粉的，有镂空的，也有蕾丝花边的，就像是在办一个胸罩新品展销会。

大多数时候，年轻的女主人显得无事可干，不是在家里看电视，就是下楼在院子里遛狗。她养了一条纯种的荷兰毛狮，大耳朵，小眼睛，身上毛绒绒的，摇头晃脑，煞是可爱。事实上，她在家里遛狗的时间也不多。更多的时候，小区里的人根本看不到她。她或是外出游玩，或是回她远在千里之外的老家去。

她的老家是在一个很偏僻的山沟沟里。

当然，这个小区里的人并不知道。

总起来说，她在家的时间是少的，也是冷清的。但也有特殊的时候，有时家里也会来一些人，大多是她的兄弟，或是身份不明的年轻小姐（是她过去的朋友加同行）。

她的兄弟们在这个城市里打临工。

但她和她的兄弟们关系并不好，她有点看不起他们。他们到她这个家里，一点卫生观念都没有。脏皮鞋在木地板上走来走去，而嘴里的痰到处乱吐，烟灰乱弹。她受不了他们。每当他们走后，她就要打扫半天，累死了。

她讨厌他们，但有时也很需要借重他们。比如，当她想要对付孙克俭的时候。她不想让孙克俭有安生的日子过，既然弄了她，收了她，他就得把她好好地照顾到底。事情就是这样简单，谁让他要收纳她的呢？如果他不收纳她，她还是在那家酒吧里，他可以次次成为“新郎”。而且，可以成为不同姑娘的新郎。但是，他贪心了，他要让她成为他的“专用”。既然是要独享，他当然就得满足她的欲望。如果他不想满足，她就可以吵，可以闹。吵闹得他完全手足无措了。有时候，看他那样子，觉得他真可怜。

但是，她并不同情他。

男人没一个是好东西，她想。

孙克俭的表现越来越不能让她满意。

尽管她这样又吵又闹，他却拿她毫无办法。他离不掉她。在这一点上，她是有足够的自信的。很长时间以来，她一直对他的老婆充满了一种好奇。她想见见她。但是，孙克俭反对她见。事实上，她自己心里也很清楚，要见，也只是偷偷摸摸的，她根本不敢公开自己的身份，毕竟，她是名不正，言不顺。而孙克俭怕她们相见，也不是怕人老珠黄的老婆被展现，而是怕她们打起来。但后来她有一回还是看到他的老婆了，一个衣着古板的机关女干部的样子。年轻漂亮当然是完全谈不上，可是却也并不难看。甚至，还有些风韵犹存。最最关键的是，那个她眼里的老女人，有一种优越、自信的神情，把她比下去了。

她感觉自己在某个方面，败给了一个年纪比自己大许多的老女人。

因为败了，所以她心里更加的不平衡。

她也知道孙克俭现在对自己有了许多的无奈。他现在对她的身体已经不像过去那样迷恋了，他是可以放弃她的。但是，他却舍不下在她身上投下的那许多的钱。他想捞回来，赚够本（说到底，他

是一个生意人。既然是生意人，他做任何一桩事情都得考虑到成本核算）。可是，他越是想捞回来，他就必须要再投入。结果当然是越投越多，就像滚雪球一样。而投入越多，他就越不甘心现在就退出。这样的情况，就有点像是一个赌徒，总想翻本。而实际上，这种梦想永远也不可能实现。

孙克俭不知道。

当事人自己永远是看不透的。

因为知道了他这样的弱点，所以，她做起什么事情来，也就有点有恃无恐。比如说，她安排孙克俭出差。

事实上，孙克俭对那件事是心知肚明的。但他却装成一点也不知道。他是一只很有心计的不动声色的狡猾的狐狸，她想。

6

孙克俭脑门上的那片头发，真的在一个冬天里全掉光了。

那掉落的速度，就像是寒冷气候下的落叶乔木。

现在，就只剩下脑后还有那么一圈了。因此，整个脑袋看上去相当可笑。感觉上，那就像是一片长满了草的地方，中间鼓起了一个光秃秃、圆溜溜的土包子。每天早晨在镜子里看到自己头顶上的那副样子，他的心里都有一种说不出的沮丧。他知道，林凤瑶不会介意的，在他们之间，已经有了一条心理上的鸿沟。但是另一个年轻女人会介意，她会把他这个缺点当成一种攻击他的借口。

这让孙克俭有点不能忍受。

事实上，她在此之前，已经多次嘲笑过他了。她说，报纸上说，谢顶的人是因为内分泌旺盛，性欲很强。他现在秃是秃了，可

是怎么连性欲也一起“秃”了？这样的嘲笑，对男人而言，那可是非常致命的。

孙克俭去看过医生，可是医生也毫无办法。

年轻女人的嘲笑，让他不能忍受。

就在这年的年底，他们有过一次比较强烈的冲突，不仅是语言上的，甚至有肢体上的。年轻女人要他给她一笔钱，数目不小，他的心里没答应。他在嘴上支吾着，应付她。就这样一直拖着，敷衍着。过了半个多月，她忍不住了，就和他闹开了，开始叫来了她的兄弟。她的兄弟们正等着她得到钱后，能分点给他们回老家呢。他们当然不能容忍一个男人，在睡了他们的妹妹后，却还不肯出血（虽然他们在心里认为这个男人在她身上已经花了太多的钱，除了有那么多的衣物，最关键的是还有一小套装修精致的房子，让他们羡慕不已）。

事实上兄弟们都没有动手，是他们的妹妹撕扯起了孙克俭。可怜孙总经理满脸涨红，只有左右躲闪，被动挨打，却又不能还手。第一，男人不能打女人是个大原则；第二，就算男人，一般情况下，也不易还手太重，有一个限度；第三，他当时的情况下根本不能还手，她的兄弟们在边上都虎视眈眈地看着呢，一旦他还手，那他必会遭来一顿痛打，会打得饱饱的。浑身上下，一定像挤烂了的西瓜。

是的，她所以那样嚣张，就是有她的兄弟们。

他们是她的靠山。

孙克俭现在心里才深切地感到有一种悔。

年轻女人在他出门的时候，再一次放出狠话，如果他对她不好，她就要闹，闹到他的公司，闹到他的家里去。

他感觉自己失败透了！

三天之后的一个下午，孙总经理离开公司，开着车，来到了老城南。那天下午天是灰沉沉的，城里到处是湿漉漉的。前些天刚下了一场雪，化了。看天色，估计未来的一两天还会再下。车子出了南市门，就看到了许多积雪，树上，边路，田野里，河沿。黑白分明，黑得深沉，白得刺眼。城里的雪化得远比郊外快。他喜欢雪。很多人都喜欢雪。雪，给人以一种新鲜感。

过了三汊河，驶过惠民桥，前面就是劳动力集散市场。他没有开过去，而是把车停在了路边小邮局的门口。他掏出手机，拨号，然后举到耳边，等待接通。在等待的过程中，他不安地站立着，四处张望。过了大概有十分多钟的时间，才从不远的一个小巷里，慌慌张张地跑来一个人。那是一个小个子的中年男人，衣着邋遢，形象猥琐，一眼看上去就知道他是那种在老城南一带活动的混混，很典型。他跑到孙克俭面前，有些低头哈腰，努力地献媚。孙克俭稍稍客气了一下，就让他在前面带路。

那个小个子的中年男人把孙克俭领进了一条潮湿而阴暗的小巷子。

巷子很窄，如果有两人相向而过，必须要稍稍侧一下身子。墙壁上黑黑的，长满了青苔。地上也很湿滑。孙总经理闻到了空气中有一股烂白菜和鱼腥味，还有一种尿骚味。不知走了有多远，他才到了一个很大的院子。在院子里，他看到了一个满脸横肉的人。满脸横肉的人正在院子用牛肉喂他的一条大黑背。那条大黑背要是立起来，简直有一人高。知道孙克俭来了，那个连眼皮也不抬。

孙克俭就说了大概的意思。

他想请这条看上去非常凶猛的黑背的主人，把在前面劳动力集散市场里打工的某兄弟俩赶走。他们走了，那个年轻女人也就失去了依靠。他知道，她现在所以会那样的张狂，完全是因为她有那两个农民工兄弟。赶走了那两个人，就等于下了她的左右臂。

失去了左右臂之后的女人还能怎么样？只能乖乖地服从他。

也许有怨恨，有不满，可那又能怎样？

“你要什么时候办？”大黑背的主人问他。

“就最近吧，自然……越……快越好，”

“你让小六子带几个人去办一下就行了，”大黑背的主人对那个形容猥琐的小个子跑腿说，“吓一下，下手别太重了。”

“别让他们感觉是我……”孙克俭担心地说。

那人没理他，显然，这样的担心对他们而言，是一种极大的污辱。在这个行当里，他们厮混已经不是一天两天了。这种小事，要摆平，简直是易如反掌，还用得他多担忧？

“你放心吧，这种事……小菜一碟呀。”小个子快乐而又骄傲地说。

大黑背的主人做了一个不耐烦的手势，他不喜欢下面的人随便插话。他不再说话，而是极有耐心地喂着他的那条爱犬。

“呃……我、我怎么酬谢兄弟们？”孙克俭在一边站立着，小心地问。

“算了，这种事情，回头给买几条烟给他们抽就行了。这点事，不值当。”那人声音粗粗的，缓缓地说。

孙克俭唯唯。

走出那个大院和巷子的时候，孙克俭重新来到那条道路两边长满了杨树的大街上，感觉自己是回到了另一个世界。他从心底舒出了一口气，感觉胸腔里的重压正在迅速地释放掉。浑身上下都是轻

松的。

感觉好极了！

7

春天的到来是不知不觉的。

很多个日子过去了，一切都还不错。孙克俭心里比过去踏实多了，那个年轻女人的兄弟们果然是回去以后再没来。他本不想把事情弄成那个样子，那感觉多少有些恶心。甚至，他心里是有点内疚的。然而，现在他没有了。一切，都是他们逼的。他是逼上梁山。他是忍了好久了。他事先不是没警告过。他非常严肃地警告过她，也警告过她的大弟弟。虽然她的大弟弟矢口否认，但他可以肯定，那绝对是他。

她的大弟弟一点也不像农村人，完全没有那种农民的朴素与诚实。他个头很高，衣着都是那种流行样式的地摊货。整个人看上去流里流气的。他长着一张尖瘦的脸，眼睛细细的，长发留得很长，一直拖到了肩膀上，走起路来也是摇摇摆摆的，像个相公。世界上的事情就这样怪，事实上他的脸型和他的姐姐是很相似的，只是一个白，一个黑。为什么同样的脸型配在一个男人身上就会那样难看呢？

孙克俭从年轻女人的嘴里知道，她的这个大弟弟过去在村里，就不是一盏省油的灯。在家里，和父母吵。在村里，和其他人不止吵，有时还动手。在村里，他是再也混不下去了，投奔到这里。孙克俭是不知道她有这样的一个弟弟，更想不到他会到这里来。要是知道，当时和她的关系，还真得要再三掂量。到这里后，根本就不想踏实干活，怕苦怕累，不知换了多少地方。最后，是孙克俭帮他在一家汽车修理厂找了个工作。他想让他学门手艺。谁想，他居然就干了那种事。

当然，他是有幕后指使的。

孙克俭相信，为了达到那个目的，她和她的大弟弟一定谋划了很长时间，跟踪、指认，然后再精心计划。然而，却没成功。还好，如果不但没撞死，还撞残了呢？岂不是害了他一辈子？他真的得谢天谢地，林凤瑶那次没残。如果残了，他可惨了。当时他没有想得太多，可后来越想越觉得不对劲。也就在那事发生不久，她的大弟弟又一次被人辞退了。因为他经常偷偷地把车开出去，有一次竟然把人家送来刚修好的一辆九成新的奔驰开了出去，撞坏了。

修理厂的老板简直要气疯了。

现在好了，孙克俭一身的轻松。整个春节期间，那个年轻女人也不在城里，而是回到她遥远的老家去了。一直到年后很久才回来。回来以后就责问过他，他当时一推三不知。男人对付女人最好的办法就是装傻，装成什么都不知道。甚至，都可以装成是委屈的。她当然不肯相信他的“清白”。她对他开始完全摆出一副不依不饶的样子，在威胁达不到效果的情况下，开始又哭又闹，但孙克俭就是铁板一块，不为所动。他在心里早已经把她“码”透了，无非就是一哭、二闹、三上吊。这三招都使了，也就没得使了。果然。

一晃好几个月过去了，太平无事。

林凤瑶每天上班下班，脾气和性格有了很大的改变。她不但和孙克俭生分了，连对她的父母和兄弟姐妹也都生分了。当然，这两者的生分还是有相当区别的。

而孙克俭还像过去一样，在公司里忙里忙外。可回家的次数是明显比过去多了许多。其中原因：一是因为他现在已经有些厌恶了那个年轻女人（当时在他眼里貌若天仙的女人，这些年来，不但没有色衰，甚至是越来越漂亮，越来越时髦。可是，他却觉得越来越没吸引力）。二是他也害怕林凤瑶的那种记忆。事实上，她对眼下发生的事情记忆并不好，必须要经过一段的时间和距离以后，才会特别的清晰。他怕她以后会发现他越来越多的破绽。为了以后，他只能现在好好地安分守己。

家里的气氛是压抑的。

这夫妻俩，心里都跟明镜似的，他们都意识到了：他们的婚姻问题大了。其实以后就只有两条路好走，一、双方妥协，尽量弥合；二、继续冷漠僵持下去，直到有一天分手。孙克俭原来是特别想分开的，但现在他又产生了不同的想法。他不想分。他要维持现状。维持现状，对各方都有利。

儿子虽然平时很少回来，但他也感觉到他们之间的情绪变化。

他是敏感的。

父母之间的态度明显不一样了。

过去，父亲对母亲总是表现出一副宽厚的样子，尽管哪怕是装出来的，但他喜欢表现出他是这个家里当家的大男人气派，他把她当成小女人一样的宠着。而母亲虽然是人到中年，但依然喜欢在他父亲面前装成一个小女生。虽然有时装得不太像，甚至有些肉麻，但她的那种幸福感和满足感却是真实的。可她现在不了。她一下子把自己的过去全想清了，觉得自己受了某种愚弄。她的女性意识觉醒了。

儿子当然不希望父母的婚姻有什么变故。

事实上，他在这个家庭的作用是非常大的。

这个周末，他从学校里回来，要求周六一家一起去南郊的汤溶山玩。他听同学说过，那里新增了许多游乐项目。他们一家已经有好久没有在一起玩过了。其实，他才不要和他们在一起呢。他只是想借着这样的一个机会，弥合一下父母间的感情。当然，父母们也都明显地感觉到了。孙克俭听了，最先答应了，稍后，林凤瑶想了想，也同意了。一切为了儿子。除了儿子，他们未来还有什么呢？什么也不会有。

周六的一大早，孙总经理就起来了。前一个晚上他睡得很不踏实，首先是很迟才睡（照例又吃了安定），然后睡着了，一直在做梦，乱七八糟的，醒来时却忘得一干二净。他居然去拿了牛奶，还买了早点。天气不错。他感觉精神很好。一个人要工作，当然也要休息。他当然很需要休息，他平时太累了。就算是不累，他也需要一个机会，和林凤瑶缓和一下之间的那种气氛。

吃了早饭，再把家里收拾好，磨磨蹭蹭的，等开车离家时，已经是九点多钟了。好在地方不远，出了城，沿城际高速，向南行驶五六公里就到了。那里群山逶迤，峰峦叠嶂，风景秀丽，周末的时候，游人如织。他们一家三口在山下停车场泊了车子，然后去明镜湖，再爬玉柱峰。

林凤瑶的心情一点点地好起来。

儿子也会照顾他们的情绪，一路上，他在努力地当他们的情绪调解员。

孙克俭在心里是暗暗夸赞儿子懂事，同时，还有了一丝丝感动。

让孙克俭没有想到的是，在虎跳涧索道前的梅花岭，他看到了那个年轻女人。

那个年轻女人打扮得真的非常漂亮，一身的轻佻俏丽，甚至可以说是格外地性感。低胸的粉红色紧身小上衣，露出她雪白的肌肤，浑圆的乳房欲隐欲现；下身是一条雪白的长裤，紧紧地包裹着她的小屁股，双腿修长。她当然不是一个人，而是和另一个男青年。孙克俭感觉他似乎在哪个地方见过那个男的，可一时又想不清楚。也许，他只是在潜意识里感觉有那么一个男性存在，而现在得到了证实。

一时间，孙克俭有了一种强烈的醋意。

那个年轻女人也看到了他，却毫不避讳。甚至，仿佛是为了故意刺激他，和那个男青年表现得更加亲热。孙克俭看在眼里，却又不便发作。他在心里努力地克制着自己，隐忍着。他真的万没想到，这一切很快就会结束。在此之前，他真的一点准备也没有。不，他连想都没有想过。可是，世界上的事就是这样的突然，完全超乎你的想象能力。

谁会想得到他们这一天会碰上一个特大事件呢?

事先毫无觉察。

这就像某次空难事件，事件中的人，事先根本是一无所知的。

8

一切就像是一出安排紧凑的戏剧。

那天当孙克俭一家三口来到虎跳涧索道站的时候，那个年轻的女人和她的男朋友（或者是情夫，当然，这两者对她而言实际上是没有区别的）也来了，并且就排在他们的身后。孙克俭感觉自己喘息都有了困难，他在屏气，唯恐身边的女人有所觉察。他感觉整个空气都是紧张的，浓缩的，处于一种相对静止、密封的状态，只要有一点火星，就会引起整个空间的爆炸。

坐索道实际上就是孙克俭提出来的。

当时，孙克俭发现了那个年轻女人，和她交换了一下眼神，然后就从梅花岭的另一条路拐上了索道。他要避开一个可能更加尴尬的局面。他当时推测那对情侣（实际上是不正当的男女关系）一定会去另一个景点，因为边上就是情侣园，而不会和他们挤在一起。可他错了！那个年轻女人明显是带着一种情绪，好像在和他斗气。

是一种刻意的挑衅！

天很蓝，蓝极了，上面飘着少许的白云。阳光灿烂。满山遍野都是绿色，郁郁葱葱。孙克俭眼睛直视前方，不敢回头，耳朵里却都是后面那个年轻女人和那个男人故意压低了嗓门的说笑声。他感觉他们说的内容和自己，以及自己的家人有关。他既气愤，又无奈。更多的，是一种心虚。

索道很长，上面慢吞吞地行驶着一些吊篮。有些吊篮里是有人的，但更多的却是空无一人。而索道站里，已经没有多余的了。管理人员让人们等，说是对面可能是换值班员了。而也就正在他们交谈的时候，对面来了一只吊篮。孙克俭让林凤瑶和儿子先上，儿子却让他和他的母亲上。孙克俭所以让他们母子先走，只是不想让他们受到后面可能有的干扰。林凤瑶在他们父子的争执中，犹豫着坐了上去。而不远处，真的又有一只朝这里飘过来。

“你们先走吧，后面又来了一只。”孙克俭说。

那母子俩交换了一下眼色，决定听从他的安排，坐了上去，移走了。

第二只的到来，却让那个年轻女人和男人抢了先。

事实上，孙克俭没有和他们抢，他只是犹豫了一下，结果那个男人从他身后冒出来，然后搂着她，坐到了吊篮里。孙克俭没有生气，他看着他们飘走。

孙克俭没有再坐，而是一个人转身走到了一边。他内心里忽然涌起了一种冲动，掏出手机，拨通了那个年轻女人的手机。但是，那个女人却不接。再拨，那个女人却掐断了。孙克俭心里腾起了怒火。

他有一种被羞辱的感觉。

那是他的女人，可是，现在却这样明目张胆地背叛他。这让他难以忍受。

林凤瑶和儿子回来了，看到他站立在那里，脸色非常不好，感觉有些意外。

“爸爸你怎么没坐？”儿子问。

孙克俭慢慢地深吐一口烟，说，“我正好接了一个电话。”

“我对这个没兴趣。”他说。

是的，他只是陪他们来玩的。他不年轻了，是个成熟稳重的男人。他有事业心。他对金钱才有深沉的欲望。他对这种游玩，实在是没什么兴趣。而这一天，对他来说，更是别有一种滋味。他在心里想：他要想法告诉她，她完蛋了。她必然要为她所做的，付出代价的。他不是一个傻瓜！如果她和那个小白脸有染，那就有染好了，他成全他们，但她必须离开他名下的那幢房子。

她那样放肆，是不是已经做好了离开他的准备了？他又想。如果她心里没底，她是不敢这样的。而如果那个年轻男人正好也有钱，愿意养他，那怎么办呢？自己是不是要好好地哀求她，让她留

下来？

孙克俭心里复杂了。

看来，不能用粗暴的方式解决这个问题，他想。必须从长计较，要有谋略。就像他对待她的兄弟们那样。一个成熟的男人，做事时，必须要掌握三条：一是不要急着出招（急着出招的，往往显得小家子气）；二是出招时要不露声色（这样才能显得老辣）；三是既然出招了，那招数就要准、狠（就如打蛇，要击中要害，打在七寸上）。要让她疼，非常疼。当然，最好连那个狗杂种一道收拾了，才好。

边上的那对母子当然不知道他的心思。

一家三口往山下走。

那个年轻的女人当然也不知道他的心思。

年轻女人在故意气他。

她是有意的。

当然，她事先没有想到会遇到他带着老婆儿子来爬山。但既然撞上了，她也就豁出去了。她还能怎么办呢？

她只有一搏。

说不定，由此让他受了刺激，向她妥协也未可知。因为，这样的情况过去也出现过，只要她威胁着说离开他，他就会妥协。毕竟，她年轻啊，她有优势。而他呢？却只有钱。她对自己充满了自信，只要保持着自己的美貌，找个像他一样的有钱人（甚至比他更有钱的）并不难。她并没有想到，事实上对孙克俭总经理（她生气时，心里暗暗把他称作“臭男人”）来说，只要有钱，要找一个像她一样漂亮的（甚至比她更漂亮的），则更加容易。

当然，话说回来，像她这样身份的姑娘，能有多聪明呢？她们的想法往往是简单的，幼稚的，可笑的。任性起来，甚至是不顾一切的。

孙克俭陪着林凤瑶和儿子一起走，去山下的停车场。

从山上到山下，还有相当长的距离。山路蜿蜒。远远近近的群山，峰峦叠嶂。山路的边上，就是万丈深渊。他们走着，心情倒也不错，就是有点累。

不断有车从他们身边经过。

林凤瑶脸上红红的，出了许多汗。她说她走不动了，心里也有些慌。她说她刚才坐索道，向下看，有些晕眩。孙克俭有些犹豫，想了一下，说，让儿子陪着她，坐游1（1号线路的旅游观光豪华大巴。也只有这种车，才允许上山下山），然后到明镜湖站下。而林凤瑶说，既然可以坐游1，干脆就坐到终点站。他在终点站等他们就行了。

孙克俭答应了。

他们母子上了车。

当车子从孙克俭身边经过时，他还看到儿子在车窗前向他挥了挥手。

他一点预感都没有。

孙克俭走到停车场，用了整整二十分钟。停车场里有很多人在跑。他感觉有些莫名其妙。正在他要掏出车钥匙的时候，就听一个戴着红袖章的收费员说，刚刚有辆旅游豪华大巴出事了，从路上翻进了深渊。

他的心一惊。

他匆匆地坐上车子，发动，行驶。刚上了山道，只走到不过三百米，就见路上拥堵得一塌糊涂。很多的人，很多的车，场面混乱。他看到山路底下绿色的树林里，有一股黑色的浓烟正在升起……

孙克俭在医院里整整守候了三天，林凤瑶第一次睁开眼睛的时候，看到的不是医生，而是自己的丈夫。她吃力地朝他笑了一下。她很感谢他，能在她醒来的第一时间，守在她的身边。“儿子没事，他前两天就好了。”孙克俭说，“他只是一点轻伤，大腿和腰上被擦伤了。他不放心你，来看过你好几次了，你都在昏睡。”

“你们并没有完全摔下去。很多人是悬在了半空，然后滑下去的。”他说。

林凤瑶心里有一种强烈的庆幸。

那一幕真的是太惊险了！

林凤瑶记得不是很清楚，印象中只知道车子正开着好好的，正在拐弯的时候，突然前面来了一辆农用拖拉机。豪华大巴想避让一下，结果就滑到了路边。幸亏正是下坡，而所处的地方正好也不是万丈深渊。大巴滚了好几个跟斗，撞断碾压了好多棵树，最后停住了，悬在了半空。当然，这只是她后来听说的。事实上从被撞后，她就什么都记不得了。

特大事故。

1号线的豪华旅游大巴，当时一共有三十七名乘客，受伤二十九名（其中十一人重伤），死亡八名。儿子和另外三个男青年，是受伤最轻的，只是擦破了一些皮。死亡的八名中，一名是司机，三名儿童，两名老人，两名年轻人。

“好好地养一养，医生说你没事，只是头被磕了一下，眉角受伤了，缝了七针。”孙克俭说，“但你昏睡了三天了，吓坏我了。”

林凤瑶感觉丈夫对她特别地亲切。

他怎么会这样亲切？她隐约记得她之前和孙克俭是为了什么事而有些生气的，对，是她觉得他一直在骗她。她想起了过去二十年里的很多事，一清二楚。她发现他的所作所为是相互矛盾的。她觉得她受了他的骗，他根本就不爱她。可是，究竟是哪些事呢？

她发现她根本想不起来了。

是不是自己的大脑出了什么问题？

“我的头……”她犹豫着说。

“做过 CT 检查了，一切都是正常的。”孙克俭愉快地说。

之后的两天里，孙克俭不仅照顾了妻子，也照顾了儿子（已经让他回家了），最最重要的，他还抽空处理了一桩大事，那就是接见了那个年轻女人的兄弟，他们是风尘仆仆从老家赶来的。

上天有眼，那个年轻女人出事了，她偏偏成了两名年轻人中的一名。她的同伴男友也太平无事。这就是命，孙克俭想。

孙克俭以他个人的名义补贴（不是赔偿）给他们五万块钱，同时，让他们带走了她在嘉宝花园那幢房子里的所有物件（当然不包括那份赠予她房产的书面声明。早在出事的第二天晚上，他就偷偷地溜了回去，然后翻箱倒柜，找了出来，在卫生间里焚烧掉了）。

兄弟俩自然感激得很。因为，事实上旅游开发区还要对他们实行赔偿呢。两者加起来，就是一笔很大的数目。

半个月之后，林凤瑶出了院。她对外面发生的事情所知不多，尤其是对孙克俭做下的那一切，更是无从知晓。当孙克俭搀扶着她（其实她根本用不着他那样小心翼翼地扶她）坐到小车里的时候，她内心里真的充满了一种幸福。时间并不算长，她经历了两次生死，而这两次，丈夫都是很小心地呵护着她。而这第二次，实际上是可以避免的。因为她对游玩并没有什么兴趣，只是因为前段日子

和丈夫生气了，儿子从中调停，才决定那天去游玩的。

真的，差一点就没命了。

万幸啊！

前一阵为什么要和丈夫闹别扭呢？她只知道自己当时是挺生气的。现在全然想不起来了，一件也想不起来了。想不起来也好，她想。生活中，有时不需要事事记起。记得太清楚了，往往只会自寻烦恼。记忆需要一种选择，记下美好，遗忘琐碎，最好，连丑陋也一起遗忘。只有这样，生活才会格外地甜蜜。

“回家了！”孙克俭发动了车子，滑溜地驶出了医院大门。

林凤瑶“嗯”了一声，闭上眼睛，靠在椅背上，默默地想：生活，是多么的美好，而自己是劫后余生，多么的幸福啊。许久，下意识地抬起手，看了看，双手还是那样的白皙，虽然有许久没有保养了。最难看的是指甲，因为在她住院时的昏睡期间，孙克俭帮她剪过了，剪得光秃秃的。要重新让它长得好看起来，可能需要一段时间。但她并不因此而生气。他帮她剪指甲，正是爱她的一种表现啊。

我其实是一个多么幸福的女人啊，她想。

一个或两个男人的故事

1

老凡无意中收听到了城市电台一个有趣的节目。

那天晚上，他翻来覆去，怎么也睡不着。屋子里一片黑暗，只有他一个人。儿子在江北的一个学校读书，住宿。老婆又没有回来。老凡百无聊赖，打开了收音机，扭到一个波段，听到一个倒霉的男人正在说话。

老凡后来才明白，他收听的这个城市电台节目，是个聊天节目，叫《今夜无人入眠》。一般都是在夜深人静的时候才开播。

那个男人向电台主持人诉说着自己的不幸。

那个男人说他是个小个子，三十几岁了，从外地到这个城市已经有好几年了。他开了一间小小的美发店。由于他的技术好，生意很快就红火起来了。在这个过程中，他认识了一个常来做头发的女人。那个女人已经离婚了。他们慢慢地就相爱了，可是，他们的相爱，却遭到了那个女的家里强烈的反对。一来是嫌弃他是个外地人，二来嫌弃他个子小。然而，他们还是相爱了。他们同居了。

男人在感动之余，把所有的财权完全交给了她。尤其是在他新买了一个门面房，开了一个更为豪华考究的美发店后，店里的所有事务都交由她管理了。他完全成了一个技术师傅。她把他完全控制了。他想同她结婚，但她却以种种理由推脱。有一回他们矛盾终于激化了，她居然把店里的所有东西都卷走了，连同几万块钱存款。他去索要，结果被她的兄弟和母亲打得头破血流，脑袋上在医院缝了七针。

“那你现在是不是想通过法律途径解决呢？”主持人问。

“不是。我现在还是只想她回来。她只要一回来，我们就什么事都没有了。我过去也跟她讲了，虽然我个子矮，但是她是一个离过婚的女人了。用我们 N 城的话讲，她是个二婚头了。要说我们还是比较般配的。”那个男人说。

“问题是她现在不回来你怎么办？”那个主持人问。

“我还是想她回来。”那个男人说，然后对着主持人又把自已关于她是个二婚头的观点重复了一遍。

那时候已经是深夜两点多钟了。主持人已经有了些许困倦。从他那慵懒的话语里，老凡听出他已经有些不耐烦了。主持人想要早点结束这样已经有些无趣的谈话，重新接进新的电话，可是这个开发廊的小个子家伙却缠着他不放。他甚至在电话里哭泣起来，他进一步说，事实上他和那个女人早就开始闹矛盾了，那女的家人想把她嫁给一个开汽车修理行的男人。他去找她的母亲理论，却被她的

兄弟打得遍体鳞伤。就在他绝望的时候，他已经想和她断绝关系的时候，她却又主动找上了他，和他和好了。

“过了一段日子后，我发现她和那个修汽车的男人并肩走在大街上，非常亲密。她过去却从不和我上街，嫌我出去丢人。我一直跟踪着他们，结果发现他们到了一个茶社。他们在茶座里举动亲密得很。我去叫她离开，她却打了我一耳光，叫我滚蛋。”

“既然这样，你还理她干什么呢？”主持人简直是有些愤怒了。

老凡也感觉这个小个子男人太窝囊了，一点血性也没有。这种女人，理也不要理她。让她爱跟谁跟谁去！

“……我也想过。但是，有些话怎么讲呢？”小个子男人叹着气，“你知道吧？人有时候很复杂。”又叹了一口气，“我心里放不下她。”再叹一口气，“——其实我还是有人爱的，店里过去有个学徒，比她年轻多了，也漂亮。那个女孩怎么说呢？对我挺有意思的。可是，生生被她打跑了。”

“这种女人，你一定要态度坚决。长痛不如短痛，快刀斩乱麻。你必须重新面对生活，重新选择生活。”主持人说，“今天的时间不多了，剩下的时间我们再接一个电话好吗？”

小个子男人唯唯诺诺，说：“好，我听你的，和她断掉。”

接下来，是个年轻女子打来的，她哭诉说她在打工的时候，认识一个男孩，他们非常相爱，于是他们就做了那种事，可是，后来那个男孩却爱上了另外一个女孩子。

“我是那么爱他，我为他一共流产过三次。”她非常幽怨地说。

那位男主持人大概是这一类始乱终弃的故事听得太多了，听了她的叙述后，只是重重地叹了一口气，“唉——这种事情你让我怎么说呢？”然后就是长时间的沉默。

老凡也叹了一口气，这个世界上，不止像他一个不幸的人啊。大白天里，城市里大的秩序井然，大街上，车辆来来往往，人群匆匆忙忙，上班的，办事的，都有。小巷里，老人们安然地在修理自行车铺的边上看人下棋，或者是在家里养花。无论是年轻的，还是年老的，无论是男的，还是女的，他们都各有各的事情要做，看上去相当充实。到了夜晚，夜深的时候，公交车一辆少似一辆，最后在大街上，公交完全没有了，路灯也熄灭了，所有的人都睡着了，你以为城市一切都安静下来了，这时，你一个人躺在黑暗的屋子里，扭开收音机，调到中波 105.8，D 地城市台，《今夜无人入眠》就开始了。

电台里的电话都打爆了，许多人都急着倾诉自己的不幸。

各种各样的。

平时最难以启齿的话题，最难堪的隐私，最难于言说的苦痛，都到《今夜无人入眠》里倾诉。这些孤男寡女，都希望通过这样的倾诉，能够获得解决问题的良方。他们相信主持人，以他的学识和人生经验，能够对他们有所指导。

据说这个节目非常火爆，由于它的出现，安慰了这个城市无数受情折磨的孤男寡女。

如果说这些人都是病人，那么这个城市的病人真的相当不少。

老凡想到自己，叹了一口气，心说：我也是的，一个可怜的男人。

2

那个早晨一大早，老婆苗爱爱不知从什么地方钻出来了。她手里提了一大塑料袋什么东西，眼睛也不看老凡，说："这个星期你去接儿子！"老凡说："你干什么？"老婆现出一脸的刁蛮，说："我有事！"老凡说："你什么事？也不知道你一天到晚在鬼混个什么。"苗爱爱听了这话，气呼呼地把东西往地上一掼，双手叉腰，指着老凡的鼻尖，说："放你凡士林你妈的狗瘟屁。我鬼混？你个 × 男人有点本事，也不至于要我出去。"

"谁要你出去的？"凡士林同志委屈地说。

"懒得和你理论，要不是我，你他妈的喝西北风去！"

她说懒得理论，老凡就偏想理论。可是他刚想理论，却发现她没有了，一点影子也没有了。真是神出鬼没啊。

老凡心事重重地坐在阳光里。

灿烂的阳光让老凡觉得自己好像是生活在一个虚无的真空世界里。

老凡过去是在机械厂工作，车工，整整干了有二十年。后来他主动下海了。那时候机械厂效益还相当好。许多人不理解他，说他疯了。苗爱爱也骂他，都和他动过手。老凡先是和人合伙搞运输，搞了两年，什么钱也没有赚到，甚至还赔了一点。然后他又去和人做木材批发，同样空忙了一场。

那段日子，老凡就跟他妈的生活在地狱里一样，度日如年。

就在他感觉非常绝望的时候，一个朋友低价转手了他一个小饭店。苗爱爱为了他接手下这个小饭店，威胁他说要自杀。但他顶住压力接下了，谁想那个半死不活的小饭店在他手下上竟然一天比一天红火起来。

那样的好日子持续了三年。

苗爱爱也不再和他吵了。家里的日子过得越来越滋润。每天的钱像流水一样地进来。有了那样的势头，老凡就想把生意做大。他拿出所有的积蓄，在繁华的湖南街上，重新开了一家酒楼，还是以海鲜和其他特色菜肴为主。

酒楼红火得不行，常常是客满。楼上的包间都要预订。

老凡成了一个名副其实的老板。

苗爱爱那时在单位里也不想干了，她想回来当老板娘。老凡说你也别把工作辞掉，我找人，让你先回来，把工作关系还留着。于是苗爱爱就回来了，在酒楼里当起了老板娘。

有了苗爱爱，酒楼里面的老凡就没什么大事好干的了。苗爱爱指手画脚，什么事情都要问一问的。有朋友向老凡推荐说，外地一个朋友有一批酒水，要低价出手，让老凡过去看看。老凡就和那个朋友开车去了。来回也就是一天的时候，等他回来的时候，发现自己的酒楼已经成了一片废墟。

老凡当时就瘫了。一屁股坐在地上，半天也没能爬起来。

火是从贮藏室烧起来的，等到发现的时候，火已经完全蔓延开了，如果不是全力抢救，隔壁的店铺都会被烧光的。

这一场火，一下子把什么都烧光了，还让老凡背了不少的债务。之后不久，老凡又得了一场大病，在医院里住了好几个月，出来后就两手空空了。这一场火，不但烧光了老凡的财产，连他的精神元气一起都烧光了。

苗爱爱也重新回到了她所在的那个单位。然而，不过半年多时候，单位也倒闭了。

她下岗了。

苗爱爱闲不住。

下岗后没有三个月，苗爱爱就先找了一份工作。先是在一家洗

衣店里帮忙，然后又帮人照应过一个小小的烟酒店，甚至还在茶社里干过，最后老凡就不知道她具体干些什么了，反正三天两头在外面，高兴了就回家，不高兴了也不知道她在什么地方。

你说老凡这男人当的？

老凡打过她。她和他对打。老凡发现苗爱爱一旦撒起泼来，那简直是不得了的劲头。女人天生一副好指甲，老凡的脸上身上多处挂彩。老凡有次发起了狠，心想下手不重，她是不知道男人厉害的。他就薅住她的头发，把她摁在地上，往死里打她。可是苗爱爱最后一把就捏住了他的睾丸，喝令他放手，“你狗日的再不放手，我他妈的一把捏死你。”

睾丸是个娇贵品，易碎，它连鸡蛋都不如，鸡蛋还有一个硬壳呢。它睾丸从来就没有硬过。硬的不是它。老凡一想到这里，心就软了。他的脸色也早白了。他知道苗爱爱一定是说到做到的。从她第一个晚上没有回家时起，她就知道他的睾丸对她的意义已经不大了。没有这个睾丸她说不定活得更好，再说了，她从来就没有感受过睾丸的实际作用。但这一次，她一把捞到了它，就是捞住了一根救命草。

老凡放了手。

她也松了手。显然，她是胜利者。

老凡脸色蜡黄，痛得一屁股跌坐在地上，龇牙咧嘴的。那种痛，尖酸的，直痛到心里，整个人都像是瘫了。

“你他妈以后再打我试试看？我一把捏碎了它！”苗爱爱女士说。

凡士林想过离婚，这个的女人，要她何用？可想了再三，那一步还是不好走。毕竟是个家，离了她，他就成彻底的光棍了，再

说，儿子会同意吗？关于他对他母亲不淑的种种指控，他是不能彻底地同儿子谈透的。

儿子的脾气是越来越叛逆了，老凡能感觉到。凡士林先生和苗爱爱女士的儿子叫凡爱苗，已经十三岁了。刚生下来的时候，老凡不知有多喜欢了，苗爱爱也是，把他当成一个爱苗来捧着，不停地浇水施肥。凡爱苗身体长得越来越茁壮。身体茁壮，脾气也茁壮。到了十岁的时候，已经能把脖子梗得很像样了。老凡要是说了哪句让他不中听的话，他那小脖子马上就梗起来了，冲他爸爸又是叫又是嚷，跺着脚，脸还气得通红。

老凡同志一点办法也没有。

老婆再闹腾，也终有歇下去的时候。到年老色衰的时候，就是她自己不想歇，人家也把她歇了。儿子不一样。儿子现在是爬山坡，处于上升期，未来还怎么样，凡先生一点也预料不到。对儿子的担心是长久的。

凡先生过去经常被老师喊去开家长会。他记在儿子三年级时的班主任，那是一个小丫头，人家把他熊得跟孙子似的。他还得赔笑脸。

好不容易该儿子考中学了。重点中学从来想都不敢想。城北的一个中学开设了篮球班，儿子积极要求去。老凡之所以最后同意了，还在于那个中学文化录取分很低。儿子对学习并不怎么爱好，对篮球倒是情有独钟。而学校方面说，他们招进来的学生，将来可以进一步向省职业篮球队推荐。要是真的能进球队，那也算是一门职业啊。

儿子上学校了，倒是不像过去那样三天两头和他顶牛了。他住校。但是，每个星期回来都会向他伸手要钱，一会儿是球衣了，一

会儿是球鞋了。老凡为了钱而苦恼。他现在真的有些捉襟见肘了。儿子当初进校，就已经交了一大笔钱了，现在家里水电煤气各项开销，都要用钱。他哪来的余钱？儿子上学，支持还是要支持的，他已经尽了最大的力量了。可是，他觉得儿子在某些方面又太浪费了。他应该知道，自己的家里不是一个富裕之家，有些东西该省还是要省些的。比如说，鞋子脱帮了，到鞋摊下修一下就行了；球衣，没有必要买新的；等等。

可这时候苗爱爱女士就像变戏法一样地会从身上的某个地方抠出钱来，递给儿子。好像她是只老母鸡，随时只从身上抠出蛋来。老凡对此能说什么呢？她有钱，但她从来也不交给他。他也从来不问。

她在经济上是独立的。

他乐观其成。

她哪来的钱呢？自然是她挣的了。

用她自己的话说，她挣来的每一分钱都是干净的。她从哪挣钱呢？后来老凡终于发现了，她是在大明菜市，和一个叫老姚的男人在一起。老姚是个五大三粗的汉子，皮肤黑黑的，胳膊上大腿上哪能都是黑毛，脑袋大得像胖起来的，而那一双眼睛，跟铜铃似的。活脱一个土匪。

很快老凡就知道了，这个老姚果然不是一个善茬子。老姚蹲过五年牢，出来了就做水产生意，慢慢地，越做越大了。在这个大明菜市，一半的水产都是他老姚的。有了钱，老姚说话就更加霸气了，他要不高兴了，一句话能把你呛死。

老凡看不清自己的女人和那个老姚是怎样的一种关系。说是小工，不怎么像，老婆在人家那里神气活现的，哪有一点小工的低声下气？说是情妇，老姚也不至于。老凡亲眼看过老姚还有一个年轻妖冶的女人。那么，是生意合伙人？也不是，苗爱爱一不懂水产，二没有入股的资金，三又不能帮助他欺行霸市，拿什么合伙？

但是她在那里欢得很。看到老凡，大声说："你来干什么？"老姚抬着半只眼皮看看他，说："你是她男人？"老凡先生说："她是我女人。"苗爱爱说："你没事回家去。"老凡说："我随便走走。"老姚没有再说话，叼着中华牌香烟，转身走了。

那个晚上，凡士林先生和苗爱爱女士来了兴致，做起爱来。是苗爱爱主动暗示的。她那手在老凡的身上抚摸着，老凡也就不客气了，摸起她来。不仅摸了她的上身，还摸了她的下身。摸着摸着，就摸出了老姚的味道。

"你身上是什么味道？"他不高兴地问。

她疑惑地说："没有啊？什么味？鱼腥味？"

"不是鱼腥味。"

"那能有什么味？"

老凡也疑惑啊，什么味呢？他突然悟出来了，那是另一个男人留在她身上的特别气味。那个男人嘴巴里哈出来的热气，做爱时的汗味和精液的味道，还有她自己身上分泌出来的体味，混杂在一起。

这么一想，老凡就一点兴致也没有了。

矛盾就此开始了。

苗爱爱倒乐得矛盾公开化，她索性就挑衅似地对老凡说："以后你少管我！你是你，我是我。我也正不想过这个日子，你爱咋咋地。"

老凡管束不住她。

人家苗爱爱有她出去的理由，男人自己没有本事找事做，她总不能守在家里饿死吧？再说，还有上高中的孩子呢。老凡倒是提出来过，让她在家，他出去找活。可是，他能找什么样的活呢？他自己都没有信心了。

语言解决不了争端，就动手打。

但苗爱爱女士优雅地那么一捏，凡士林先生就软了。

3

D 地城市台

中波 105.8

《今夜无人入眠》

老凡爱上了这个节目。

他在这样的聊天节目中，得到了许多安慰。他想到，不幸的人远不止他一个。他这点痛苦，也许真的算不了什么。每个人都有苦恼的，只是有人不说罢了。

又一个孤独的夜晚，老凡再次打开了收音机，又听到了那个小个子发廊小老板的叙述。这已经是一个多月以后了。“你还记得我吗？我是一个月前给你打过电话的，说我和我女朋友的事。我是开发廊的。”主持人对他再次打进电话，感到吃惊。“你现在还有什么问题呢？”他问。

“怎么说呢？”那个小老板一口不太标准的 D 城方言，以示他已经融入了这个社会，现在，当他再次准备叙述自己故事的后传的时候，似乎有些羞涩。“我和她现在一直矛盾不断。”

“我记得上次你不是说已经决定要和她分手了吗？”主持人有

一副非常动听的男中音嗓子。

“是的是的，我呐，是决定和她分手了。我呐，也是被她伤透心了。我们已经整整苦恋了五年啊。这五年来，我呐，费了多少心血啊。”小个子发廊老板伤感起来。

“真是伤透心了。”小个子男人有些哽咽起来。

主持人叹口长气，有点恨铁不成钢的样子。

——“我逢年过节都要给她父母兄弟买东西，可是，她家连门都不让我进。有时候我也在心里问自己：这样做值吗？其实我也是替她考虑，她一个离过婚的女人，找我这样的也不会太委屈她。我不过就是个子矮点罢了。但是，我说，人的外表并不重要。人关键是要有一副好心肠。一个人，首先要心灵美。对吧？”发廊小男人真是说不尽的委屈。

——“自从那次和你谈过心以后，我真的有种豁然开朗的感觉。我想开了。我想长痛不如短痛，断了算了。天涯何处无芳草？只要我能用心找，老牛也能吃嫩草，想吃多少是多少。我想开了，我有这门手艺，走到天下都不怕。我横下一条心，找到她，我说我们断了吧，你把过去的钱还我。我也知道，十赔九不全。我也不指望她能全部还我。能还多少是多少，我也认了。她当时也非常爽快地答应了。可是，过了一个多星期，她又到我店里来了，说还是要和我谈。

——“说实在的话，我呐，当时心里比较矛盾。后来我还是决定和她好。说实在的，这么长时间，我呐，多多少少对她还是有感情的。我想既然她决定和我好，那我还是要迁就她。但是，不长时间以后，我发现她暗里和那个男的勾勾搭搭的。人家说，捉奸捉双是吧？结果有一天，我悄悄地跟着她，发现她来到了劲松小区的一个平房里。我通过纱窗看到她和那个男的在床上搞。声音挺大的，他们居然就是那么不要脸。我叫她开门，她不开。我就撞门，惊动了好多人。后来她的弟弟们也来了。她弟弟不分青红皂白，上来就打了我两个耳光，说你要是再这样，我打断你的腿。

——“你说，他们怎么这么不要脸？她后来出来，面对我的时候，一点内疚感都没有。我对她说，我求你不要这样了，我们相爱了这么多年不容易，你要珍惜这份感情。她冷冷地看着我，说，你有什么权利这样要求我？我说你要手摸着自己的良心讲话，这些年来，我为你花了多少钱？花了多少感情？她就用手指着我的鼻子说，花钱那是你应该的，我这么些年，在你店里帮你照应料理，你给过我一分的工钱吗？我还没有和你算账呢，你倒好意思跑来向我诉苦？你说你付了感情，我被你欺骗，算不算花费感情？

——“我说，我骗你什么了？她说你还说要买什么房子什么的，现在，你有一片瓦吗？我说你把我的钱全搜去了，我拿什么买？”

主持人不耐烦地打断了他，说：“你为什么要把钱全交给她呢？”

“她有时每天都收啊，营业款。或者过一段时间来一次，伸手向我要钱。”小老板说。

主持人更加不能理解了，语气也更加不耐烦，“哎，我还是不懂，你为什么要把钱交给她？”

小老板委屈地说：“不给她就闹啊。”

主持人说：“她闹又能怎么样？我就搞不懂了，你是男人，这种事情非常简单，她要不和你结婚，你凭什么给她钱呢？”

小个子男人说：“我错就错在当时昏了头，营业执照上用的是她的名字。”

主持人大声地责问："你的营业执照为什么用她的名字注册？"

小老板说："当时搞新店的时候，我为了表达对她的爱意，就用了她的名字。"

主持人说："那你现在实际上只是她的伙计，而她是老板？"

小老板说："可所有开店的钱全是我的，没有一样是她的，当时只是用了她的名字。"

主持人叹了口气，说："我不管你那么复杂的问题，实际上你现在就是成了她的伙计。关于这个问题，只怪你当时太糊涂。糊涂至极！"

小老板诚恳认错，"是的，真的，我当时真是太糊涂了，一时冲动。"

"我后来找到她，我说你一定要回头。我不计较你犯过的错误。你要回头，我还和你好好过日子。那个发廊还让你做主。你不知道，过去她在发廊里对那些小姐妹凶得不得了。好几个小姐对我说，要不是看在我的面子上，她们早就不干了。她们受不了她的那份气。她们一致认为我这个人有涵养，脾气比较好。"小老板接着说，"可是，她气冲冲地说：你休想，你有多远滚多远去。"

"你不知道，我被她这么一说，心里真是冰冰凉凉的。我拿了一把剃刀当她的面就把手腕给割了。当时那个血啊，像喷泉一样，直往外飙。看到的人当时都吓死了。可是她掉头就走，临走时她还说：你死吧，别把血水往我身上溅。你死了是你自己找死，与我无关。"小个子男人幽幽地说。

长时间的沉默。

结束了和这个小老板的谈话，主持人似乎被他现在这个故事中出现的这种局面而弄得相当感慨。他用娓娓动听的口气，语重

心长地说，“唉——听了他现在的这个故事，我真的有些不知道说什么好了。我能用怎样的语言才能安慰他呢？所以，我在去年的节目中，就曾经说过，身为男人，有些事情一定要有主见。像这种事情，啊，营业执照，工商登记证，怎么可以用她的名字呢？如果她和他已经结婚了，这还能理解。现在，他成了什么了？简直就像一个包身工一样的。非常荒唐，可笑。”

老凡想到：与这个小老板比起来，自己还是幸运的。自己没有什么要害的东西抓在苗爱爱的手上。

女人真是个可恶的东西。

就现在的这种情况，自己应该如何作为呢？老凡睡不着，躺在床上，翻来覆去地想着，一、和她离婚；二、继续过下去。但是离婚不现实啊，自己和那个小老板不一样，他是有家庭的，有孩子的。一离婚会涉及很多问题。而如果不离婚，就这么长期地保持沉默？

不，他是个男人，他有自己的尊严。他不能就这样不明不白地活着。他要和那个男人谈一起，至少也要和苗爱爱认真谈一次。

“谈什么？”苗爱爱指着他的鼻子问，“你还好意思和我谈，有什么好谈的？我天天在外面吃辛受苦，你还管我？你说我和人家男人不清不楚，你抓住什么没有？你他妈的是男人你捉奸捉双啊。捉住了，我算你本事。也不知我前世作了什么孽，居然瞎了眼嫁你。嫁你算是倒了八辈子的霉了。”

“还要我捉奸？你不要把我当瞎子！在摊子上打情骂俏，你当我不知道？”老凡怒喝。他有一次亲眼看到那个老姚用手拍苗爱爱那浑圆的屁股。苗爱爱一点也不生气，相反非常快活地说：“你个死老姚呀，真是作死啊，手上全是水把人裤子弄肮了呀。”老姚得意地说："谁让你的奶子和屁股怎么长得这么骚？哈哈哈。"

苗爱爱女士说："你看见了？你看见了自己老婆被人家吃豆腐，怎么不上前跟他拼命啊？你就是活脱的一个缩头乌龟。你他妈的有什么鸟本事啊？你就知道在家里发狠。"

不要脸的女人，竟然还敢如此骂他。老凡先生一时怒从心中起，恶向胆边生，伸手就给了苗爱爱一个响亮的耳光。这一个耳光打得好，因为苗爱爱立刻就扑了过来，一口就咬住了凡士林的胳膊。老凡刚要薅住她的头发，可一想到自己下面那脆弱的睾丸，手里的力道就松了下来。"你松口啊！"他说。

苗爱爱却像一只认死理的乌龟，死死地咬住不放。直到老凡的臂上流出血来，她才抬起头来，而眼里，全是胜利的光芒。

"你以后少他妈的管我，你过你的，我过我的，过不了就离婚！"苗爱爱女士坚决地说。

老凡说："离就离。"

苗爱爱说："那最好。"

4

走在大街上的老凡，总是觉得人人都知道他的老婆苗爱爱女士和鱼贩子老姚的故事。离婚是容易的，可是离了以后是不是就一了百了，从此就了无牵挂了呢？那些天，凡士林先生一直在非常认真地思考这个问题。

可是，想来想去总也想不出一个什么好办法来，犹豫得很，矛盾得很。他需要有人帮他排解心中的郁闷，需要有人宽慰他，甚至需要有人来帮他指点迷津。夜深的时候，他也真的想给城市台的那

个栏目打电话，诉说一下他心中的苦闷。然而，他拿起电话又放下了，这种事情真是难以启齿啊！

怎么能张得开那个口呢？

一个晚上，他终于拿起了电话，慌乱地拨了那个记忆中的号码。嘀——嘀——嘀——嘀——，他感觉有好长时间，正当他想放下的时候，电话接通了。“喂，谁呀？”一个睡意蒙眬的声音。老凡说：“你是不是D地城市台？”“打错了，精神病！”对方非常生气地挂断了电话。

老凡怔了一下，默然。是的，把人家的好梦给打破了，这时已经是一点多钟了，也许这一响，人家就再也不能入睡了。怎么会打到人家里去了呢？是号码错了？没有呀，他记得那个号码的。那是一个非常容易记忆的号码，尾数是三个8，是46×××888，那么，很可能是前面的数字错了。是64×××888？是的，很可能就是这样的。

一颗心被提了起来，他必须要把这件事情做完。他迟疑了一会，还是又试着拨了新确定的这个号码。这回，嘀——嘀——，只响了两声蜂号，电话就接通了，他却不知道说什么好了。“你好，这里是爱心交友热线。”传来一个非常甜美的小姐的声音。

“我、我，我……是不是D地城市台？”老凡一时不知道说什么了。

那个小姐就笑了起来，说：“让我陪你聊一会吧。你想对我说什么？哥哥，这会儿睡不着是吗？”

老凡有些慌。怎么会是这样的电话？“你有什么问题？和我聊聊吗？是晚上睡不着，想我了？有什么话就对我说嘛，大胆地说，我能帮你排解烦恼。所有的烦恼。你不相信我吗？我也睡不着，我

想听你的故事。说嘛，快点嘛。”

那个声音特别的娇柔动听，老凡意外极了。他不懂自己遇到了什么人，但是他知道从来没有一个女性用这样的态度对待他。他是第一次享受到一个女性对他的特别的温情。也不知道怎么了，他真的就和她慢慢聊开了。

聊了有多久呢？也许有一个多小时，老凡才结束了和她的谈话。老凡知道了她有一个好听的名字，叫雅沁。她在一个据说是叫爱心交友热线的声讯台。她喜欢交友，喜欢听人诉说自己的烦恼。在她一步步地诱导下，老凡告诉她，说自己的老婆和别的男人不清不白的，她一点也不惊讶，相反，她鼓励老凡要看开。“现在的男女都是自由的。”她说。

她暗示老凡可以和她好，她说她喜欢老凡这样的男人，忠厚老实，为人本分。她说她喜欢成熟的男人，而且，并不喜欢那种有文化的男人。她说那些男人太穷酸，比较虚伪。只有像老凡这样的男人，才是实实在在的，知道在心里珍惜女人。

她说，事实上每个人都会有烦恼，她说她在台里工作，每个月工资很低，必须有人打进足够时间的电话，才会发全薪给她。她让老凡记住她的名字，每天晚上给她打电话。她说这种电话并不贵，只是和普通市话差不多，而且打的时间越长，价钱越便宜。他们根据打进的时间累计积分，到了一定的分数，可以参加抽奖。中奖者除可以得到两千块现金外，还可以和她们中的任何一位接线小姐外出游玩。游玩是那种国内长线游，新疆啊青海啊，或者海南西藏，只有两个人，可以住在一起，干什么都可以的。

她说她虽然很漂亮，但其实内心寂寞得很。平日里追她的男人不少，她说但她知道，那些男人看中她的都是她的身体。她说她的

三围非常好，身材苗条，皮肤白皙。但她就是看不上他们。她说她也并不是思想保守，相反，如果是她看中的男人，不管这个男人是做什么的，哪怕他只是一个扫大马路的城市清洁工，她也会义无反顾地委身于他。

结束了那样的谈话，老凡思想又活跃了好长时间，才安然入睡。

那一睡，他自己感觉，是他这么长时间以来，睡得最好的一晚。

老凡第二天还真的再次打了那个电话，又聊了好长时间。老凡知道，打这种电话是要付费的，但他有些抑制不住自己。那种想和她聊天的欲望特别强烈。他并不相信她所说的那些累计积分啊奖励啊之类的话，但是他却有些相信她说的她喜欢他。他很清楚自己只是一个已经没有了雄心壮志的失败男人，住在本市大石桥路一片破败的居民区里，连老婆都跟了别人鬼混去了，但他还是有些隐约相信。

至少，她的话给了他无穷的想象。

他能想象得出来，她是个年轻貌美，性格活泼的女孩子，腰身颀长，一头黑黑的长发，胸前的乳房饱满，紧身衣服勾勒出她平坦的小腹和修长的大腿和浑圆的屁股。有她那么亲切地和他聊天，他已经相当知足了。然而，她对他表达的那种爱的话语更是让他心旌摇荡。

“与没有爱的人生活在一起，是非常可怕的一件事。那样的家，不过就是一个活的地狱罢了。”她说。

真的，老凡深深地记住了她所说的这句话。

活的地狱。

有时，老凡早晨一睡醒来，真的不知道自己究竟是活着还是死了。家里是死一般的静寂。苗爱爱是把这里当成了一个低级旅馆，高兴回来就回来，不高兴回来能很多天都不见她的影子。她说忙，忙生意。夜里，她说她一人住在水产铺子里，但老凡相信她肯定是睡在别的男人的床上。

有什么办法呢？这个家已经破了。事实上这个家早就破了。从酒楼被烧的那天开始。如果苗爱爱没有回来当那个老板娘呢？也许就不会出那样的事。他做事认真，安全隐患会事先有所觉察。当然，现在想这些都没有用了。

事实上老凡后来也还想过再干点事业，毕竟他证明过自己还是有相当能力的。可是，干什么呢？这几年间，本市餐饮业迅速发展，尤其是外地的餐饮大鳄进来，他还想像当时那样几乎是不可能的，再说，钱呢？干别的吧，总也是谈不扰。

老凡感觉自己已经完了，作为一个男人，他已经没有了斗志和豪情。

然而，这一个爱心热线，像一场及时的春雨，让老凡同志长久埋藏在心底，已经有些枯萎的奋斗意识，重新萌发了。

一个路灯已经非常稀少的晚上，老凡住那个菜市方向赶。他知道苗爱爱就住在离菜市不远的一个小区里，某幢，某单元，某号。他要去看看她，并且告诉她，她爱怎地怎地，他看开了。他不再在乎她了。在他眼里，她算个什么？狗屎！让她和老姚睡去吧，他不在乎。他是个男人，他有他的尊严。别看他现在这样，他会重新站起来的，就让她有一天后悔去吧。

那时候可能已经是夜里一点多钟了。老凡在路上，看不到一辆车，一个人。城市里所有的东西全都睡了，连建筑物的钢筋和水泥都睡了。像这样的夜猫子，老凡估计也就是他了。抬头看天，夜幕蓝黑，一弯冷冷的月光挂在上面。月光如水。路两边的高大梧桐树投下了黑黑的影子，鬼魅得很。老凡骑着自行车，看到月光下自己投射在路上的影子，简直是相当的滑稽可笑，它是个扁平的，如一只滚动的蜘蛛。

老凡忽然感觉自己是那样的荒唐，既然自己在内心里宣布是如此不在乎她，为什么还要去告诉她呢？纯粹是多此一举嘛。

夜是那样的静，老凡忽然想到了那个城市电台。他一下来了兴致，他想去看看那个电台。当时他已经是在湖南路上了，再向前骑两条街，就会到江家桥。电台大楼就在江家桥和十八营的十字路口。

不消一会，他就来到了那个十字路口。远远地就看到了电台那高大的办公楼。此刻，大院的门口，黑黑的，一点声音也没有。值班室像是根本没有人，连灯光也没有。再看很高的楼上，有一个窗口是亮着灯的。那也许就是《今夜无人入眠》的直播间？

不，其实不是无人入眠。大部分人都睡了，只有少数的人，极少数的人，才不会睡觉。老凡在心里想。

5

老凡怎么也想不到会出那样的事情。

当时他听到那个消息的时候吃了一惊。

苗爱爱用刀捅了老姚。

事实上，一个多月前，老凡就已经感觉到苗爱爱女士有些异样。一个晚上，她回家的时候，脸上有伤。但是他没有问她。可他隐约感觉到她一定有事，一定是和那个老姚有了什么矛盾，一定是老姚打的。

打得好啊！他当时在心里涌起了片刻的快意。这样的贱女人，一定要让她尝尝厉害。他在心里甚至是有些感激老姚。

可怜可气又可悲的女人。

据目击者说，当时在菜市上，从外面回来的姚大头，嘴里叼着烟，匆匆就进了他开的那个水产店。而片刻工夫，里面就吵了起来。对于他们的争吵，菜市上别的摊主早已经习以为常了。他们只知道那个姚大头是个厉害角色，而那个苗爱爱也是个非常泼辣的女人。好几次，菜市上的人看到姚大头薅住苗爱爱的头发，拳打脚踢。

老姚有女人。他们也说不清这个苗爱爱和老姚是怎样的一种关系。如果她受罪，那只能说是她罪有应得了。人人都觉得她应该离开他。她犯不上被他那样羞辱。

接着人们就又听到里面传来撕打声。

人们看到姚大头从里面匆匆出来了，一脸的怒气。显然，他是把那个女人又痛揍了一顿。里面传来了痛哭声。姚大头重新跨上了摩托车，点火，发动，正要起身离去，苗爱爱披头散发从里面冲了出来，手里握着一把雪亮的尖刀。而人们看到姚大头对着她那尖刀一点也没有惧怕，也许他根本不相信她会真的捅过来。他还端坐在车上，一只脚稳稳地踩在地上。他以为她根本就没有那个胆子。

可是，刀一下子就捅进了他的左肋。

血，一下子就涌了出来，喷了一地。

老凡在派出所里，看到了苗爱爱，苗爱爱披头散发的，上身穿了一件红毛衣，下身穿了一条花睡裤。已经是十月的天气了，可是她却光着脚丫子，只穿了一双拖鞋。老凡看着她，自己的身上都感觉冷出了鸡皮疙瘩。

苗爱爱始终没有抬头看老凡。

老凡觉得她感觉没脸看他。

如何告诉儿子呢？老凡在心里想。

他想不出什么好办法来，看来只能如实地说。

然而，这是多么地让他难以启齿啊。

儿子也许会受不了的，他想。

6

老凡那天从看守所回来，决定找个地方理发。

该理一理了，太乱了。

他相信理了发之后，人会精神一些。

苗爱爱在看守所里，交待了他一些要做的事情，当然，主要是关于儿子的。看着她那样子，他心里原来的恨意居然一点点地消失了。她哭了，说她对不起他。

姚大头没有死，但医生们说，如果刀口再向下一公分，他就再也不会出现在菜市上了。虽然那些市场上的人，对姚大头的出事，心里暗暗高兴，他们甚至认为苗爱爱是为民除害，但是老凡心里却糟透了。

这是一件多么不名誉的事啊。

苗爱爱可能会以故意伤害罪，被判三到四年的刑期，应该说，这样的判决还是一个非常不错的结果。

儿子在事发的第二天晚上就回来了，在听了这个消息的时候，

脸上居然一点表情也没有。老凡当时以为他会说些什么的，可是儿子却什么也没有说，甚至没有看他一眼。老凡感觉儿子长大了，他的心里一定在想着什么，只是他不想和他交流。交流什么呢？那是他的母亲。他的心情肯定是相当的复杂。

就在那个晚上，那个交友热线的小姐居然主动打电话来，让他打电话过去。老凡对着话筒猛吼了一声，然后就把电话线给扯了。那一刻，他突然感觉自己过去的行为真是太丑陋了，非常非常的无耻和丑陋。

在路过前桥小街的时候，老凡看见了一家叫着思雅的发廊。他恍惚觉得那个名字非常的熟悉。是的，他仿佛听过这个名字。那么，是过去什么时候听过的呢？他想不起来，也许是梦里吧，他想。

思雅发廊门面不大，但装修得非常精致。老凡走进去的时候，发现里面只有一个小个子男人。显然，他是位师傅。“您理发么？”看到来人，他立马放下手里的报纸，热情地站起来迎接。

老凡说：“理发。”

理发师傅说：“正好，今天这会正好没有别的客人。”

“多少钱？”老凡问。

老凡摸不准现在这种装修看上去很漂亮的发廊是不是很贵。

“如果是精剪，就是十块，普通的就是五块钱。”他说。

五块钱还是可以的，老凡在心理上接受了。环顾一下，里面一排有十多张圈椅，老凡就挑了一个偏左的位置坐下。

洁白，明亮。老凡看到了镜中的自己，瘦了。可是，精神气还是有的。苗爱爱要判刑了，家里真的只剩下他一个人了，儿子以后所有的事都要他操心了。他要出去找事情做了，一定要出去。没有

任何退路，而且，一定要成功，不能失败。他还行么？他盯着自己的眼睛，还行！眼睛里面是有一些信心的。天无绝人之路。他还没有到绝的时候呢。

“师傅多大年纪了？”那个理发师傅看着他问。

“四十多了。”老凡说，声音里有些疲惫。

“不像，”小个子理发师傅笑着奉承说，“您的头发就像小伙子一样的黑。”

老凡笑了一下，心里知道，他是老了，看上去说是五十岁也还是有人相信的。

“这店里怎么就你一个人？”老凡问。

小个子笑着，说：“几个学徒今天下午都去洗澡了。今天生意不是很多。也不知道是怎么回事。”

老凡低头看着从上面落下的一绺绺头发，说：“你是老板？”

小个子男人说：“嗯。”

“开了几年了？”

“我开理发店有了好多年了。但这个店时间不长。”小个子男人回答说。

室内静静的，只听到小个子手里的剪刀发出非常麻利的嚓嚓声。

一时有些无话。

小个子热情地把他原来看的，放在另一张椅子上的那张报纸递给他，说：“前天的。”

老凡翻看着。

他的眼光落在了本市新闻一栏上。

“你说现在的人怎么了？两句不合就动刀子。这报纸上说大明

菜市上，一个妇女把老板给用刀捅了。”

老凡看到了，很短的消息。

消息里没有提及苗爱爱的名字。

“你说这女人胆也挺大的，真是下得了手。”小老板继续说。

老凡把报纸丢下，合上了眼睛。他不想在镜子里看到这个饶舌的小个子男人。说着别人的事情，是多么的轻松啊。但你是听众，这个故事里的人物与你相干呢？老凡在那一刻，心里真是沉重极了。

“最难过的呐，就是她家里人了。你说她这年龄，一定也有孩子了。”小个子师傅说，“她老公最倒霉了。”

老凡鼻子有些酸。

“人呐，其实应该想开点。”小个子男人说，“世界上没有什么事情是过不去的。犯不上那样的。谁还没有个坎坎？这年头，谁都不好过。——只有有钱人，日子好过。”

幸亏后来这位小个子美容店老板把话题扯到国家大事上去了，又从国家大事扯到伊拉克战争，否则老凡真是有点坐不住了。

当老凡从躺椅上坐起来，睁开眼的时候，在镜子里看到的是一张全新的脸孔，清新，干净。“好了？”他问。小个子扶了扶他的脑袋，说：“好了。行吗？”

“行。”

小老板收了钱，客气地说：“欢迎你下次再来。”

老凡说：“好的。”

临跨出门，老凡突然又问了一句，“你是老板？”

小个子笑着说，“是啊。”

老凡没有再说什么，他记住刚才在墙上挂的营业执照上，看到

的是一个女人的照片和女人名字。不会是那样巧的，他想。

可是，也许就是这样巧吧。

这时，整个街道突然明亮起来。是原来西边天空的云块散去了。中午的时候天还有些阴呢，可这时却是万里无云，天空一片纯净。纯得非常的蓝，接近于千古沉睡的深深湖泊。在城市里，是难得看到这样湛蓝的天空的。偏西的太阳是那样的明亮，亮得有些刺眼。

老凡骑着车，往家的方向走。

街上的行人不多，而且他们都是行色匆匆，各人都有各人的事情，谁也没有在意他这个刚刚从发廊走出来的，形象焕然一新，却又是一个倒霉的男人。

风吹在身上，老凡感觉有些凉（不是冷）。拐上中华路的时候，他发现大街是那样的干净，路两边的那些高大茂盛的法国梧桐树，也都非常严肃整齐地排在两边，等着他从它们身边经过。那个小个子老板和他的女朋友最后到底怎么样了，刚才他应该问问的，他想。应该问问的。可是，已经过去了。那就算了吧，各人都有各人的事情。

又转到一个路口的时候，阳光直直地射着他。眼里有所有景象都披上了一层金色。灿烂异常。老凡忽然感觉自己流了泪，顺着鼻翼两侧，往下流。

站在他身边一起等红绿灯的人都看见了，这个中年男人突然流了泪。两行眼泪在夕阳下，呈现着一种耀眼的金色，把他的整个脸都照亮了。

同居者

这是一个有关认真的故事，既然是关于认真的故事，那么我首先要强调的就是这个故事的绝对真实性。在这个故事里面你就可以看出我这样一个人是多么的死心眼。我很想把这样一件发生在我个人身上的故事讲得轻松些，让你得到一些教益，至少要让你有像读美国作家艾·巴·辛格或库尔特·冯内古特的小说同样的感受，——他们都是讲故事的高手，而且故事特别的精彩好笑，但事实上我却不得不诚实地告诉你：它极有可能让你失望，它一点也不风趣幽默。

有个例子可以说明我这个人的无趣。无论别人讲个什么可乐的笑话，一群人都能笑倒了，笑得胀破肚子在地上打滚，而我却笑不起来，一脸严肃，肌肉纹丝不动，——我这样子很煞风景。这是一个道德品质问题，讲故事人明明很努力，故事也很精彩，而我却不笑，这就等于说不承认别人的劳动。好像我存心跟别人过不去。在这方面我一直心存内疚。要知道在我心里，没有什么品德比不承认别人劳动更下流卑劣的了。我努力想改变这一恶习，但老天偏惩罚我，让我笑不起来，——我倒是很想笑啊。没有什么笑话能听得我动心。我缺少笑神经。还有一个纯属个人隐私方面的内容，就是我的同居者，我的女朋友小谈胳肢我，无任胳肢什么地方我都笑不起来。她感觉扫兴得不得了，她认为没有第二个男人会像我这样。

以我这样一个人，讲故事注定好笑不起来。如此饶舌，你一定已经烦了，这也进一步证明了我的无趣。

我的身份是个公务员，在某个部门里工作，每天和文件打交道。在机关里我干了十多年，具体的职务是副主任科员。毫无疑问我从大学一毕业就开始在机关里干了，要是你经常和我们那个部门打交道，也许你会认识我。细长的个子，戴一副度数不浅的眼镜，苍白的瘦脸，手指也是苍白的，细长得像鸡爪子一样。像我这样身份的人都一样，办事说话都是非常小心谨慎，唯有这样，才能在今后的仕途上保证能一步一个脚印，一步一个阶梯。行事的谨慎除了所处的环境逼使我这样，另一方面家教也很重要，我父亲就是一个公务员，在区政府里干了一辈子，他是那种别人笑话里形容的：走路都怕树叶砸着脑袋的人。他平时做事的细致也就可想而知了，但是很不幸，他几十年里一直没有得过志，直到退休也还是个小公务员。但他认为自己失败的原因并不在于唯唯诺诺错了，而是觉得自己做得还远远不够，在很多小事上犯了最大的错误，所以他时刻教导我：机关无小事。

让父亲感到一点欣慰的是他的儿子只用了十多年的时间就谋到了副主任科员的位置上，而他则用了几十年。他遇到的时代不好，经常运动来运动去的。所以，他相信只要我接受他的经验教训，将来的前途也还是不错的。至于将来怎么样，我对自己还真的没有信心。我跟他不一样。时代不同了。我在机关里的一些所作所为，要是他知道，那他一定认为是犯了弥天大罪。但我愿意让他相信我有信心，因为我是他的儿子，这样做也是我尽的一点孝道。

这个故事应该是契诃夫式的，我想我尽量把它讲得简洁些。说起来它实在是一件小事：我有天捡到了一本通讯录。那是一本小小的通讯录，但里面却密密麻麻地写满了人名和电话号码。它很精致，有半个烟盒那么大，蓝色封皮，居然还是羊皮的，烫金的“通讯录”三个字还很新。它的确非常漂亮。

我不知道这个通讯录为什么会让我捡到，因为我是在商场里捡到的，居然很多人没有发现它。那天离过五一节只有两天时间，头儿让我和处里另外两位年轻同志到新街口的一家商场去买些福利品。那是个下午，我们就一起去了。我们从一楼上到五楼，又从五楼转到一楼，却为究竟买什么福利而犯愁。首先它的价格必须是昂贵的，——既然头儿发话了，我们就不能让自己的福利受到亏待，其次它还必须是高档的。这两个方面我们三个都没有问题，而在第三个问题上却发生了分歧：男小赵希望买一只进口微波炉，他正准备在中秋前后结婚，他的女朋友同他逛商场时已经在他面前提过好几次想买这样的东西了，它在将来过生活时是少不了的，这样的话他当然没说，他借口是它对一个家庭是“经济实用”；而女小李也同意买家庭实用的东西，但她却看中了一套进口的跑步机，她说现在谁也不缺微波炉，同时它也不时兴了，而现代人缺少的是身体锻炼，有了跑步机，在家里也能锻炼身体了。我没有去过女小李的家，但我知道她家里一定已经有了微波炉，要是处里再买上一个，

那么对于她来说就是浪费了。他们问我的意见，而我事实上既不喜欢微波炉，更不喜欢跑步机。我被四楼玩具柜台里的一件电动玩具迷住了，它是个西洋美女，但经过拆卸，可以变成飞机和多种形状的坦克。我想买下它送给我一个朋友，但我知道这个提议肯定是行不通的，所以保持了缄默。

那天商场里人山人海，很多都是单位来人提货的。就在我们在一楼准备重新再上二楼的时候，我在扶手电梯那里，看到了它。它不起眼，躺在地上。很多人从上面跨了过去。我弯腰捡了起来。小李说：什么呀？我说：一本通讯录。小张说：嗤！谁把它扔了，没用了吧。我看一下，说：不像扔掉的，它里面记了很多东西呢。我给他们看，就是一本漂亮的通讯录，里面没有支票，也没有信用卡。他们看了一眼，就再没说什么。我相信这一本小小的东西，对于它的主人来说，一定是非常重要的。里面记录了他或她所有的社会关系，失去它，就像一个人短暂的失明。我把它装在了自己的口袋里，我希望有机会能还给它的主人。

由于一时的忙乱，我们当时都没有想起来把它交给商场也许是最好的办法，事实上他们两位就没有想过，而我当时的注意力全在如何购买到称心的福利品上，因为在我们三人中间，我进机关时间最长，自然肩上就多了一点小小的责任。

我把那个通讯录带回了家，一路上它始终安静地躺在我的口袋里。我想自己可以不那么介意，想忘掉它。它毕竟不是一张存折或支票。但事实上我却忍不住总要想到它。它会是谁的？不论是谁的，它的重要性都不可怀疑。它记录了他或她的所有社会关系，隐含了所有属于个人的情感和隐私。它那么漂亮精致，是乎暗示它主人的身份。那天晚上，我把它放在了明净的玻璃茶几上。我在屋里走来走去的时候总是看见它。它就像一个陌生人坐在我的家里。它不说话，却那么平静地看着我，看着我的一举一动。如果它和我说话，就会让我轻松。可是它却是沉默的。沉默的力量是那样巨大。你是谁？你是谁？！它却面无表情。我走近它，把它拿在手里，就像捉住一个软绵的宠物。它是那么无力，它是那么漂亮。可是它又是一个炸弹，一个隐患。它随时可能会发火。因为，我不认识它。但它现在却在我的家里，而且是我自己把它带进来的。它就像一个不速之客，一个闯入者。

屋子里的味道越来越浓烈，一种阴性的，柔媚的。我意识到它是属于小谈的。这是一种奇怪的感觉。我想是我思念她的缘故。她和我同居已经很长时间了，但我们暂时还没有结婚的打算。什么时候结婚并不取决于我。在两天前，她外出旅游去了。她喜欢玩。在我的屋子里，处处还留有她的踪迹。在卫生间里，留有她的香皂和浴巾，日本产口红、眉笔、粉饼、卷毛器、安安娇爽……在衣橱里，有她的内衣和外套，阳台上的壁橱里则有她的好几双不同颜色的款式的皮鞋。

毫无疑问，她非常漂亮，年轻活泼。她有很好的工作，收入也好。她性情开放，修养很好，相当迷人。她有广泛的社交圈。她是我的骄傲，暗暗的，在心里。她和我同居却并不长时间住我这里，一个月也就几次而已，但我很满足，——她有自己的许多事情要做。

而这本通讯录就在她走后，占据了我的一部分生活空间。它影响了我的情绪。我后悔多事把它带回家来。我必须在小谈回来之前，迅速处理掉它，让它尽快地回到自己的主人的手里。

第二天我请了假，去了一趟商场。我按照指点来到了保卫部。保卫部的一位干部接待了我，他在问明了我的来意后用奇怪的眼神打量我。我则一脸的真诚。他接过了我递过去的那本通讯录，在手里来来回回地翻动。但他的目光却在我脸上扫来扫去，扫得我有点受不了。半晌，他才用不屑而怀疑的口吻问我，你说你是在商场里捡到的？我说，是的。他说，那么，有谁来证明？我说，我那天是和我的两个同事一起来的。他接着仍然用懒洋洋的声音问，你捡到的就是一本通讯录，而没有别的东西？我的脸红起来，天啦，他的话在暗示什么？暗示我可能隐藏了通讯录里别的东西，支票或存折？这时屋里又来了几个人。到底是几个人我没有细看，只是我站立在那里用眼睛的余光看见进来几个人影，他们就站在我的身后或旁边，从格局上像是把我包围了起来。

那位干部躺坐在沙发里，他那魁梧的身躯把扶手都挤得有点趔趄了。我站在那里，可感觉居高临下的不是我，而是他。他说，你这种拾金不昧的精神很好嘛，上个月就有好几位捡到了贵重的金银手饰呀钱包呀手提袋呀，都送在我们保卫部。我站在那里就有点不知所措。与别人相比，我的运气可就太差了，仅仅捡了一本通讯录。他的话让我感到了一种惭愧。是啊，如果我捡到一只钱包那就大不一样了，可我仅仅捡到了一本通讯录。他说，你捡到了这本通讯录，认为把它交到我们这里是适合的？我说，我找不到失主，也许这对失主是非常有用的。他说，当然当然，但你就仅仅捡到的是这本通讯录？我说，是的是的。

他就把那本小小的非常精致漂亮的有着蓝色羊皮封面的通讯录在办公桌上敲来敲去，那声音不人，可那橐橐橐橐的声音就像是敲打在我的心上。他不说话，就那么用小本本敲着，敲得我心里发毛。我不知道他这样对待我是什么意思。我并不指望他们奖赏我，我只是为了那个失主的考虑，才把它送到这里来的。我对他说。他咳了一声，用威严的声音说，当然，我们很清楚你的意思，但你执意要交的就是这个通讯录了，嗯？

我后来几乎是逃出来的。他让我在一本登记簿上留下我的姓名、工作单位、联系电话。我感觉自己就像是一个罪犯。我没有登记，结结巴巴地说，也许、也许，我自己……能、能找到失主，我、我记不清了，或许是在商场的门外捡的。

出了商场我心里多么庆幸啊！

我感觉自己是从陷阱里逃出来的。到了班上后，我在心里不停地自责，那种感觉就像一只虫子在心里啃噬。我完全没有必要去做这样的事，自讨没趣。我在心里说，既然它是这样麻烦，我干脆扔掉它算了。那天，我在班上，精神一直集中不起来，总是想着那本通讯录。

把它扔掉！这是一个好办法。

一旦想到这个主意，我高兴得差点跳起来。是的，把它扔掉，我就可以轻松了，从这个问题里得到解脱。然而把它扔在什么地方呢？一开始，我想把它扔在机关大楼过道尽头的那个垃圾箱里，可是马上就意识到这非常不妥。它是我在商场里捡到的，那我就应该把它还送回去，这样跟我就没有任何关系了。从什么地方来，还到什么地方去。至于它是否还能到它真正的失主手里，跟我就没有关系啦，总会有人把它送到失主手上去的，但他肯定不是我了。我已经尽力啦，我想。

第三天正是休息放假的日子，我怀着与众不同的心情再次来到了那家商场。那天的人更多，商场里简直是人山人海。人们的购买欲望强得让人怀疑。每个人都怀着一种购买的欲望，来看一看，逛

一逛，而只有我什么也不想买，我只想着那本通讯录。我把手插在衣袋里，而在衣袋里紧攥着那本羊皮通讯录。它已经被我攥得出汗了。我来到了自动扶手电梯那里，刚想站住，后面的人就把我挤上了电梯。回头看，后面的人就像一条长龙。我上了二楼，停住。我装模作样地在二楼转了一圈，又从楼梯那里下来，再次来到了自动电梯那里。还是那么多人，挤得我都要站不住了。他们对我挡在那里非常地不满。我一脸的尴尬，像傻瓜一样再次被挤了上去，——上去是我唯一的选择，后面都是要上楼的人，根本没有回头的路。这年头的人都疯了，他们怎么就会有这样强烈的欲望？物质的繁荣与物质的匮乏一样可怕。当我的脑袋像潜水员浮出水面一样地从上升的电梯浮出二楼层面的时候，看到的还是五分钟前看到的景象——相同的柜台、相同的营业员、相同的购买者。这是一个高峰。我想。也许等些时候人就不这样多了。

我来到了五楼，那里有个儿童乐园。在那里，同样也有数不清的人，而且充满了嘈杂声。我装作像一个父亲，坐在游乐场外面的长椅上，等待里面的孩子。无数的儿童在里面欢跳欢笑。城市把他们像动物一样的圈养了。他们没有田野，没有河流，没有草地，没有一切自然的东西。从出生时起，他们感受的只有水泥、金属与工业化的所有物质。父母把他们带到商场来，想让他们玩得痛快，事实上却一开始就让他们接受了商业与欲望的等值交换。可怜的小东西们！我坐在那里看着那里面的孩子。我看到了一个非常漂亮的穿着红毛衣的男孩子正在里面坐滑梯，他大概四五岁的样子，已经玩得一头的汗了。在滑梯那里有很多孩子在玩，一个个争先恐后。与别的孩子相比，他有点胆怯。他努力从木架子上爬上去，动作有点慢，后面的孩子却在推他，叫他快点走。他没有埋怨，也没有反

抗。当他到滑梯口的时候，他再次有点迟疑了。对他来说，那个滑梯显然高了一些，他不知道滑下去会是怎样的后果。前面的孩子滑下去的动作非常漂亮，也很轻松。这一游戏虽然充满了刺激，好玩，但他却忍不住有点紧张。然而同样容不得他多迟疑，后面的孩子又不耐烦地推了他一下，于是他猝不及防一下就滑了下来。我看到他在猛地滑下来的一瞬，四肢紧张地都绷直了，一律冲前伸着，就像一只小圆桌倒下时的四条腿。他的表情僵直，眼睛是圆的，小脸都白了。在那刹那间，他的呼吸都一定停止了。当然这个过程很短，他几乎还没有反应过来，身体就已经停住了。他站了起来，很满意自己的这一历险。在心里，我那一刻突然那么地喜欢起这个孩子起来。我开始用一种慈父一样的眼光看着他，目光随着他而移动。

“今天的人真多。”我听见一个女士在跟我说话。我看到在我的身边已经坐着一位年轻的母亲，她怀里抱着显然是孩子的衣服。她也在等孩子。她的脸上有一种幸福的表情。我看到她很漂亮，衣着时髦，举止出众，身上有一种特别的气质，如果不是在游乐场，我会认为她还是一位未婚姑娘。她一定是等孩子觉得太无聊，所以才会有现在这种说话的欲望。于是我赶忙讨好说，是啊是啊。她用手掠了一下头发，问，你孩子多大啦？我说，啊、啊，四五岁，啊，四岁，整四岁。她理解地笑了一下，说，噢，那跟我们孩子一样大。我们孩子是三月份生的。那时候我已经不知道该同她怎样交流才好了，因为我事实上对生孩子毫无经验可说。但我却没有权利中止和她说话，忽然我想要展现一下我的孩子，于是就指着刚才的那个男孩子说，呶，那就是我的孩子。我没有看她。她问，你说的是那个穿红衣服的男孩？我想她也一定被那个男孩吸引住啦，毫无疑

问，那个男孩是这整个儿童乐园里最好的孩子了。我用肯定的口气说，对，是他。她听了我的话就站了起来。我看见她的脸色很不好。小 Ming，小 Ming，她冲着那个红衣服男孩喊起来。我看到那个漂亮的小男孩转过脸来，看着他的妈妈。

我是逃下楼的。我必须迅速逃离这个地方，他妈的，我在心里说。当我来到一楼电梯，却发现人仍然很多。我不顾一切地扔下了那个通讯录，然而却被人挤在那里一时不能走开。我看见那个蓝色的小东西正好被什么东西（人）挡了一下，躺在离我脚下不远的地方。一个小姑娘弯腰把通讯录捡起来，递到我的手里，说，叔叔，你把东西掉啦！我接过来，看到了显然是女孩父亲脸上的笑容，赶紧也笑笑，连声说，谢谢！谢谢！在人群的簇拥下，我又来到了二楼！

它像一个喜剧。可我却不想当那个滑稽演员。我第四次回到一楼电梯的时候，发觉周围都是眼睛，它们像探照灯，聚焦在我身上。我随时可能被燃烧起来。

我失败地回到了家里。

它静静地躺在我床头的柜面上。

那天晚上我感受到了孤独，我从来也没有像那天晚上那样感受孤独。小谈不在，只有我一个人。我似乎在被子上闻到了她的味道，这就更让我想她。我从来也没有像那天晚上那样想她。她已经有很长一段时间不住在我这里了，也很难说她哪天再来。我把脑袋深埋在被子里，却发现里面并没有她的气息。但我真的感受到了她的味道。我不知道它来自哪里，可我能感受到它的存在。

这本漂亮精致的小通讯录，它现在又跟我回来了。我好像摆脱

不掉它似的。可我不是它的主人哪。我如何处理掉它呢？居然扔不掉它。在那个商场，我还出了那样的笑话，说出来，别人一定又会笑坏的。

那天半夜的时候，我从床上爬起来，骑上了车子，顺着自己家住的那个小区往新街口方向骑，在经过靠近云南路的15路车站，我把它扔到了路边的绿岛上。路上还是一片灯火，行人已经不多，只有一些车子来来往往。我特意停下来，看了一下，它被我扔在冬青树丛里啦，不易发现。很好啊，就这样吧。我已经受够了。我这样想。骑上车子就回家睡觉了。

躺下去的时候，想，我总算把它了结啦！

我以为我已经完结了那件事情，可事实上却并不这样简单。扔掉它后的那几天里，我总在想，它被人捡起了吗？还是仍然躺在那里？如果它被人捡到了，是否去想办法寻找失主，还是把它再扔掉？

这样简单的一扔，是太不负责任了。我这样评价自己。

一个上午，我正在伏案在整理第二季度的材料，女小李忽然走过来问我，哎，你上次捡到的那本通讯录找到失主没有？我一时不知道怎么说。她说，你应该想法找到。我说，是啊是啊，我正在努力，我已经想了很多办法了。我不敢对她说已经扔掉了，或者对她撒谎说，已经找到了失主，因为那样她会进一步问主人是什么什么样的人哪，酬谢了我没有等等等等。她听了我关于努力的话，就同情而关切地对我说，其实很简单，只要我到报纸上登一则启事就行了。

她这样的办法当然是可行的。可是它是否还在那个地方呢？

我那天在骑车往回找的时候，一路上担心的就是这个问题。谢天谢地，它还躺在那里，看见它的那一刻，我心里有一种说不出的庆幸。而且，它还一点损害没有，就像是刚刚从我手里扔出去的一样。我回来后向头请了假，头很支持我。我就去了市里的晚报社，交了五十元钱。广告部的人说，第三天就可以在中缝登出来。

第三天，我果然就在报纸的中缝看到了，按照处里同志出的主意，我在那个词上没有说明捡到什么东西。我把报纸给处里的同志看，女小李和男小赵都热情地参与了进来，说马上就会有电话进来，他们会帮我接的。

说不清那些天我们一共接了多少电话，总有几百个，我举电话的手都酸疼了，小赵和小李说话嗓子也哑了。不停地有人说遗失了钱包或别的什么贵重东西，就是没有人说起通讯录的事。

女小李甚至还累病了。

我心里又多了一层不安和愧疚。

这件事情还是我自己单独处理吧。后来我这样决定。不能再拖累别人。这样一件小事，拖累别人很不道德。既然没有其他线索，也许我可以直接从这本通讯录里找。我打开它，它给我的是一个丰富的世界。我一边惊讶于这内容的丰富，一边又为自己进入别人的私生活而感到一点不安。不过，我并不是故意这样的。我不得已才打开它的啊。

这本通讯录的所有者社会接触面非常大，活动广泛。它就像一个社会档案，里面记录了各个阶层的人物。有北京、上海、贵阳、重庆、深圳、广州、香港、拉萨、乌鲁木齐的朋友，也有台湾或在美国的，当然更多的还是本地朋友。在本地朋友里，有政府干部、电视台导演、私营公司的老板、大学教师、画家、记者、工商人员，海关、民航、税务的干部，作家、军人、电信局工程师……

它记录有序，所有的姓氏都是按照拼音字母来排列的。我发现仅在F栏里，姓范的就有二十多位。毫无疑问，姓范的姓氏在我们生活中并不多见。L栏里，姓李的有五十多位。我再翻到W栏，里面有：王早祥、王林风、王琳、王建武、王洪明、王家选、王军、王效中、王义平、王振亮、王继平、王秀娟、王秀婷、王彪、王书娟、王大进、王正梅、王国华……我忽然看到一个熟悉的名字，王原。那是我的名字！这里面怎么会有我的名字？办公电话：4549633，住宅电话：6670118。是我，就是我！这个人认识我。那么他是谁？我却怎么也想不起它会是我哪个熟悉的朋友的。

它至少不是我熟悉的朋友的。我在想了很久之后得出这样的结论。人的一辈子会认识多少人？这恐怕无法统计。很多只是一面之缘。由于我工作上的关系，我认识的人不少，但我真正记住的不多。也许我和这个人也仅仅是一面之缘。它的主人记住了我，而我们交往却很少。这是一种可能。

在这本通讯录里，我隐约可以看出它的主人常用的几个号码，它们是：孙克英，□□办公厅处长，电话3393109，手提138/4590220；叶如飞，□□总经理，电话6780337，手提139/6700103；王大进，□□报社编辑，电话4450313，呼机12856 00324；汤春玲，电话5506804……

我相信自己看到了自己不该看到的东西，因为我在里面还看到了我们一位副厅长的名字。看来，我们副厅长的号码也是主人常用的。可见这个人的能量。那么这个认识我又认识我们副厅长的人到底是谁呢？在我的一些朋友里面，没有谁和我们的这位副厅长有联系。

在经历了厌恶、悔恨、想扔掉它的感觉后，我现在对它产生了好奇。我想我现在一定要把它交到它的主人手里。于是，我就开始给那些我以为主人常用的号码打电话。我要通过这种方式寻找它的主人。虽然这样的工作量很大，但我觉得饶有兴趣。我像在扮演一个角色，——一个刺探者。

我：对不起，嗯，我捡到一个电话通讯录。我找不到它的主人，但我在里面看到了您的名字，您能知道它是您哪位朋友丢的吗？

对方一：不知道。蓝色的？羊皮的？不，没有。我没有这样的朋友。啊？我说了，我怎么知道！你有毛病吗？（态度坏透了，他肯定气坏了，也许在我打电话之前他的气正很不顺哩）我说了，我不认识这个人！真是笑话。

对方二：不，……不认识。你照别的名单打打看吧。不用谢。

对方三：你找不到它的主人？登报了？也许这是个外地人吧。我没有这样的朋友。（笑起来）你这人很认真嘛！（大笑）是个男的？女的？字迹应该能看出来。字很中性？当然，有的，有的。（更放声大笑）有人的字的确是这样。我们单位就有一个，男同志，可把字写得跟女人一样，细里细气，像蜘蛛脚爬的一样。啊……你再问问别人吧。你留下你的电话，我可以问问我的朋友，如果有谁丢了，我会让他跟你联系的。

（对方四没有人接）。

对方五：（接话的是个孩子，奶声奶气的）啊我爸爸不在家，他开会还没有回来，Bye bye——

对方六：你什么事？电话簿？不，我怎么知道。有我的名字也很正常，我们业务很广泛。记不住。噢，没有。你登报了也不行？

是的是的，我的朋友很多，男男女女，我倒是没有听说有谁这档子事。你再试试别人吧，再见。

对方七：……是的，我把手机关了。不知道，你试试别人吧。

……

对方第十一：对，我是王大进。……不知道。有我的名字？那如果我的名字出现在杀人犯的通讯录里，我就一定是有罪的人吗？！笑话！我不认识。我是一个写作小说的作家，当然有不少人认识我，可并不能要求我认识所有的人。没有什么，我只是感到你这样很奇怪。（没等我道歉完，他就态度恶劣地很响地挂上了电话）

我终于失去了耐心。

最后一搏是在副厅长那宽敞明亮并且豪华的办公室里。副厅长刚从外地疗养回来，他看上去还和两个多星期前一样，只是脸色稍有点黑。我是鼓了平生最大的勇气去敲了他的门。他看着我，我立即就感到了他的威严。我几乎在最后一刻丧失了陈述的勇气。但那种半是好奇半是讨好的情绪鼓舞了我。我说得结结巴巴，他先是还像怀着一种有趣听我说什么，后来就慢慢皱起了眉头（他听不明白？），再后来就非常严肃地看着我。

我知道自己在那时候表现糟糕透了。

我知道我说不清楚了，就拿出了那个小本本。我看见厅长的脸红起来，他要发火了。我内心在那一刻要颤抖起来。他威严地咳了一声，说：我不懂你在说什么！你拿来这样的一个小本本要说明什么？嗯？要是没有事，你出去。我还有很多工作要做。带上我的门！

回到办公室的时候，我感觉自己身上在冒汗。我已经记不得自

己是怎么出的副厅长的门。我的脑袋里一片嗡嗡声。我想到了我父亲的教导，相信自己毁了自己在副厅长面前的形象，毁了自己的前程。

我是怎样的一个倒霉蛋啊!

很久没有那样爽了，当我在她身上喷射的一刻，我感觉自己一扫几天前的心里的阴霾。她的温存好像比过去更多了一层。灯光下，我枕在她的玉臂上，看见她的脸庞非常柔美。她回来了，出去了一趟身上多了不少风韵。我的小谈，我的情人，我的同居者，我的至爱。我在心里一千遍地说爱她。我拿起床头柜面上的方巾擦汗。那本精致漂亮的羊皮封面的小电话通讯录就从方巾下面露了出来。她一眼看见了，发出了惊喜的欢叫，——啊！它怎么会在你这里？这些天我都以为它丢了，天啦。

我要学吹萨克斯

1

这个季节外面已经很冷了，但酒店的餐厅里却是热火朝天。最近这里的生意好得不得了，原因是来了一些女孩来跳舞。我不知道她们来自何处，她们来的那天晚上已经很晚了，天上下着雪，我从外面回来，然后看到她们从刚停在酒店门口的一辆车上下来。她们穿得很少，完全是赶场子的样子，身上背的和手里提的都是旅行包。一身鲜艳的红衣服，在冬天里的雪地上非常扎眼。

我下榻的这家酒店地处偏僻，远离市中心，几乎就要在城郊了。它的后院紧挨着明城墙，城墙外就是护城河。过去这里的生意很不好。我是一家医药公司驻在这个城市里的代表，负责周围三省二十九个城市的业务。在这个酒店我有长包房，办公休息两兼。她们来干什么？我在想。在我走进电梯的时候，我看到那三个漂亮的年轻跳舞女郎也正在向电梯走来。我想等她们一起上来，不料电梯里的另一个挡在我前面的男人一下就摁了关门按钮。我看到三个女郎中间的一个，非常怪味。她的嘴角长得很有特色，那双唇的线条像是刻出来的。

那个晚上我没有睡着。事实上是我睡着了又被吵醒了。我很累。业务做得不顺利，一些事情上出现了麻烦。回到房间后我没有去餐厅用餐（有近一个月了，我都没有再在酒店里用餐，而是到外面去吃。外面的味道更好，价格也更经济），而是吃了一块面包，喝了一杯牛奶，然后去洗澡。洗澡的时候我想了一些事情。上床，半躺着看了一会电视，就不知不觉睡着了。睡梦里我听到了隔壁有女孩子的喧闹声，嘻嘻哈哈的。我不知道她们是谁，又为了怎样的事情而高兴。会不会是我回来时碰到的那三个跳舞的女孩子呢？我在心里这样想。黑暗里我眼前浮现出那样嘴角特别的女孩子。我笑了。她很漂亮。她漂亮得有特色。她有一种怪怪的魅力。与别的女子的美有很大的不同。她让我心里挂念了。

第二天的晚上我决定到餐厅里去用餐。我有一个奇怪的愿望，那就是想能再看到那个女孩子。到了餐厅让我大吃一惊，原来这里进行了很大的改造：装修得非常豪华，偌大的一个可容百人的餐厅，在正前方搭了一个舞台。灯光闪烁，食客盈门。舞台上一个身着白衣白裤的男人正在费力地吹奏萨克斯。那个男人的个子很高，而且细长，看那年纪已经五十开外了，可是精神十足。他有一头漂亮卷曲的头毛，两鬓有黄色的鬓毛。眼睛深陷在眼窝里，看人很深沉。

我照例要了过去的那种工作餐，服务员没有表示异议。萨克斯通过麦克风很响地在餐厅里回响。事实上它太响了，影响了一般的用餐。但食客们没有表示不满，因而他们知道，这只是序幕。吹萨克斯管的男人像是异族人。我不知道他为什么在这样的一个年纪出来走穴。他应该有一个家庭，妻子、儿子、女儿，甚至有了孙子。作为一个表演者，他已经显得太老了。

在心里，我可怜这个卖艺的老男人。我有点看不起他。真的，我觉得他真是一个废物。一个男人这样，做花瓶，也嫌太老了。

男男女女的食客，一个大厅里几十张桌子间身穿红色衣服的服务员穿梭一般地上菜。我一个人坐在左侧的一张小桌子上，显得非常的孤独。热气腾腾，喧闹的大厅。我听见了喧哗声，抬眼看去，有几个身穿戏装的年轻姑娘正穿过大厅，来到右侧的一个房间，迅速地关上了门。我认出她们，正是我见过的那几个姑娘。

精彩的节目就要开始了。

吹萨克斯的男人下去了，在一阵好像是拉丁舞的音乐节拍里，那三个姑娘蹦蹦跳跳地像一股风样地上了台。她们穿得那样的少，似乎仅有内衣。她们很青春活泼，手拉手跳起了踢腿舞。我不懂她们跳的是什么名字的舞蹈，但的确非常的漂亮。

她们真的非常迷人。

我不由也放慢了进食的速度。

她们一直灿烂地笑着。我虽然坐在左侧，但离舞台却是非常的近。当她们抬起臂膀的时候，我甚至能看清她们腋窝里被刮去毛发的青根。

食客们对她们的表演报以热烈的掌声。她们下去的时候，那个年老的男人就上来吹奏。当她们换好另一套衣服的时候，那个男人再下去。交替演出。毫无疑问，所有的食客对那个年老的男艺人

都忍不住有点不耐烦。我们喜欢美女，喜欢她们漂亮的脸蛋，喜欢美女性感、雪白的大腿和胸脯，喜欢她们轻盈的身姿。没有任何理由怀疑，既然她们的双腿如此修长，在舞台上的踢跳又是如此的轻盈，她们的床上功夫会比别的什么人逊色。

我一边用餐，一边用力地盯着她们。她们漂亮性感的身姿激发我的性幻想。但是，我的面部表情是多么的认真啊！就像是坐在音乐厅里。

那个晚上我用餐拖了很长时间，因此很晚才回到了房间。她们的表演还没有结束。但我没有力量再坐下去了，因为我面前的盘子里实在没有东西可吃了，我差不多把菜汤都喝光了。我看到那三个姑娘当中的那个，时不时地用一种特别的眼光看着我。自然，我也一直看着她。我希望她明白，我是用多么热烈的眼光在看她。她实在是太迷人了。我想：我可以爱上她。她会爱上我吗？会的。她们的爱是容易的。她们经常在外漂泊，爱上一个男人是很正常自然的事情。她们需要爱，就像我需要一样。我们都是在旅途上，需要有很多个“爱”的站点。我们本身就是一辆行驶中的公共汽车，行一段，下客、上客，上客、下客，反反复复。

我不知道自己有什么吸引了那个女孩，也许是我这样的身份？我并不是一个有钱人。不过我的相貌不错，像一个有钱人。我有一副很不俗的派头。

那个晚上，我多情得失眠了。

2

我开始每个晚上都去那个餐厅用餐。用餐的时候，我把自己

打扮得格外绅士。去那里的人很多都是有钱的俗人。他们在饕餮美食的同时，用贪婪的眼光盯着美人的胸部和大腿，嘴里讲着许多市侩粗俗的语言。我独自一个，要讲究自己的身份。我并不铺张，每餐的菜很精致，以素食为主，外加一杯红酒。坐着几乎是固定的位置。那个位置是个两人座（没有改造之前，它和餐厅工作间是连在一起的。改造后不能和整个厅连起来，所以干脆辟成了情侣座一样的东西），舍我，很少有别人去坐。

她们每天跳舞有固定的时间，到了时间就走。但是她们却下榻在这里。一个月下来，我跟她们已经很熟了，因为我记住了她们的每一个动作，以及长相，但我却没有同她们说过一句话。

我在等待着奇迹出现。我相信机会。我相信自己总有一天，会跟那个嘴角浮现怪怪笑容的姑娘发生特别的关系。我们不是一直在眉目传情吗？

一个晚上，除了那个吹萨克斯管的男人外，又多了一个男人，他是个魔术师。他是一个矮胖的男人，说不清他的年龄。据说是酒店从一个倒闭的魔术团请来的，为了进一步吸引食客嘛。他没有任何助手，只有他独自一个。他穿了一身黑蝙蝠一样的衣服，鼻子上涂了白粉，手里执一根魔棒，脚上穿一双像船一样的黑皮鞋。他就在大厅里的各个桌子之间走来走去。两手空空，一会伸手向空中一抓，掌中立即就有了小鸽子，或是红绸子。

他的手法让人啧啧称奇。

也许是我的孤独，引起了他的注意，当他来到我的桌前的时候，微微倾了一下身子，表示请求我的原谅，然后张开双手，示意他手里什么东西也没有。我点点头，同意他的表演。他面向大厅里所有的食客，微笑了一下。他扔掉魔棒，右手向天空一抓，然后放

到我面前的盘子里。从他的手里立刻爬出了许多黑壳的甲壳虫。它们在我面前一只雪白的空盘子纷纷攘攘地四散开来，就像一只黑色的炸弹霰开。它们互相拥挤，慌不择路。它们身强力壮，一个个还非常肥硕，厚厚的硬壳在灯光下泛着惊人的油光。我看到了它们张开的巨螯，有几只还勇猛地朝我冲了过来。

食客们报以掌声。

没有人介意我的被动和难堪。

那个魔术师一挥手，那些甲壳虫全都回到他的掌中，然后他一仰脖子，将它们全倒进了他的嘴巴。他嚼得津津有味，就好像在吃豆子。有两只试图从他嘴里逃出来，但他用手轻轻一挡，它们就在他的牙齿间粉碎了。

他真让我恶心透了。

他的表演获得了成功，但我却被他弄得一点胃口也没有了。接下来他又表演了空中取表之类的节目，但是最让人印象深刻的就是他变出了那一大把的黑色甲壳虫。现在我一闭眼，还能想象能出它们在我面前四处乱爬的样子。

让我更想不到的是这个魔术师居然也和我住在一层楼上。当我回房间的时候，看到他也正在开门进另一个房间。他看到我，还稍稍笑了一下。这就是说，我、魔术师、三个姑娘都住在同一层。

以后的晚上，表演像过去一样。魔术师有各种绝活，他不仅能变甲壳虫，还能变出大把的蚂蚁和蟑螂，甚至是蛇或小白鼠。他的表演，让一些胆小的妇女发出了尖声的惊叫。尽管她们是如此的惊惧，但她们却抑制不住地要一次又一次地观看。他在食客们中间尽情地表现他的聪明。

姑娘的舞蹈是一种准色情的挑逗，而他的魔术就是一次次紧张的刺激。他在表演时并没有忘记漂亮的跳舞女郎们，我猜他心里也一定会有一种非分的想象。他的表演多少有些卖弄的成分，而那份卖弄，正是冲那三个姑娘去的。

我的猜测在一个晚上，得到了证实。

魔术师在一桌客人中，把一位男客的汤匙变没了。正当大家感到惊讶的时候，他走上台，对那三个正在跳舞的姑娘当中的那个笑了一下，然后请她转身。就在她转身的时候，他在她背后抓了一把什么，张开手，汤匙已在他的手里了。

那个姑娘深感意外。

我一直在寻找着一个机会，能够单独和那个姑娘在一起，比如在酒店的电梯里，或是洗衣房，——任何一个没有别人只有我们两个的地方：能够方便地说话。我内心里非常渴望能够接近她。但这样的机会一直没有。她们和我的规律完全不同。另一方面，我感觉那个魔术师一直用异样的眼神看着我。我怀疑他清楚我内心的想法。他有一种魔法，——一个晚上在表演时，他让人背着他在白纸上写下某个字，或者一段话，而他能够准确地猜出你写的是什么。换一句话说，事实上他就是明白你的心事。有什么理由怀疑他没有明白我的心事呢？

正是出于这种惧怕，我想法儿接近他，希望从他嘴里探听他是否真的有那种洞察人心的本领。我知道他只是一位魔术师，但他的那种魔法有时候很难同现实区别开来。我不知道他哪些是魔术，而哪些又是现实。一个晚上很晚了，我借故来到了他的房间，看到他正在用油漆刷一只木箱子。

他完全不是台上的那个形象，因为他脱去了戏装。他在那么

冷的情况下，只穿了一件白汗衫和大裤衩，脚上穿了一双红色的拖鞋。

“你在干什么？这只大箱子。”

他停下手里的活，说：“工具。一只魔术箱。我会再创造很多新的魔术。”

“你一个人么？怎么会不配助手？”我问。

他朝我笑笑，一摊手，箱子立即劈劈啪啪散成了十几块杂乱的木板。看样子，所有的工夫全白费了。他骂了一句脏话，几脚就把那些木板全踢到卫生间的门口去了。我也跟着笑了起来。

后来我回想起来，事实上那个晚上我们并没有聊什么。因为我发现，当我试图开口要说什么的时候，他已经有点明白我的意思了。我说上一句，他立即就明白我接下去还要说什么。这样的情形是尴尬的。

然而那个晚上我还是坐了很久才回去。我一直待在他的房间里，坐在一张椅子上，看他手工做各种各样不知派什么用场的道具。看上去他的房间里就像一个演出的后台，乱糟糟的。他向我介绍了他的过去（谁知道是真是假呢），说他三岁的时候就开始学习魔术了，七岁的时候生过一场大病，生过病后脑子有点不太灵光了。但是，他的魔术却有种出人意料之外的效果。他能变出各种小玩意，他对我说：“我也不知道那些东西是怎么变出来的。”我知道他说的不是真话，他把自己的行为，说成了一种不可知的能力。而我，是个现实主义者。

他还同我说了些什么呢？我想起来，他还暗示我对那个跳舞的姑娘有想法。事实上，难道他不也怀有同样的目的？我知道他看出了我的心事，但我否认了。

回到房间的时候，我惊讶地发现我的房门是掩着的。难道我出去的时候忘了关门？而我清楚地记得当时是带上的。我走进房间，发现那个跳舞的姑娘正坐在我床前的一把椅子上，这就更让我感到惊奇了。

“对不起，你的门没有关，我就进来了。”她说。

“没有关系没有关系。”我的心忍不住突突直跳。

她穿的好像是一件睡衣，白底碎花。空气里有一股淡淡的香气。她那别样的美丽让我惊讶。我刚要说什么，她看了我一眼，就说：“你应该关上门。”当我关上门回来经过她身边的时候，她就像一棵草，轻轻地倒在了我的怀里。我只好把她抱到床上去，进行必要的安慰。

第二天上午十点多钟出门的时候，我在酒店的大厅里看到了魔术师，他朝我眨了一下眼睛，诡谲地一笑。

我相信，他什么都知道了。

3

那个晚上我正在用餐的时候，接到了妻子打来的电话。她说她这时正在路上，也许再过一个时候就来到了我的身边。而台上，魔术师正在表演一个水杯变冰箱的游戏。他换了一副新的行头，全绿的披风。同时，他还多了一个道具，就是我曾经在他房间里见过的那只箱子。

他转动那只箱子，再打开，让观众（食客）看到它是空的，然后，他请那位刚跳完舞的姑娘（正是和我相好的那一位）走进了他

的箱子，然后盖上了块红毯子。灯光暗下去，音乐响起来。在灯光里，我只看见他鼻梁上那小丑的白粉。灯光全灭，片刻，灯光大亮。他揭开红毯子，走出来的是一位妇人。那个妇人笑着，走到了我的身边，我这才发现，她正是我的妻子。她变了，变得让我第一眼没敢认。

我不知道那魔术师是怎么做到的。这一切，真的非常神奇。正当大家惊讶那个跳舞的姑娘消失的时候，他却把一位正坐在另一张桌子上的姑娘拉上了台。他掀开她的盖头，她正是那位跳舞女郎。

大家都起劲地鼓掌，我的妻子也在鼓。我却惊讶地发现那个变出来的姑娘，事实上有点不对劲，——她从头到尾再也没有看过我一眼。她的不对劲，一如我看我的妻子。她们都有点不同。或许，这是由于魔术而给我带来的异样感觉？

我小心地问妻子是怎么来的，她说她走进来的时候正好看到魔术师的表演，那个魔术师就把她拉进了箱子，里面一片黑暗。她也不知道怎么回事，接着就被放了出来。灯光大亮中，她一眼就看到了正在用餐的我。

妻子没有什么疑惑的地方，因为这时候魔术师来到我们桌前，像前面一样如法炮制，在我的盘子变出了一大把瓢虫。还好，这种动物比较漂亮，身上布满了红色的星星。七星瓢虫。当我妻子惊讶不已的时候，他向空中拍了一下手，盘子里一下就又变得空空如也。

夜里，妻子让我同她温存，但我脑子里却怎么也挥不去对那个跳舞女郎的疑惑。看起来事情是那样的不可信，很有可能，他做了什么手脚，但我无法验证。

我表面上声色不动，但内心里却感到非常的苦恼。除了忙于业务，我还要照顾我那已经发福的妻子。她的体态让我感到吃惊，——在几个月前，她没有现在这个样子。她一直是比较富态的，即使是在年轻姑娘的时候。而她那偏胰的体态，正是我喜欢的那种。我觉得那是一个女人适中的体态，肉感而温暖。我不喜欢偏瘦的女人。但是现在，她的体重足足增加了有好几十斤。可以说，她现在是相当的臃肿。她走路的时候，全身的肉都在颤抖。

随着她的抖动，我的心也在抖。不过，表面上，一点也看不出我有什么不同。至少，我自己是这样认为的。我内心里为了她的肥肿而感到羞愧。由于她的到来，我不得不停止同那个女郎的联系。我不甘心那仅仅是一夜的缘分。我这人对有些事情比较乐观，而且，根据过去的经验它也是如此，——有些事情既然开了头，必然会有所保持。但妻子的到来，中断了我的美事。

一天下午，我和妻子从外面回来的时候，在电梯里看到了那个姑娘。我试图同她说话，但她别过脸，看都不看我一眼。妻子在一边，不会知道我内心的那种感觉。我闻到了那个姑娘身上散发出来的香水味。我熟悉她。我忘不了那一夜。那一夜堪称奇迹。

我看到了魔术师，一脸得意的表情。

一周以后，我和妻子开始打架。我们经常为了一点小事而争吵，当争吵到一定程度还不能解决问题的时候，就诉诸武力。让人不能相信的是，最先动手的并不是我，而偏偏是她。但战况却往往是势均力敌。她的力气没有我大，但她打起来的时候却是使出全身的解数，手、脚、牙齿，一句话，是凡能够对我造成伤害的，她都会用上。而我却是一副妇人心肠，往往只揍她的屁股。不管如何，如果把她打坏了，倒霉的还是我自己。因为她不是别人的老婆。

打架对我还是有一些好处的，那就是晚上躺在床上可以不去理睬她。她有个非常愚蠢的想法，以为生气后不同我做爱，即是对我的惩罚。而事实上，谢天谢地，我如释重负。我内心里并不想和她做爱，每次做我必须把她想象成那个姑娘，我才能完成最后的射击。而那个姑娘在我脑海的形象正逐渐淡去，——如果我再没有机会同她接触的话。

差不多酒店里的每一个常住客和服务员，都知道我和妻子打架了。他们在内心里一定窃喜不已。那个魔术师更是暗喜，他在看到我的时候，总是那么咧嘴一笑，说："啊，又战斗了。英雄！"讽刺的语调十分明显。

他的内心是多么快活啊！我看到，有一天晚上在走廊里，他和那个姑娘在一起，亲热得很。我当时妒忌得很，有一把火能把自己烧掉。是的，他就是趁这个时候，夺走了那个姑娘对我的爱。

我忽然有一个想法，那就是把妻子哄回家，然后回来再和他竞争。

4

当我劝说她回家的时候，她非常的生气，后来我说我陪她一起回去，她才稍稍安定下来。可是就在我下楼叫车的时候，再回到房间里，却不见了她的人影。我看到了魔术师，他一副要出去的样子。他说："你太太好像非常生气，气呼呼地下楼了。你们没有什么事吧？"我没有理睬他。

我怕她出什么事，还是上了下午的那班火车。在那列火车上，

我没有看到她，心想，她也许是坐了别的车次。列车上乱哄哄的。我的心很烦。我在想我失去的东西。失去了什么呢？仿佛失去了很多，但我又说不明白那些到底是些什么。

火车在平原上顺着那两根延伸向远方的，在阳光下很是明亮的铁轨前进，越过大片田野，越过一个又一个小镇。夜色就在火车飞驰的速度里降临了。这时，我感觉耳边一直有个声音在轻轻地对我说话。我听不真切那究竟说的是些什么话，但我能感觉得到那种嘲笑的态度。我四处看看，却什么人也没有。更加奇怪的是，当我举目四望的时候，发现车厢里的人已经走光了，只剩下我一个人孤零零的。他们是什么时候下的呢？这一路上有黄村、太州、硕放、苏市、刘桥、七棵松。最后是吴江。月亮从飞驰的车窗外向里面张望，它照亮了我的两只黑皮鞋的鞋尖，在那上面，布满了昔日的灰尘。

我看见有人在另一节车厢外面向我这里探头探脑地张望，头上蒙着一块白布，就像电影里的那些阿拉伯人。当我正视他的时候，他则赶紧把头扭过去，用背对着我。这是一件奇怪的事。我很好奇，谁会对我这样感兴趣呢？我趁他背身的时候，我像猫一样地贴地爬了过去。我看见他转过身来没有看到我时，脸上的那种表情，完全是一副见了鬼的样子。

真的，当时我简直没法掩藏我内心的那种高兴。多日来的不快，一下子就消失得无影无踪。我隐藏到一排座椅的后面。我看到他打开车厢的门悄悄地摸进来，就像一个贼。当他走过我的时候，我在他身后拍了一下，他立即像皮球一样弹起来，脑袋都撞到了车厢顶棚。

他回过头来看到我，傻笑起来。我这才发现他就是过去我在酒店里看到的那个吹萨克斯的男人。刚才我怎么没有认出他呢？我想起来，事实上，我已经很长时间没有看到他了。自从魔术师来后不久，他就不再表演了。他说："呀，你要把我吓死了。"我问："你在干什么？"他一脸清白的样子，说："我在找我的萨克斯，它没了。"我顿时就理解了他，并且似乎很是同情，说："那你好好找吧。"

我是半夜才回到了家。

妻子已经睡着了，当我把她惊醒时，她对我的回来并没有十分的热情。看来，她心里的气还没有散去。

第二天早晨，我还要睡梦里，她却把我叫醒了，问我为什么要买一支萨克斯回来。我怔了半天，一时没有反应过来，后来才有点明白，但我却向她解释不了。我只能承认我喜欢上了它，想从今天开始当一个萨克斯管演奏员。她听了以后，从鼻腔里轻蔑地哼了一声，说："你也不瞧瞧你都什么年纪了，还想学吹萨克斯了，你不是发烧了吧。"

我想到了那个男人，心想，自己要是从现在学起，一定还不算太老，也就是那个男人的年纪。

5

在家里住了几天，我又重新回到了这个城市的酒店。我要工作。我有很多事情要做。最主要的，是我心里有所牵挂。在家里的时候，我就在想，那个跳舞的姑娘怎么样了呢？当我一个人回去的时候，我一定还要和她建立上联系，把那种关系最好固定下来。魔术师呢？要把他撇到一边去，再也不理睬他了。他是一个危险人物，至少对我是这样。

然而，就在我回到酒店当天的那个晚上，却再也没有看到他们。我问餐厅里的服务生，他告诉我，三天前，他们就离开了酒店，至于到什么地方，他也不知道。魔术师和跳舞的那三个姑娘是一起走的。他们表演完了最后一场就走了。

我来到魔术师住过的那个房间，门居然是半开着。里面乱七八糟，看来没有打扫过。我看到了他用过的那只木箱子，散了板，里面只有几张废纸和鸡蛋壳。他把那个姑娘带走了，神不知鬼不觉，而里面的知情者，只有我。可是，要是我这样说，谁会相信呢？

那个晚上，我早早熄了灯，躺在床上，使命地不成调地吹那支萨克斯。一酒店里的人都快要被我吵死了。可是我不管不顾，我有我的自由。这很好玩。我在吹奏中，忽然想到，在我回家的时候，妻子一句也没有提过来我这里的事。那么，她到底来过了没有啊？

“呜——呜呜呜——呜——呜——呜呜呜呜——呜！”我鼓足了一口气吹，声音震耳，突然发现我已经无师自通，把它吹成调了。

钥 匙

小乔对城市的感受除了大家所共知的所谓繁荣和喧闹外，最强烈的，还是城市里的季节变化并不明显。在乡下，四季分明。到了城里，却很难看到这种明显的变化，好在她很快就适应了这样的生活。

城市是个消灭自然界气候差别的地方。

但是，她的差别在这个城市里却并没有消灭。至少在心里，她知道差别的存在。而且，这样的差别还越来越明显和强烈。

他们出去了，小乔倒要天天来。

原来小乔是隔一天来一次，帮着宋姐打扫卫生。宋姐的房子很大，非常漂亮。上下三层的，就像电视里演的豪宅一样。至于装修，那当然只能用奢侈来形容了。宋姐是个很爱干净的人，也比较讲究挑剔，要求每个角落都必须是干净的，地板上当然更是一尘不染。她有洁癖，毛巾和被单必须永远是洁白的。小乔从上午十点进门，必须要干到下午五点钟才能结束，而且很紧张。别说楼上楼下的各个房间和各式家具电器了，光是客厅外面阳台上的那面巨大的玻璃就要花费很大的工夫。她是要求阳台上落地玻璃必须永远地保持像新装上的一样。小乔从开始的不习惯，慢慢就变得理解了。她是有钱人。有钱人和想法和没钱人的想法，肯定是有很大的不同的。因此，有时候宋姐批评小乔，小乔也不反驳，越发努力地按照她的要求来做。

说是宋姐，其实宋姐比小乔还要年轻。小乔口拙，第一次遇上她不知道怎么称呼。她家居的豪华和本人的漂亮，把她震住了。她第一天来到客厅里，有点不知所措。客厅里明晃晃的，大理石地砖真的像镜子一样，把她的倒影映得一清二楚。来之前，她在心里虽然早有预期，尤其是进入这个像花园一样的别墅区后，但还是没有想到她家会是这样的炫目。“宋姐”并不在乎她这样称呼，也就顺口叫她“小乔”。宋姐大概地介绍了一下家里的情况，说这么大的一个家，只有她和先生两个人，因此虽然面积大点，但事实上还是比较洁净的。她所需要的，就是要保持这一份洁净。小乔上上下下看了一下，内心里还是蛮喜欢的。她喜欢人口少的家庭，收拾打扫起来比较简单。再说，她相信在这样的环境里也相对舒心些。看上去，宋姐还是一个很随和的人。

宋姐天天在家里，没有什么事。她每天最重要的，也许就是减肥和健身。她嘴里经常念叨的，就是如何让自己瘦下去。在小乔看来，她其实压根就不胖。城里的女人，多少有些虚张做作。小乔发现宋姐每天花在美甲上的时间，大概就有好几十分钟。她不仅涂手指甲，还涂脚趾甲。脚趾甲一天换一个颜色。一会是十个红点儿，一会是十个黑点儿。她得承认，看上去那样子很特别。城里的男人，肯定是喜欢妖艳的女人，哪怕她只是一个花瓶。而乡下男人，对待女人问题上更多的是考虑到实用。

有些女人天生就是享福的，小乔想。

宋姐的丈夫开着公司，挺忙的。小乔觉得宋姐的丈夫是个不错的男人，比较宽厚。他在家里也忙，电话和手机经常响个不停。对家里的一切，都表现得很满意，或者说是不在乎。他的脾气很好，凡事总是依着宋姐。他从不挑刺。也许，男人和女人不一样，小乔想。可是，宋姐说这只是假象。他骨子里非常有主见，而且顽固。小乔想想，恐怕也有道理。如果一个男人不是在内心里很坚强的，他怎么会成就这样大的事业呢？毕竟，不是所有的男人都像他这样的。或者说，像他这样的男人是极少的。他简直就是一个印钱的机器。就是这样，宋姐还不满足。小乔自然是不能理解宋姐的不满足的。她想不明白，像她这样过的是在天堂里一样的日子，有什么不满意的呢。寂寞的宋姐，养了一只雪白的贵宾犬。她疼爱那只贵宾犬，就像疼爱自己的孩子一样。他们没有孩子。小乔没敢问宋姐为什么不要个孩子。也可能是她觉得可以趁着年轻，多玩会。城里的女人和乡下的女人想法是完全不同的。还有些年轻男女，干脆就不要孩子。她觉得他们的是两个世界的人。宋姐也是这样的人吗？她没说。她相信她不是。她还年轻，才三十多岁，随时可以生孩子。

小乔觉得宋姐应该是幸福的。她享受这样的幸福，也是应该的，因为她是一个漂亮女人。漂亮女人会拥有很多特权。就像在这个家里，她就拥有绝对的权利，——她的丈夫样样依着她。家里的大事小事，都由她做主。当然，很多时候也只有她一个人在家，她自然就成了这个家的主宰。

宋姐偶尔也会出去，开着她的一辆鲜红颜色的小车。她出去的时候，小乔就一个人在家里打扫。宋姐从没把钥匙交给她。有两次，她甚至是在外面站了一个多小时。其中有一回是下了大雨，她在外面被淋得透湿。宋姐后来告诉她，她家里的钥匙是电子的，没法配。小乔见过她的钥匙，的确和普通的钥匙有很大的区别。她当然没有必要拥有这个家的钥匙。她能理解宋姐的想法。但是，这一次宋姐却不得不把一套钥匙交给她，楼下的电子防盗门和家里带密码的大门。有了这几把钥匙，她就可以像主人一样地进出这个家了。

小乔所以能得到自由进出这个豪宅的权利，是因为宋姐需要她来照顾那只叫甜甜的贵宾犬。她本来一直计划是要把它送到宠物店里去的。这只叫甜甜的贵宾犬在那里宠物店里，有贵宾卡，享受着八五折的优惠。可是，就光是洗一次澡就要一两百块钱，简直比人家生的娃娃还要金贵。当然，对于她来说，这点钱简直就不算是钱。照她的理解，宋姐家（主要是她的丈夫）挣钱是容易的，至少不像干农活那样辛苦。辛苦活是不挣钱的，挣到钱的是不必那样辛苦的。现实就是这样奇怪啊。当然，轻松挣钱是人家的本事。靠辛苦挣钱的人，是笨的，就像自己一样。

人跟人的差别，有时比人与狗的差别还要大，小乔想。

小乔忽然有了一个相当轻松自由的感觉。

这种感觉当然是奇怪的，是她过去很少体验过的。宋姐和她的丈夫去了欧洲旅游，整个别墅里就只有她一个人。当她捏着钥匙，打开下面的电子防盗大门，再打开房间大门的时候，她有些恍惚。她就像是一个主人。她知道自己其实不是，但她感觉有点是。进门

后她会习惯性地脱下鞋子，把它放在外面的垫子上，然后套上一双洁白的毛袜子进来。然后她会照料那只甜甜，清洁它的排泄物，清洗便盆，用小毛巾给它擦洗爪子和屁股。狗粮是定量的，不多也不少。她还要给它喂水。甜甜很乖，吃饱喝足了，它就趴在一块专门为它铺设的小毛毯上睡觉。

这只小狗生活得比人还好，她想。

做过这一切，这个时候她就不必紧张地马上投入工作。因为她现在来的主要任务，就是照料好甜甜。她可以很轻松。她不知道做些什么，就像宋姐平时一样，打开客厅里的电视，坐在沙发上看一会。那个客厅里的电视简直就像是电影院的银幕那样大，色彩非常的清晰鲜艳。泡上一杯茶，坐在宽大的沙发里看着电视，真的就是人生的一大享受。她为了看得舒服，干脆躺在了沙发上，把脚跷到了茶几上。打扫是不必那样紧张的，宋姐不在，家里是非常干净的。她尽量让所有的东西都待在它们原来的位置上，就像在那里扎了根。她熟悉它们，过去是每隔一天就会去抚摸它们一次。它们是那样温顺。它们对她，要比宋姐对她还要体贴。她喜欢它们。

小乔后来意识到，自己还是天生的劳碌命。真的让她一个人在这个家里闲下来享受，她还真的不习惯。她宁愿楼上楼下的，很用心地去打扫。那细心的程度，比宋姐在的时候用认真。她喜欢把家里楼上楼下擦得锃亮的，连楼梯扶手的内侧，她都是细心抹过。她喜欢把所有的都抹得一尘不染，让她有一种充分的成就感。在这个过程里，她很享受。也只有这样的豪宅，可以让她有这样的满足感。没人知道她在这样的豪宅里干活，村里人想都不敢想。当然，她自己过去也没敢想。这样的豪宅，是超出了她的经验之外的，她无法想象。她的丈夫也不相信。当然，他相信不相信不重要，她想。他这个人太固执了，也保守，他永远也不知道外面这个世界的样子。他的眼里，只有眼前的那几亩地。他关心着麦子和水稻的收成，关心着雨水和房子。他外出打过工，见识过城市，可是他不喜欢城市。所以，他在外面经历了两年多的打工后，重新回到了村里。回到了村里后，他就再不愿意出去了。

和他不一样，小乔特别想出来。丈夫是坚决反对的，可是他越是反对，她就越想出来。为了这事，他们争吵过不止一次。村里的许多姑娘少妇，都出去过。小乔在村里的姑娘少妇中，算是长得出众，做人又很机灵的人。一些人出去，真的是挣了不少的钱回来，让人眼热，而她们对她不试图出去打工，也感到奇怪。她们觉得她应该出去见见世面。受着这样的影响，她特别渴望到外面去看看。她也知道，外面的世界肯定远不如看上去那样好，然而她还是希望能有机会亲身体验一下。他不理解女人。她在和他的冲突中，猛地意识到他是那样的狭隘和小气。不仅小气，还很土气。他不喜欢城市，就是土气的明证。她不理解他，怎么就那样地顽固。他在限制她。他的脑袋里充满了男人的那种霸道，和村里别的小心眼男人没什么两样。他把她当成一个看家婆。他越是这样看待她，她就越是要反抗，——虽然平心而论，他其实对她不错。在许多次的拌嘴后，有一次她终于决定离家出走。

其实刚离开家门她在心里就后悔了。可是，这样的后悔只能加重她离开的决心。在后悔的情绪下，回头比出门，更为困难。她不是后悔别的，而是后悔和孩子分离了。后来的日子里，她好多次在梦里都哭醒了。她想孩子。她在心里自责得不行。她觉得她不是一个好女人，不是一个好妻子，更不是一个好母亲。没有做成一个好妻子，她可以为自己找到很多条理由；没有做成一个好母亲，她则

半点理由也找不到。越是自责，越是觉得自己应该在城市里做好，扎根。而最初的日子里，她差点就成了盲流。就在她感到走投无路的时候，她遇上了一个同乡。那是个男人。在那个时候，他的关照就显得他格外地好人。她把他叫作大哥，其实他比她还小几个月。他虽然比她小，可是社会经验却比她丰富得多。

男人和女人就是不一样的，她想。

他是个热心肠的人，多少又有些坏。他那种坏，应该就是在城市里待久了，混出来的那种“油”。他嬉皮笑脸的样子，让她多少感到戒备。也正是有了这样的戒备，后来她自己独立寻找工作。他打趣她说，其实像她这样的女人很好找工作。她当时不太明白，后来才知道他真实的意思。她在路边的小饭店里打过工，洗菜和涮碗。还在工地上，干过零活。最后她经过另一个女同乡的介绍，干起了钟点工。那个女同乡同时干了六七家，忙得不得了。她很勤快。虽然很辛苦，但是很挣钱。而且，她喜欢这样的工作。她在这个城市里租了房子，把老公也接过来，干起了电焊生意，日子过得红红火火的。她还计划在郊区买一个农房，打算就此扎根。

小乔慢慢也喜欢起了这样的工作。她做得不多，只有三家。除了宋姐家，另外两家都很简单，一家是双职工，平时比较忙，他们只要求她每隔一天去打扫一次；另一家是一对年老的夫妇，他们只是让她隔天帮忙买一次菜。他们的腿脚不太好。比较而言，宋姐家的面积最大，也最考究。自然，宋姐出的工钱也比另外两家高。这样算下来，她每个月的收入也不算低。她很满意。她一直没有回过家，因为根本没有时间。她给家里打过电话，丈夫对她现在的工作保持了默认。他对她不放心。而这样的家政工作，他是可以享受踏实的。她出去了，他只能默认。事后他发现自己并不了解她。他以为她和村里别的妇女一样，结果他意识到她和她们还是有相当的不同。他简直是有些诧异了，感觉自己是娶了一个完全陌生的女人。

对丈夫的想法，小乔不以为然。她很清楚他的想法。她最好的做法，就是不理会他。然而，她真的很想念自己的孩子。她在心里想得不行。好几次，她打电话的时候，一听到孩子的声音，眼泪就下来了。她有一个想法，——等她一切都稳定下来了，就把孩子接过来。她要让女儿在城里读书。其实现在也可以说她是稳定了，但她手上还没有足够的钱。她现在租住的房子也小，只有不到十个平方。她每天骑车，在这个城市的大路上往返。

她的心情很放松。

这就是她的生活方式，是她过去从来也不敢想的。丈夫肯定也不会想到这一点。她庆幸自己出来了，非常的正确。她相信自己以后会越来越好。

小乔心里很清楚。

他对这个家的豪华也是惊叹不已。

虽然他算是见多识广，在好几个城市里晃荡过，但真的还没有踏进过这样的豪宅。刚进门的时候，他还显得有些拘谨，手足无措。等他确信真的主人不在时，他变得随意活泛起来。他在小乔的带领下，楼上楼下都参观了一番，嘴里不住地啧啧赞叹着。他算是见识了。屋里的豪华陈设，让他感到了一种悬殊的愤怒。他想要发泄。他有些不平。他没想到小乔会寻找到这样的一个环境。这个家虽然不是她的，但她在这里干活，肯定挣不少的钱。他每天很辛苦，也未必有她挣得多。这个社会充满了不公平，他想。

小乔没有想到他真的会来。门铃响的时候，她吃了一惊。其

实她心里早就后悔了，就像当初离开家门时一样。就在两天前，他们遇上了。她没有想到会碰上他，很意外。他们已经有很久没有联系了。他对她现在的模样，显然感到意外。他问她的情况，她告诉了他，并且说如果有机会，请他吃饭。她没有想到他会真的来。其实，对他而言，他也没有想到自己会来，而且是这样的迅速。这一天下午他只是碰巧送货路经这里，打她的手机，没想到她真的就在这里。他说她变了，变胖了，也变白了。他的意思是她变漂亮了。乡下人夸人，又白又胖就是标准。白了是说明清闲了，享福了，没有从事繁重的体力活；胖了是说明心情舒畅，身体健康。她对自己的白胖，的确也感觉到了。宋姐曾经提醒她，让她注意体型，可是她听了只是一笑。她想：自己的男人还没有嫌弃自己的资格。再说，她真要是很注意自己的体型了，他倒要担心了。

他这天看上去有点怪，穿着一件花哨的夹克，鼻梁上架了一只墨镜。他这身衣着肯定是刻意打扮过的，她想。上身都是新的，但是脚上却穿了一双脏兮兮的运动鞋。进门了，他把脏鞋子留在外面，可是她仍然觉得有点怪。

“这是她吗？”他看着客厅里电视柜上的那只电子相框，好奇地问小乔。那只电子相框就像电影幻灯片一样，不断地播放着女主人的数千张不同的漂亮照片。

“漂亮吗？”

他回转身，一脸坏笑，“漂亮。”

城里的女人都漂亮，他想。她们洋气。但是，这些漂亮女人和他无关。她们越是漂亮，和他的距离就越远。现在，连小乔也变得比过去漂亮了。他感觉到一种烦躁，他觉得他应该干点什么。他在客厅里转来转去，像是寻找着某种东西。如果他不能在这里干点什

么，他心里就会很失落。他要通过自己的行为，来证明自己是个有能力的人。这个能力也许很简单，就是让小乔屈服他。他进入这个城市比小乔早，社会经验要比她丰富。然而，他却时时倒霉。各种各样的霉运，好像一直在跟着他。他一直不顺当。他简直要诅咒这个生活了。

“你找什么？”她问。

他笑了，说：“什么也没找。现在你是这个家的主人了，我不可以随便吗？谁能拥有这样的大房子呢，真是舒服！他妈的。”他从楼上转到楼下，从阳台转到客厅，甚至还去参观了偌大的卫生间。卫生间里闪着光，鲜艳的瓷砖，锃亮的水龙头，漂亮的小挂件，高贵的镜面以及雪白的浴缸，都让他在心里吃惊。显然，这太过奢侈了。他在内心里涌起了一种强烈的欲望，想在里面随便吐痰，大小便，甚至想砸碎点什么东西。他还从来没有过这样放松自由地进入一个这样豪华的有钱人家。这是一个地道的城市有钱人，他想。因为主人不在，所以他变得无所畏惧。他把小乔看成了女主人，而自己就是男主人。女主人必须听命于男主人。在他看来，小乔所以得以有这样的今天，完全是得益于他的昨天的帮助。她对他应该客气一些，甚至应该做一些回报。

“你在这里吃饭吗？”她说，“我可以叫外卖。”

她觉得他应该走了。

“叫什么外卖？”他显得很好奇的样子。并且，真的准备在这里耗一段时间了。过一段时间，他就要准备寻找新的工作了。他不想再在原来的地方继续干下去了，尤其是在看到小乔的现状后，他愈发坚定了这样的想法。既然主意已经定了，他还要那样努力尽心干吗？去他妈的，他想。他决定过一个安逸的一天，享受的一天。

他要像她一样的享受。尤其是，他需要享受她对他的照顾。

小乔没有想到他真的要在这里吃饭。既然这样，她就没有别的选择。她见过宋姐叫过外卖，一个电话就来了。价钱不算贵，她应该请得起，她想。她也应该请他。她要用实际行动告诉他，她现在真的很不错。她没有想到在她打完电话后，他忽然笑嘻嘻地一把抱住了她。“别闹。”她说。“我喜欢你。”他说。“我要叫人了。”她说。“这里没有人。”他说。

他的胆太大了，她想。他这样做，是很冒失的。他怎么敢这样呢？她知道他过去对她是有些小动作的，但没有像现在这样。他不应该这样的。突然间她发现她对他其实一点也不了解，或者说，她对他了解得极少。他结婚了吗？好像是结过，后来离了，很短暂的婚史。不，也许没有结过，他不像是成过家的样子。她的记忆有些恍惚，可能是记错了。当然，这些都不重要。重要的是他说他喜欢她。这样的话有多少真实性呢？她相信那是一句谎言。男人在需要做那种事的时候，总是容易说谎的。当然，即使是真话也是不可以的。

她使劲地抵抗着。

他的喘息很粗重。他像是疯了。她的眼里有了泪水。她不想发生这样的事，这太可耻了，尤其是在这个的一个地方。这里不是她的家，它属于另一个女人。而他从后面抱着她，欲望是那样的强烈。她在他的钳制下，不是那个小乔，而是电子像框里的那个年轻漂亮的女主人。他并不认识那个女主人，但是她们都是一样的，都是城里人，而且是城市里那种极少数的有钱的女人。他闭着眼睛，闻到了她身上的香味。是的，这样的香水味只属于城里的女人。事实上从开始时他只是想干点什么，并没有想到要抱住她。他想霸道

一点，想做点什么破坏，但没有想到要欺负她。事情的变化，也就是一秒钟的时间。或者，一秒钟都没有。他有些糊涂。所以，他后来闭上了眼睛，死死地抱住她。他不敢睁眼，生怕一睁眼那样的感觉就没有了。

小乔的身体有点发软，她受不了。她想不到他会这样。她欠他的，他是来讨债了。也许，她真的不应该让他来。他的手在她的胸部乱摸，似乎是想伸到里面去。她知道他想要什么。如果她给了他，以后会发生什么？她脑袋有些晕，想不明白。这样的感觉很熟悉，她的丈夫第一次就是这样对待她的。她闻到了他身上的味道，那是从事体力活的男人的味道。她好久没有闻过这样的味道了。她不喜欢这样的味道，但她同时又知道她必须接受这样的味道。这样的味道属于她原本的生活。在这一刻，她才知道，她不是这里的。她和身后抱住他的人，是一样的。他们都属于遥远的乡下。

“我想弄你，”她听到他这样说。

“你放开！”她再一次坚持说，但是，她自己都感到声音是那样的小。

那天晚上，她回到自己租住的地方，就下起了雨。

其实在回来的路上就已经下了，乌云翻滚，雷声隆隆，雨点砸得又狠又密。她把车子蹬得飞快，可毕竟是一辆旧自行车，回到住处时，身上已经湿透了。

小乔大口地喘着气。

这个晚上，小乔没有吃晚饭。她没胃口，一点也没有。她换了衣服，然后躺在床上休息。她不知道自己为什么那样累，事实上她这一天没干什么活。当然，这一天是混乱的，她想。她差点就犯了错误，是外卖的门铃声救了她。如果不是送外卖的来，她能坚持住吗？她在心里问自己。不能，她想。她当时已经糊涂了。人一犯糊涂，就容易犯错误。但现在这个错误不存在了，因为她没有走出那一步。她后来不理他，冷着脸。他也羞愧了，很尴尬，吃完了盒饭就走了。他们从此两清了。

她不再欠他的人情了。

当她一觉醒来的时候，雨早已经停了。她看到了外面有月光，非常的清亮。这样的月光，她有好久没有见到过了。她没了睡意，起来打开了门。她看到自己所在的这个地方四周都是黑漆漆的，一幢幢低矮的民房就像乡下的一个个草垛。天很纯，看不到一丝的云朵。月亮就像是嵌在墨水池里的一面圆镜子。这里远离城市，远离她帮佣的那个豪华之家。当然，这里更远离她自己的在远方的那个家。她想：最近应该回去一趟了。只要宋姐一回来，她就向她请假。她要回去一趟，看看孩子。她对家里不放心了，除了想念孩子，还挂念自己的男人。她不在家，他既当爹又当妈的，其实也很不容易，她想。

宋姐应该快要回来了，她想，到日子了。

小乔回到了村里，一切都和从前一样，一切又都和从前不太一样。

丈夫和孩子是高兴的。孩子的喜欢不但表现在心里，也表现在面上；丈夫的喜欢却是暗藏的，声色不动。小乔知道他心里是怎么想的，但她也不点破。她和过去不一样。她的变化，肯定来源于城市生活的影响，尤其是宋姐家庭的影响。他们夫妻并不像表面上看到的那样恩爱，但他们在表面上处处表现出很平和。小乔是个很敏感的人。那样的敏感，也许是乡下人对城里人特有的一种敏感。她能感觉到他们的问题。

宋姐对她的离去，稍感意外。事实上小乔当时也并不想走，她是在宋姐回来的第三天，才决定离开的。那个人给她打电话，说还要来看她。宋姐问她是谁的电话，她撒谎说是老家里的人。“你想回去就回去看看吧，等过些天再来。”宋姐说。显然，宋姐不想她辞职。她刚刚开始用熟她，顺手了。

小乔在心里觉得有些愧对宋姐。因此，她也并没有提出结算半个多月的工钱。回到村里，她就想努力地忘掉过去。

宋姐离婚的那天，身在乡下的小乔是浑然无知的。那天天气不错，她在自家的院子翻晒着新摘下来的花生。她的儿子在院子里玩耍，飞快着，脖子上晃荡着一个闪亮的东西。她不知道那是什么。等他经过她身边的时候，她扯过挂在他脖子里的红线，才看清末梢吊着一把闪亮的钥匙。

金属的，尖端有着闪亮的晶片，非常的漂亮。

在电话里，她安慰了宋姐，并说过段日子她会去看她。

她没有说起这把钥匙，毕竟，这是一件非常微小的事情。

伤心的越轨

1

一切都是从那只鸟（八哥）开始的。

但是，故事的主角，也还是人。这个故事的主角有两个，一男，一女。通常意义上的一男一女，要发生些什么，会是什么呢？其实，无非就是爱情罢了。而这爱情，也都是老故事了。但是，普天之下，又能有多少新鲜事呢？所以，有时候老故事也还得讲。至少，同样的事情，是发生在不一样的人身上的。但这所谓“不一样的人”，对别人来说，也还是一样的，在口口相传中，也不过就是“那个男的，那个女的”罢了。

为了方便叙述，我们还是要给他们起一个名字。可是，任何名字，都免不了雷同。而且，事实上在故事中，姓名并不那么重要。

我们就叫老张和小胡好了。老张自然是个男的，小胡是位女性。

这种省略的叫法，很方便。

老张和胡小姐居然是在同一座写字楼了。

而老张觉得自己过去从来就没有见过胡小姐。因此，那次见面仿佛就是第一次。这件事情多少有点蹊跷，但是也能解释得通。毕竟，他们不是在一个公司里。老张是在 27 楼，胡小姐却是在 32 层。另外，他们俩的公司在上下班时间上，也略有差异。同时，整个大厦，也不止一部电梯。由于这样诸多的不同，组合排列，就会造成一定的不会合的概率。在这座 68 层的大厦里，大大小小有好几十个单位，进进出出不下于好几千号人。偶尔有一两个人从来没互相见过，应该也是正常的。对老张和胡小姐来说，或者，更大的可能是他们见过，但彼此根本就没有什么印象。现实中的很多人，其实面目都是差不多的，大同小异。红尘滚滚，有时候彼此视而不见也是正常的。他们的办公楼，所处的是在城市中心位置，商业繁华，灯红酒绿。要是站在大厦的顶部往下看（或者任何一个高处的窗口俯视），会发现底下四通八达的道路上或交叉口，人如蚁潮，黑黑的，一簇簇的，像是没有任何目标地向四处流动，又像在向某个方向集中。真的就和我们平时观看蚂蚁在忙碌时没有任何区别。当然，现代社会里生活着的人，都是忙碌的。每个人都有自身的许多烦心事。他们需要更多地关心自己的问题。关心自己，比关心别人更重要。

胡小姐是个单身女子，三十多了，也不想嫁人。或者，她曾经想过，只是没有合适的机会，没有合适的人选。再或者，曾经在感情上受过挫折。反正，目前她是没有再恋爱嫁人的心思了。她成了

一个老姑娘。公司里的人或是社会上的别人，也都习惯、理解她这样的单身状态了。而像她这样的，在大城市里也并不少见。她们工作固定，在外资或合资的公司里，收入不菲。物质和精神上，都比较独立。男人对于她们，多少变得有点无足轻重了。相反，她们觉得是一种解放。不必为男人去买菜做饭，不必为他们去生孩子，更不会为了他们在外应酬、打牌、喝酒或者干脆就是鬼混晚归，而生气。没有男人，实际上就是没有负担，没有束缚。胡小姐是坚信自己这一辈子，是不可能再去和谁恋爱了。她觉得她一个人过得很好。她自己一个人买了一套房子，虽说不大，但那小区却很高级，装修也很好。除了每天上班，下班后她一个人随便吃点什么，如果不是找个女友逛街，就是一人回到家里，吃点零食，看看电视。或者，她偶尔也会去健身馆，做做运动，瘦瘦身。有时，还做做美容（越是单身，她就越在乎自己的容貌。她希望自己永远停留在三十岁的容貌上。她要让已婚的女人们，羡慕自己的青春颜色）。可以说，平时的胡小姐，生活过得相当优越，无忧无虑。平心说，还真有不少人是羡慕胡小姐的。羡慕的人中，有女人，也有男人。女人们羡慕她独来独往，轻轻松松。男人（未婚的大龄的和已离异的老男人）也是羡慕的，希望能将她收拢。当然，这种可能性随着她年龄的累积而越来越小。

对于胡小姐这样年轻的单身一族，有个比较流行的说法，叫“白骨精”。就是：白领、骨干、精英。当然，这是一种夸赞。胡小姐对自己却有不同的理解，白领是不假的，但她哪里算得是骨干、精英呢？她是——白领、骨感、精明。胡小姐是个细高个子，加上习惯穿高跟鞋，身材相当高挑。她也是骨感的。但是，她还是不满意，觉得自己长胖了。她很警惕自己身上的肉。她防止身上的肉，就像一个年轻小姐，脚上穿了一只质量低劣，随时会脱底的高跟鞋一样，提心吊胆。而事实上她一点也不胖，胸部和屁股都是瘦削的。但是，她认为那就是一种美，世界流行的美。她感觉这样，更像一个模特。至于说到精明，那是别人对她的评价。她的所有女伴，差不多都认为她是精明的。比如说，上街逛商店，她总是能挑选到又时髦又便宜的衣服。做任何消费，她很少吃亏的。商家有个什么打折活动，她总是能一眼就发现其中的陷阱本质在哪里，然后通过讨价还价，获得最大的利益。碰到有些蛮横的店主，她也毫不示弱，据理力争，七弯八绕的，有时就把店主也绕进去了。等她和同伴走了，往往店主才反应过来，自己亏了。

“你这家伙像鬼样的精！”同伴们常常这样评价胡小姐。

但胡小姐并不认为自己有多精明。她更相信自己是由于认真。她的职业也促使她认真（她在公司里从事财务），会算账（算的当然不只是公司账目，也包括生活中的人情世故）。人只要一认真了，就很容易看清本质，不被店家的花招所欺骗（当然，也不止于店家。在她看来，生活中到处都可能有人在算计她。作为一个单身女人，她不得不防）。精明不难，只要认真。她觉得自己的那些朋友，她们并不是不聪明（很多都是大学本科毕业甚至研究生呢），只是不够认真。她们对待生活的态度是简单的，不认真的，只求过得随便自在。胡小姐倒觉得自己越是认真，日子过得越是简单自在。

比较而言，老张其实也是个认真的人，但他却算不上精明。熟悉老张的人，没有一个说过他精明的。精明这个词，在不同的人身上，在不同的问题上，它的意义是不一样的，有褒有贬。老张虽然不精明，但是，肯定也不糊涂。老张又岂止是不糊涂？老张根本就是一个很出色的男人。他是一个很踏实，也很能干的人。在公司里，老张算得上是个骨干。他是一个中层干部，负责某一个部门。而在那几个部门，他的部门整体成绩是最出色的。不久的将来，他也有可能升任副总。当然，这只是一种可能。单纯以智商来说，可以说他还比胡小姐略胜一筹呢。对这一点，大概没有多少人可以持不同意见。

老张本来是和胡小姐扯不到一块去的。但是，既然在同一座大厦里，就免不了会遭遇。再低的概率，也还是有可能。因为，在不断地重复组合中，排除了各种不会遭遇的概率，可能相遇的概率，就变得越来越大了。终于，这概率是到了百分之百。他们的相见，就成了不可避免的一件事。剩下的，只是时间问题。

但是，所有事情都可能成为问题，偏偏时间就不是问题。

有问题的，只能是人。

2

在一些人看来，胡小姐实在是个平淡无味的人。她的脸有些苍白（像是经血不调），永远是冷冰冰的，难得一笑（其实她过去是爱笑的，只是她后来觉得自己是个老姑娘了，要持重，所以就尽量不笑，以免有人攻击她不太正经。她知道，有人一定是会好奇她的人品的。老姑娘的人品，总是让人好奇的）。她戴着近视眼镜，看人的时候，眼神有点飘忽。她平时在公司里，很多时候都表现出不太食人间烟火的样了。她不爱和人丌玩笑，尤其是男女方面的玩笑，更是避得远远的。有时，酒桌上会有一些黄色玩笑，她就装成全然不懂的样子（在这方面，她的控制能力特别好。再好玩的笑话，别人能乐死了，她也乐，但乐在心里，表面上一点也看不出

来）。整个人看上去比较严肃，倒是和她的财务工作是比较协调的。她一个可靠的职员，但却不是一个可爱的职员。

但是，那天上午突然有一只鸟飞进了办公室。

这只鸟，是只可爱的八哥。

它的全身都淋湿了。外面正在下着大雨。谁也不知道它是如何飞进32层高楼中来的。它一下从半敞的幕窗扎进来以后，显得非常的慌乱。办公室里的几个同事都叫了起来，吓得它越发地紧张，在办公室里飞转着，一圈又一圈，最后居然落在了胡小姐的办公桌上。它全身是黑色的，在尾羽的部分，有些白。它看人的时候，眼神直直地盯着。它的眼睛很圆，红褐色，中间的一点瞳仁，却黑得发亮。在它的头上，长有一簇凤毛，形体就像一只斑鸠。胡小姐并不知道它是什么鸟，别人也不知道，叫不上它的名字。她在心里甚至有点怕它。因为它看上去有点生猛，也很警惕与慌张。它和胡小姐对峙了有一分多钟，突然冒出了一个声音："你好！"

满屋的人都是一阵惊喜。

"你好！"这家伙再次重复说，非常清晰。

是八哥，八哥！有人非常肯定地这样说。他们全都围了过来，但是，它却并不再飞走了，依然留在胡小姐的桌子上，有些忐忑地倒腾着爪子。它小心地像在原地踏步，摆动着身子，羽毛上的水洒湿了胡小姐摊在桌上的几张财务报表。"小姐，"它说，"你真漂亮！"所有的人听得有些发傻。发傻时，就觉得它的声音有些模糊。因为模糊，就有点怀疑自己的耳朵是不是有了问题。事实上，它的声音是非常清晰的。"小姐，你真漂亮！"它再次说了一遍。这下，大家都确信听清了，也乐坏了。

胡小姐也是惊讶得不行。

办公室里的人，其实当时多少有些妒忌胡小姐，她这样一个刻板无趣的人，居然得到了一只八哥。虽然谁也不会愿意要一只八哥，但总觉得这种有趣的事是不应该和胡小姐搭边的。其实胡小姐也不想要。她怎么可能会要去养一只鸟呢？但是，事情奇怪在这只八哥不走了，她在另一个小伙子同事的帮助下，很容易就捉住了它（八哥仿佛确定它需要让她成为新主人）。然后，把它放在一个旧的文件篓里。那只文件篓是用铁丝做的，也是那个小伙子从仓库里找出来的。经过了一个上午的闹腾，胡小姐下午就准备去银行时，把它带到楼下，想将它交给大厦的物业管理处。事实上，她从开始就没想到要留下这只八哥。但是，她并不愿意对别人这样说。她宁愿让别人妒忌一阵子，然后再把它处理掉。就在行驶的电梯里，她遇上了老张。老张跨进电梯，看到的是一个瘦长单薄的女子，手里端着一只类似铁丝笼子一样的东西（里面关着一只八哥）。他一眼就认出那是只八哥。因为他很小的时候养过一只。他的老父亲也养过。至今，他的老父亲都已经是七十多岁了的人，但仍然喜欢摆弄个花草，逗个小鸟什么的，打发寂寞的晚年生活。

“你好！”寂静的电梯里突然冒出了这么一句，像是卡通里的声音。

“嗨，八哥。”老张笑了起来。

胡小姐就也笑了一下。

“小姐，你真漂亮！”

老张惊奇了，觉得实在不能小看了这只八哥。能说这样的话，说明它不简单呢。胡小姐又笑了，说：“它上午突然飞进我们办公室的，也不知它是从哪来的。然后，它就在我的桌子上不肯走了，就被抓住了。”老张说：“呵呵，说明它和你有缘的。你是楼上哪个单位的？”胡小姐说：“德源利隆。”老张就知道了，那是一个不错的公司。“我要把它送给物业。”胡小姐说，“臭烘烘的。”老张听了，犹豫了一下，笑着问：“……要不，你把它给我吧。如果，它没人要……”“呃，我是利国投资有限公司的。我姓张，呵呵。我老父亲喜欢养鸟。”老张赶紧补充说。胡小姐其实是想拒绝的，但是看到老张仪表堂堂的样子，突然就对这个男人有了一点好感。而且，她觉得这个男人蛮稳重的，说话也客气。“或者，……把它卖给我。”老张说。胡小姐这时就觉得这个男人为了得到这只八哥，已经有些拘谨了。她相信这个男人要这只八哥真的是因为喜欢它，或者说，并不是为了他自己，而是为了他的父亲。既然她原来就不想要这只鸟，于是送给谁也就不重要了。

胡小姐送出了那只八哥，自己是轻松不少的。后来，很快她就忘掉了这一小插曲。她只记得自己是把那只八哥，送给了楼下的一个什么人。那个男人应该还算是不错的，看上去比较稳重。当然，总起来说，她不太信任男人。那个男人看上去年龄并不大，但是，头上却有好多的白发。他是一个高个子，甚至可以称得上是魁梧，很结实。胡小姐觉得好像在哪里看过他。后来她想起来了，其实他有些像她中学时候的一个老师。

老张拿了那只八哥，真的就送给了他的老父亲。他专门去宠物商店，配了一只笼子。老父亲很开心。老父亲是独居的。老张的母亲，已经去世好几年了。老张曾经几次动员他的老父亲搬去和他们一起同住，但是，他却不太愿意。老张就只好找了一个钟点工，每周去三次，帮他打扫卫生，偶尔做点他想吃的饭菜。这只八哥一进门，就冲着老爷子说了一句：“你好！”声音清脆。

因为老父亲的开心，所以，老张在心里是有点感激胡小姐的。

当然，他并不知道她单身。他只觉得她是比较友好的。当时的印象是，那是一个瘦高的女子，白白的脸，戴着一副近视眼镜，头发是清汤挂面式的，一身浅白的服装，比较素雅，清心寡欲的样子。这个人，其实内心里是比较拒绝人的，不好打交道。他觉得自己平时对人的直观判断，跟本质相差不会太远。也正是因为这样，他对她的印象蛮好的。他希望有一个机会，能够答谢她。

老张是个喜欢讲点义气的人，和他相处的人，都知道他内心里有严肃的一面，也有宽厚的一面。他待人，有时是热心肠的。他做人的严肃和胡小姐做人的严肃是不一样的。当然，男人和女人是不一样的，各人的年龄和阅历也是不一样的。老张算是有过一些阅历的。老张当过兵，然后又在中学里干过几年，最后到了这家公司里。从某种方面来说，老张算是走得比较顺的。他做人讲究踏实。他的妻子比他小三岁，在市里的自来水公司工作。两人有一个儿子，都已经上了初中了。儿子的性格和他的很像，不太爱说话。长得像他的妈妈，眉眼，神态，还有皮肤。儿子的皮肤有点黑（没有遗传老张），但倒是很有些小小男子汉的味道。对老张来说，他生活的最大目标，就是稳定。他努力地工作，然后等儿子考进高中、大学，工作、结婚。然后，他就和他的父亲一样，慢慢地老去。

在所有的同事眼里，老张可以称得上是个正派人。在公司里，他从不和女同事开玩笑。出去应酬，他也同样不会有过分的言行。他的整个举止，中规中矩的。如果不是他这个人平时工作比较能干，甚至可以说他是过于拘束的。至少，在现在这样的社会环境与社会风气下，他的作为太过于谨慎了。当然，他完全没有必要这样的谨慎。但是，他并不因为自己的谨慎而对别人有什么看法。对所有的一切，他像是什么也没有发生过一样。这当然是因为他的稳重和他的宽厚，见怪不怪的。也正因为他这样的品质，公司的老总对他是格外地信任。这样的一个稳重男人，要是一心做什么事业，一定是可以办成的。

有人认为老张这样规矩，是因为家庭幸福，婚姻美满。或者，是由于惧内。其实，这两样都不是。老张不认为自己的家庭婚姻有多少幸福可言，同样也不认为别人家比自己家就更幸福。更多的家庭，是平淡。能平淡过日子，相安无事，就已经不错了。另外，他也一点都不惧内。在家里，很多时候都是他说了算。他在家里还是有一些权威的。另外，如果就犯错误而言。只要他想犯，就根本不存在惧内的问题。他们经营公司的，有着各种业务，出席不同的场面，参加各种应酬。要是想犯错误，那机会太多了。那种逢场作戏的勾当，蜻蜓点水，事情过后，了无痕迹的。而且，男人们间，都存在着某种默契的，尤其是干了坏事之后的默契。那时候，他们比谁都坚定，严守着互相间的秘密。

其实，老张和别的男人没有什么根本区别的。只是，老张骨子里是个思想保守的人。他在跨出第一步的时候，肯定要比别人慢。或者说，他要在跨第一步，要再三的掂量。如果他觉得不值，也许他永远不会跨出第一步。

他是个沉着的人。

他不想随大流，也不愿去做没有太大意思的事。

他有自己的个人想法。

3

很长时间，老张倒还是一直记得胡小姐的。他希望自己能有

个机会，请她吃顿饭，或者回报她一个小礼物什么的。老张是个不喜欢欠人情的人。本来老张倒还没有这种很强烈的回报念头，只是因为回去看望老父亲，发现那只八哥实在的了不起。就在他的父亲养了不到一个多月的时间里，它又会说了好几句话，比如："恭喜发财！""下雨了！下雨了！""欢迎！欢迎！"什么的。有时，它还能模仿老父亲的咳嗽声。老父亲喜欢得不行，把它当成了心肝宝贝，恨不得把自己的心尖儿割下来喂它。他说这些都是他新教的，一般三到五个字的话，根本难不住它，一教就会。他对老张说："这鸟是个天才！"老张暗想，说不定这鸟原来就会。但不管如何，这八哥的确是灵巧得不行。老父亲每天一早，就提着鸟笼，去午朝门外的那个小公园里，遛鸟去。在众多的遛鸟人里，这一只是最伶俐的，把别人羡慕个不行。而有了这只八哥，老父亲精神了许多，简直比刚有了孙子那会还得意。

很显然，要训练好一只灵巧的八哥，不下一番工夫，是不可想象的。要得到一只天才的八哥，更是难上加难。而老父亲的这一只，得来全不费工夫，当然是相当地幸运。这幸运来自胡小姐，是她赠予的。尽管她并不知道这只八哥的珍贵，但是老张觉得自己不能就此装糊涂。至少，他要再一次地向她当面表示感谢。然而，打那以后，他就再也没有见过胡小姐。直到两个多月后，一天在离他们办公大厦底下不远的一家商场里，看到了胡小姐。胡小姐正在挑选一双皮鞋。老张看到胡小姐挑得很仔细，她用右脚穿着那只鞋，反复地踏踩，低着头，左右端详。那天胡小姐穿了一条银色的带灰点碎花的裙子，远远看上去很高雅。她的一双腿在裙下，显得细长匀称。

"你好，"老张走近她，对她说。

她抬起头，一下子显然有点想不起来老张是谁。事实上，她只是一时没有反应过来。她是在上班时间悄悄过来的（当然，也是正好要到银行去。但主要不是去银行。去银行是借口，来商场才是目的）。早几天，她就看中了这双鞋（正好是唯一的一双了，断码，可以打对折。是个法国的品牌）。

“嗯，你给过我一只八哥的。”老张说。

胡小姐就笑了起来，她想起了那只八哥。到现在，她也仍然是想不明白，为什么那只八哥会撞进公司里来，而且居然就落在她的面前。那算不算也是一种缘呢？“那只八哥还好吗？”她问。老张说：“好，我父亲宝贝得不得了，可喜欢它了，整天逗它。”胡小姐心想，那就好。她养一只八哥是不合适的，现在呢，它算是有了一个很好的归宿。老张说，想请她吃饭。胡小姐自然就推辞着，她觉得自己并不适合和一个已婚男人去吃饭。难道送了一只八哥，就非要接受一次吃请么。

老张在心里多少觉得有点遗憾，但是还是尊重了她的意见。毕竟，他已经是道过谢了。再强求，就不是表达谢意了，而是有故意和人家搭讪的嫌疑。有一种男人，就是通过这种搭讪的方法，来接近女孩子。他生怕她也这样误认为。老张以为这次相遇以后，和胡小姐可能就慢慢地淡去。说到底，一只八哥在人生中会有多大的比重呢。但是，事情就是这样奇怪，在后来的日子里，他们居然多次相遇。有时候，生活的一些现象是不太好说清的。过去，他们在同一座大厦里上班多年，却从不相识。也许，生活中当真有个什么神秘之门，需要时，才会打开。对老张而言，他并没有想过，他会和胡小姐发展成什么关系。事实上，他对她一无所知。所以，后来当他知道她还是单身时，不免有些小小的吃惊。他觉得，以她的条

件，嫁人肯定是没问题的。

胡小姐觉得老张是有点可笑的。后来约她喝茶时，居然提出要给她介绍对象。原来她以为他约请她，是为了泡她呢。那一阵子，她在情绪上多少有些无聊。从某种意义上说，她需要一个男性朋友。而在生活里，还真的没有呢（当然，过去是有过的。可是，那仿佛是很久以前的事情了。而且，经验告诉她，男女之间，很少有很纯粹的友谊的）。另外，她也想知道，作为一个已婚男人，他会如何的表演。他这样对她，她还真有些好奇。所以，他提出介绍对象，使她多少有点失望。对可能的男朋友，她真的再没有什么兴趣。她喜欢现在的状态。主要的是，她不认为现在还有谁能够给她介绍一个优秀的男友。

老张还是传统的，他很努力地试图说服她。自己的公司里有个大龄青年，人很不错。在他看来，介绍给胡小姐，是挺好的。如果他能撮合成功，倒是一件美事。虽然自己过去从没做过这种媒婆角色，但是，他希望他能成功一次。然而，胡小姐一直是微笑着。微笑着，婉拒。而老张也很顽强，有点不依不饶的样子。胡小姐觉得这个男人很好玩，他越是说婚姻好，她就越是要说单身好。她向他描绘单身的种种美妙之处。在她的描述中，她的单身生活甚至有点放荡。她也不知道为什么要那样说。但是，那样说，让她感觉很兴奋。她说她如果愿意，她会每天换一个男人。

胡小姐把老张吓住了。

老张看着胡小姐，不知道如何说了。他发现自己太不能理解现在的年轻女性了。她们有点疯狂，好像没有一点的道德禁忌（她们根本就不在乎男人，甚至可以说，有些蔑视男人）。她们特立独行，根本不在乎别人的目光。他原来一直以为，他们都是一样的人呢，表面上根本就没有什么太大的差别。现在才发现，胡小姐们的人生观、价值观，和自己这一代的简直就是南辕北辙。这真是太可怕了！他发现自己一点也不了解现在青年人的生活。听上去，她的生活是那样的邪恶。而他看着她，却又觉得她是那样的平静。在那平静之下，怎么会有那样的邪恶呢？她为他敞开了一扇深不可测的门。他站立在门外的阳光之下。但是，更吸引他的，是门里的幽暗。他能看到那扇门里，有一个长长的过道。那个过道，通往一个深不可测的神秘之处。

胡小姐认定婚姻根本就是一件很可笑的事。她说她根本就不在乎婚姻。她觉得婚姻是人类生活中最最虚伪的。“婚姻的基础是爱情吧？如果爱情是可靠的，婚姻还用结婚证吗？结婚证就是婚姻的枷锁！用法律的名义，对婚姻加以禁锢。这枷锁，就是说明爱情是不可靠，婚姻是不可靠。不可靠的一对男女，还被枷锁禁锢着，生活在一起，你说烦不烦？”她问老张。老张觉得她这样的问题有点离经叛道，却也不知道如何反驳。

“现在，没有多少婚姻是幸福的。”胡小姐说，“我看我的一些同学和朋友，他们过得也都不怎么样。有三对，过去好得不得了，后来天天吵，天天打。分开的时候，完全成了一对仇人。何必呢？”

老张笑笑，说：“你是一个悲观主义者。”

胡小姐说：“我不是悲观主义者。我怎么会是一个悲观主义者呢？我是一个乐观主义者。”

“我生活得很阳光，”胡小姐说，“我觉得生活也很美好。”

老张想不到胡小姐是这样的大胆、开放。她说她平时生活一点也不寂寞，常常和朋友一起逛街，或者去喝酒。她说她能喝好多瓶啤酒（后来的事实证明，她喝一瓶差不多就能醉了）。她说她有时候，会和同伴去一些同性恋酒吧玩，还有一夜情酒吧。同性恋酒吧其实没什么好说的，至于一夜情酒吧，听得老张有些恍惚。胡小姐说，在一夜情的酒吧里，每天晚上都有许许多多的男女聚集。很多都是收入不菲的白领与成功人士。有一些是单身的，也有很多是已婚的。来到那里，就是猎艳的。其中，也有一些是身份可疑的。比如有些年轻小姐专门盯着那种成功人士（有点类似于老张吧，胡小姐说，至少，也不能比老张更低了）。还有一些年轻小伙子，是主动量相于那些徐娘半老的女人。他们是有交易的。当然，那是极少数的人。整个酒吧里灯光暧昧，各色男女们在酒吧里或穿梭或徘徊，或静坐等待。互相看上了，只要一个眼神，或者一张纸条，就可以双双离去，到一个宾馆里销魂。第二天清晨再各自离去，有时彼此连名姓都不知道（即使知道了，也可能是个假的）。

胡小姐没有说她自己是否玩过一夜情。

但是，老张觉得她有过。她应该有过，他想。当然，他能理解。毕竟，她是一个女人。他甚至试图从她脸上寻找一些痕迹。胡小姐的脸上，却什么也看不出。她平静得很。她让老张好奇，甚至说，有点心动。她在他面前，是个谜。忽然间，他内心里就有了一种愿望，希望能介入她的生活。或者说，走近她。

“你的婚姻幸福吗？”胡小姐问。她这样问，并没有特别的意思，只是想了解一下这个看上去很沉着的男人。

“还行。”老张说。

胡小姐就“扑哧”一声笑了出来。

4

关于那只鸟，其实早已经从他们的生活里退去了。鸟的故事，可以说是结束了。人的故事，才真正开始。

老张和胡小姐成了一对情人。

对胡小姐而言，她开始并没想到“情人”这个词。她对老张的感觉不错。她喜欢老张这样的男人，比较可靠、踏实。老张的家庭是稳定的，不会胡来。她见识过一种男人，是死皮赖脸式的，软磨硬泡。虽然说她本人并没有遭遇过，但她也见识过。老张对她的殷勤，她接受了。她好久没有那种带点暧昧关系的男性朋友了。老张呢，自然是喜欢胡小姐的。他在她身上，发现了许多他的老婆所不具有的东西。她年轻，更有时代感。自然，他也没有想到要走到那一步。

她并没有想过要和老张有那种关系。但是，这种事情不好把握。那次是在他们熟悉了差不多一年后，胡小姐跟着老张去溪湖，就发生了。那是个星期天，胡小姐要到溪湖去办事，就请老张开车送她。那个下午两人都有点醉，然后就发生了。发生得很意外。老张后来回忆起来，隐约是她主动的。她主动拉了他的手。他看到了她眼里有一点特别的东西。他就抱住了她。她看着他。当他被她看得有点胆怯，准备要松开时，她问：“你……胆子……够大吗？”老张有点进退失据。“你敢……吗？”她挑衅地看着他。老张有些无奈地笑笑，说：“你是个坏姑娘！”胡小姐承认那天的头有些晕，她需要他的怀抱。她不认为老张那天会那样做。即使会那样做，也

不是发生在那一天。但是，老张显然是没有什么经验，他并不知道她真正需要什么。再说，她平时的言行，给了他很大的误会。“你真的想要吗？”她的眼睛里闪着光亮。她想知道他可以承担多少的责任。她现在比较喜欢他，觉得他是个很不错的男人。但是既然他想得到她，他就应该在以后，有更多的担承。老张觉得，胡小姐那样问他，只是在确定他真的是否要那样做。他想她确定他在这个问题上是保守的、胆怯的。她并不认真了解他。他是男人，一样有强烈的需求。对婚外的恋情，一直是有着一种虽然不太明确，却始终存在着向往。他想她那样问，是要确认。她必须要维护一个面子。虽然在性问题上，她是解放的，但她可能也并不愿意随便给予啊。

老张在那一刻是幸福的。

“喜欢我吗？”她问他。

“喜欢，”老张说，“真喜欢。”

回到家里，最初的几天，老张心里是有些内疚的。他甚至有点不敢和妻子对视。他怕她从他的脸上发现些什么。为了掩饰，他只能通过不断地忙着家务，表现出少有的勤快。对他的勤快，妻子多少有些不习惯。许多年了，妻子从不让他干家务事，已经成了一种习惯。她对他没有什么特别的要求。她认为他只要在单位里努力地工作，对她忠实，对家庭忠实，就足够了。在这方面，过去的十多年里，老张做得是相当不错的。所以，他的妻子是比较满足的。在她的同事中，她以自己拥有一个踏实的老公而自豪。

最初的负疚感，很快就会被日常工作所掩埋的。负疚感就像是一个在沙漠中长途跋涉的人身上滴下来的汗水，很快就被脚底下炽烈的沙子吸收了，了无痕迹。老张虽然对着妻子有内疚，但他觉得其实他更应该对小胡好。毕竟，小胡可是个单身姑娘。小胡有意

思的是，并不希望他表现得这样。“你是不是还想负责我终身呀？”她笑着逗他，“没有那样沉重的。”因为自那次以后，胡小姐有很长时间没有和他约会过。老张内心里很不安。他不知道她是不是心里有了什么想法。他以为自己犯错了。但胡小姐说，她并没有什么特别的想法，只是那事是一时之念，她并没有要一直保持那种关系的意思。“我们是好朋友啦，可以一直是好朋友。”她说。这样的话，自然也只是说说而已，谁能真正做得到呢？所以，他们在经过了一个多月的暂时冷处理后，再次火热地交织到了一起。

再次交织，就不需要什么借口和理由了。

老张当然喜欢胡小姐，这似乎也不要什么理由的。人家年轻、时髦，叛逆，特立独行。她和他的妻子，完全是不同的两个人。而胡小姐也慢慢地喜欢老张。或者说，是越来越喜欢了。她仿佛是突然发现，原来有些男人是相当不错的。为什么自己原来没有意识到呢？最根本的，是自己原来居然没有遇上过一个。老张不张扬，很注意分寸。另外，她喜欢老张的高大、结实。她在老张面前，是可以任性的，也可以耍耍小脾气。事后老张在床上就以山一样的压力来回报她。而她喜欢这样的回报。

胡小姐当然是经历过男人的。但是，每经历一次，就伤心一次。在她的心目中，许多男人都是不靠谱的。现在她不再想从男人身上得到什么，反倒轻松了。她觉得他和老张，就是谁也不欠谁的。

但事情都是会变的。开始简单，结果未必简单。没有人可以预测未来。可以肯定，胡小姐并不一定了解自己。或者说，她没有了解事情是会发展的。正因为他们这样的互不亏欠的关系，反倒让她在感情上更容易投入了。

老张在公司里，仍然是声色不动。当然，早有人发现他好像有了一个红颜知己。因为经常会有一个年轻女士的声音，给他打来电话。最后发现，这个年轻女士，就在同一座的大厦里。对此，也没什么好说的。能说什么呢？管好自己，比管好别人更重要。再说，那种事，谁有权干涉呢？人们更多的感觉，是老张也并不是一点不变的。

变就好。

说到底，老张是个常人。

常人所会犯的错误，他也会犯。

能犯错的人，也还是一个好人。

5

人在幸福的时候，日子就过得特别的快。

不知不觉，老张和胡小姐好了有三年多的时间。这三年多里，他们还是比较甜蜜的。胡小姐从来没有向老张索求过什么。自然，老张作为一个情人，还是比较合格的。他努力地很用心地对待她。除了她而外，老张没有任何别的艳遇。对他而言，他觉得自己能得到她，已经是一件很幸福的事情了。和单位里的有些同事不一样，他没有很强的“套磁”能力。公司里有一个同事，据说前后有过十几个情人。这让老张很是惊讶，而别人却是见怪不怪的样子。这年头，真真假假，谁知道呢？

胡小姐的两个女友曾经是见过老张的，对老张的评价也还是很正面的。这个“正面”，当然是说老张也还是个比较体面的男人。在外人面前，他一副老成持重的样子。对胡小姐，也是表现出很关怀。但其中有一个女友，到了后来其实是有点不理解胡小姐的。她以为胡小姐“傍”上的是个有钱人。结果，却发现胡小姐动机很单纯。“那太便宜他了！”她说。她自己的目标就是找个有钱人，然后好好地敲敲他。这也没什么，也算是一种价值交换。但胡小姐因为这个女友的看法，就有点瞧不起她。自己不是那种场所里的“小姐”，也不是“二奶”，她做的是真正意义上的情人。

在与老张的关系中，胡小姐是努力做到“平等”。她把他还带到过自己的家里。过去，她的家里只有她的女性朋友才去过。在她的家里，老张还像个男主人一样，围上围裙，在厨房里做饭。当然，老张做得一点也不好吃。他说在他的家里，都是老婆做。尽管做得不好吃，但是胡小姐还是开心的。他们在一起是快乐的。吃完饭，有时两人就躺在床上看影碟。在和胡小姐的关系中，老张感觉自己都不像是自己了。他感觉自己是在另一个空间里，在另一个完全不同的社会环境里。这种人生经验，给了他很大的精神刺激。他迷恋她。

胡小姐知道老张需要什么。她毫无顾忌，在他面前呈现各种姿态。当然，她是在自己的家里，她是主人。她可以尽情地发泄。她的发泄，有一部分其实是装出来的。为了不影响邻居，她甚至把音响的声音开大。她喜欢一边放着贝多芬的《英雄》《命运》或者歌剧《费黛里奥》，一边和老张做。老张在音乐里，还能找到节奏。当然，也有乱了的时候。一乱，两个人就笑了，尤其是胡小姐。胡小姐笑够了，有时就不再让他继续了。老张说他的老婆是不叫的，一方面可能是出于传统的思想观念，或者就是天生的性格。现在则是年龄原因，加上有了儿子了，不方便了。既知道是这样，胡小姐有时就越发叫得响。

他们像是在进行一场游戏。

这两人在房间里的游戏，加深了老张对胡小姐的感情。胡小姐当然算不上是个漂亮女人，甚至可以说，姿色很平常。外表看上去，她甚至是一副清心寡欲的样子，但是内里却像是有一团火。她瘦瘦的，脱光了，胸部就好像还没发育好的小姑娘。也许正是因为瘦，她可以把身体扭曲成各种姿势。老张喜欢叫她“小青蛙”。她叫老张是“大狗熊”。老张觉得自己最爱的人，就是胡小姐了。有时，他也会想到，自己是不是可以娶胡小姐。但是，现实生活是没法让人如意的。一来胡小姐是未必愿意嫁他（她仍然是奉行着单身主义），二来是他自己也走不出那一步。

时间长了，胡小姐也会有一些困惑，或者说是不满。比如说，在她寂寞，或者情绪低落的时候，老张却不能陪着她。事实上，有时候她已经很迁就他了。她不需要他陪。她喜欢一个人独处，自由自在。但是，当老张习以为常的时候，胡小姐心里又有些不平衡了。她是他的什么人？只是性伙伴？

“你爱我？”她这样问老张。

“当然。”

“和你老婆比呢？”胡小姐很好奇。

“当然更爱你。”

“不爱她了？”

老张无语。

“有一天也会不爱我吧？”胡小姐问。

老张说：“不会的。”

胡小姐在心里就笑了。自然，这只是一种戏言。她明白得很，情人关系有多少是持久的呢？老张在她身上，又没有什么金钱上的投入，哪天厌倦了，随时可以离去。如果他离去，她也不会多伤心的，她想。她已经独立惯了。她不能忍受和一个男人，长时间地生活在同一个屋檐下。这也正是她愿意独身的原因。

也不知道从什么时候开始，胡小姐忽然发现自己对老张有了一种依赖。原来她是觉得单身很好，和老张偶尔幽会一次，正好是调剂一下生活。然而，后来她发现，当自己一个人在家独处的时候，寂寞了。这种寂寞的感觉是过去从来不曾有过的。老张也发现了她的寂寞，就从市场上买了一只全身雪白的牧羊犬给她。这只牧羊犬花了老张三千多块钱。就在一年多前，老张的妻子也想买一只宠物犬，但是到底没舍得。

胡小姐很是喜欢这只宠物犬。

然而，犬毕竟是犬。

胡小姐，真正想要的，还是人。

6

从来就没有一个湖面是永远平静的。

老张和胡小姐的生活，也一定会起波澜。

如果把老张和胡小姐的恋情，比作是一只鲜艳红亮的大苹果，那么，嫉妒就是果核里的一个小黑点。这个小黑点平时不太让人注意，但是它在里面却迅速地滋生，变得越来越大。胡小姐有一次在街上，正好看到老张和他的妻子逛街。他们是从一个家电商场出来，手里提着的是一个电磁炉和一些日常餐具之类的。胡小姐是第一次看到了老张的女人。那是个已经步入了更年期的中年女人，剪着一头的短发。中等身材，衣着朴素。她和老张走在一起，紧紧地

挨着。老张则像一只公熊一样，护着他的小母熊。胡小姐看了，忽然心里就有点酸。那天天气好得很，阳光灿烂，晴空万里。胡小姐打老张的电话。“你很幸福嘛。”她说。老张在电话里有点惶惑，“啊啊啊……还好还好。”“你在干吗呢？”她故意这样问。“没什么，在外面有点事。”“和你的老婆？”“嗯……没有……”

“你为什么要撒谎呢？”胡小姐后来问老张。老张解释说，那是怕她心里不高兴。“为了怕我不高兴，你就不承认和老婆在一起了？”

但老张觉得自己是真喜欢胡小姐的。可是，作为一个已婚男人，他天生处在一个很尴尬的位置。“你真爱我？”胡小姐问。“当然是的。”老张的答案很肯定。“你会离婚吗？”胡小姐问。老张想了想，说：“不知道。……应该……不会……”

不知从什么时候起，胡小姐忽然间对老张的家庭有了一种嫉妒。或者说，她开始嫉妒他的女人。他的女人虽然很普通，而且也没姿色了。但是，她能感觉到老张是爱她的。他对她们两人的爱是不一样的。老张爱她，只是爱和她上床，她想。如果她不再和他上床呢？他会不会就不再爱她了？有一阵子，胡小姐真的就不再理他了。即使他提出来，她也是拒绝的。老张那个时候，就表现得有些无奈。但是，他也并没有生气，很客气地离开。

胡小姐在他离开后就想，在她这里得不到满足，会不会他就去爱他的老婆呢？这种可能性当然是存在的。男人，总是要发泄的。如果让他那样解决，她似乎也有些不太舒服。好像是作为一种报复，她也有意识地接触一些想和她靠近的人。有未婚的，也有已婚的。她能感觉到，未婚的男人靠近她，并没有要和她进一步发展的意思。她对他们而言，已经显得有些大龄了。这些年轻男人，甚至

会怀疑她能没有能力生孩子。事实上，她才三十多岁呀。但是，即使她嫁人，也不想生孩子。而那些已婚的男人们，接近她，目的性就比较明确了。不管他们做得如何的含蓄，但是，胡小姐知道他们内心里的想法。也许，有人并不这样想。可是，胡小姐愿意这样认为。否则，他们没必要这样有意识地接近她。

那年秋天，老张和胡小姐去了一趟海南。这趟旅行是胡小姐提出来的，因为她正好有个休假的机会，公司里提供所有的费用。她并不是非要老张陪她去。她只是不想一个人去。本来她是想叫一个女友一起去的。但是，最终那个女友却半路作罢。胡小姐没办法，只好要求老张陪她。老张有些措手不及，但还是决定陪她。当时，胡小姐心里还蛮感动的。在飞机上，她一直把头幸福地靠在他的肩膀上。那一刻，她觉得自己就像是他的女人。是的，但不是一般意义上的女人，而是他的另一半。

从海口到三亚，再到兴隆，两人甜蜜恩爱得不行。老张就像一个父亲一样，一路上都呵护着她。也正是这一次旅行，使得胡小姐觉得要是找一个人过日子，其实也很不错。几天里，她习惯了老张的体味和鼾声。过去他们从没一起待过这么多天。最多，也不过是一两天。更多的，只是两三个小时的时间。在那几天里，每天傍晚，老张都要找出借口，出去那么五六分钟。后来胡小姐知道了，他是往家里打电话。这让胡小姐心里不太痛快。所以，在后来回来的路上，胡小姐一直不理他。下了飞机，她径直打车就回家了。

事实上，老张的电话并不是都打给妻子的。其间，他也给他的老父亲打过电话。这是他的习惯，只要出差在外，一定要给家里打电话，每天，包括给老父亲。老父亲在电话里有些兴奋地告诉他，现在那个八哥学会骂人了。至于骂了什么，老张也没问。学会说

话，自然是件好事，但是，学会了骂人，就不算是一件好事了。

老张从没想过胡小姐动了念头要嫁他。他是绝对相信她是要永久单身的。就算要嫁，她也可以选择一个和她更加般配的。从某种意义上说，老张并不以为自己和她是相配的。他是早已有了“老男人”的感觉了。她一时的不开心，也是正常的。他以为她的这种情绪上的变化，只是出于一种情人间的别扭。再说，女人的心，男人永远是看不透的。胡小姐的一些想法，对他而言，永远是不可理解的谜。他们之间是有代沟的。他们在对人生、社会的一些看法上，还是存在不少差异的。但是，老张逐渐地适应她了。甚至，他现在很能理解她单身的想法。单身的确是存在不少的优点的。老张作为一个已婚男人，自然是明白了婚姻的实质。婚姻的好处，都让人说过了。但婚姻的坏处，却是很少有人敢说。再说，每人的苦处也是不一样的。更多的男人，在痛苦面前选择的是沉默。

对自己的婚姻，老张自然也有许多的不满，或者说是遗憾。但是，他是一个性格沉稳的男人。他不喜欢表露自己的内心真实想法。另一方面，他也是一个对婚姻原本要求并不高的人。事实上，他和妻子几乎没有什么共同语言，也没有共同的爱好。胡小姐开始还不相信他这样的说法，认为他只是为自己的越轨，在她面前找一个漂亮的借口。然而后来她慢慢相信了他的说法，觉得他有点不可理喻。当然，他的妻子一样是不可理喻的。胡小姐觉得，自己是绝对不会这样做的。这太过分了，简直可以称其为不人道。

“婚姻……每个人的情况都是不一样的。”老张说。在胡小姐的面前，他不想承认自己在这个问题上的失败。当然，如果让他重新选择，他会否认掉自己的婚姻观念。当时他的择偶标准，就是找一个有一份稳定的工作，老实、稳重的女性。在那个时候，个人的爱好和趣味，基本不重要。

心生嫉妒的，其实又何止胡小姐呢。就在那次海南回来后不久，老张有一天在大厦的大厅里，看到胡小姐和一个年轻男人并肩一起向外走。那个年轻男人个子高高的，瘦瘦的，穿着一身藏青色的西装，看上去，算得上相当潇洒。两人走在一起很亲密。老张看到那个男青年还揽着她的腰。这样的关系，显然超出了一般的关系。老张想，也许她是有了男朋友了，才和他故意找碴儿的。她需要一个借口来摆脱他。这样一想，老张的心就有些凉。

在那之后，他们有好长时间没有发生那种关系，虽然还见面，虽然还一起吃饭、喝茶或者和别的朋友一起去卡拉OK唱歌。但是，却一直没有进一步的肉体接触。自然，他们也不提之间的心结。谁也不主动提起。没有必要提起。他们好像突然间有点意兴阑珊了。情人间，要是没了性关系，其实也就有些不正常了。当然，夫妻关系上也一样。在对待他们的性关系上，老张心里有顾虑，怕胡小姐认为他对她只有肉体上的要求。她曾经这样责问过他。而胡小姐也觉得老张怪怪的，怎么突然之间不提那个要求了。慢慢地，她就想，也许他是想逃避责任。

他想逃，当然是不行的。

胡小姐相信，只要自己愿意，他是不能轻易放弃自己的责任的。因为，她从来就没有让他承担过责任。而一旦要求他承担，他就会处于一个很被动的地位。

她当然不能忍受他对她的冷落。

7

其实胡小姐就是想要知道老张的态度。而老张的态度越是暧昧，她就越是执着。她是个容易被自己的情绪牵制的一个人。如果她问老张愿不愿意和她一起生活时，老张要是表态很积极，说不定退缩的就是她了。

在这场错误的情爱中，老张扮演了一个很诚实的情人。当然，胡小姐也是。但事实上这种诚实在他们的关系中是要不得的，尤其是老张。男女关系中，有时一些误解、遮掩和诚实也能带来甜蜜，但更多的，却是伤害。相比而言，谎言更能打动人。但是，老张就不敢讲假话。他愿意诚实。他生怕自己讲了假话，会带来灾害性的后果。他以为胡小姐更喜欢他的诚实。谁都认为，在人际交往中，诚实是最最重要的，是作为朋友的一个重要基础，更不必说是情人关系了。老张的意思其实是，他肯定是愿意和她生活在一起的，但是，制约的因素太多了，不可能成为现实的。既然不可能成为现实，空想又有什么用？能和她这样，他已经很幸福了。

胡小姐却不这样认为。

老张发现胡小姐有意介入他的家庭生活，比如说，上班时她并没有发出任何邀请，但在他下班回到家里时，她却发来短信，让他去陪她。等到他想出借口，好不容易从家里出来，到她那里，她却并没有什么事。两人也就是看看电视，说说话，或者出去吃顿饭。要是两人做了爱，他会发现她有意识地在他身上做一些痕迹。比如说，故意留一点口红的印痕（偏偏平时她是个不怎么爱用口红的

人)，或者，在他的内衣里，缠上她的一两根长发。她的头发是特殊的，染过色的。她是的这些小伎俩，他事后都发现了，好在妻子并没觉察。老张呢，也不点破她。他只是在心里有点奇怪，她为什么要想让他在家里难堪。难堪的结果是什么呢？她没想过？

她的前后变化还是相当明显的，老张想。原来刚开始的时候，她是体贴的，一直不打扰他。他要是在家里，她连电话都不打一个的。最多发几条手机短信。即使是短信，她也写得很简白，就像他的公司女下属来请求工作一样。也正因为这个，让老张感觉特别舒心。想到别的人，为了与情人交往，提心吊胆的，他在内心就有一种小小的得意。而这种得意，后来就再没有了，他也开始了担惊受怕。而最最惊心动魄的一次，是她有一回突然提出来要到他家来看看。老张就同意了。老张理解为，她是对他的家庭生活有一种好奇。当然，她也的确是好奇的。她想象不出他在家里是一种什么样子。她对他在家里扮演的父亲、丈夫这一角色，非常着迷。因为，在她看来，他在单位的、在家的，与和她在一起的形象差别太大了，甚至是极端矛盾的。他是分裂的两个人，不是一个人。自然，她没有对比过自己。其实，自己也是一样的。也许，她的身份比他更单纯。在老张的家里，她看到的是一个充满了烟火味的地方。那个氛围，和她自己的小家相比，过于凌乱和俗气。但是，她却又分明看到了一种温暖。

就在老张和妻子的卧室里，胡小姐笑着躺到了他们的那张大床上。老张其实并不想。因为他内心里不踏实。他有不安全的感觉。但是，胡小姐却命令他躺到她的身边。整个过程中，老张有点心慌意乱，手忙脚乱。他需要尽快地结束。她却一直在狡黠地笑着。她的笑容里，有一种报复的快意。他说不清她的笑容为什么会有那样

的意思。他迅速地收拾着战场，几乎是哄着，陪着她离开了。而就在这个晚上，妻子在厨房里洗涮碗筷时，老张还是不放心，再一次翻检着床单什么的，结果在妻子的枕头下，发现塞了一只撕破的银灰色的安全套的包装封。老张当时脑袋“嗡”地响了一下，血脉贲张，而手脚都是凉的。他迅速地把它丢进了卫生间的马桶里，冲水……

小小的一片包装封被冲进了深不见底的黑暗的城市下水道，谁也不知道它会冲向到何处。但是，心理上的那片包装封，却一直堵在老张的心里。他不能理解她这样的恶作剧，因为这太恐怖了。如果是他妻子发现的，责问他，他将何言以对？他心理上是一点准备也没有的。可是胡小姐在听了这个消息后，乐得不得了，笑得花枝乱颤。

胡小姐要的就是这样的效果，也许，她是想进一步地出他的洋相。她觉得他的生活是铁板一块，需要击穿它。就像一个停止的钟摆，她向左撞一下，也许接下去就能弹到她的右边来……

8

公司里的人，其实多少都有些羡慕老张了。谁都知道老张有了个年轻的情人。虽然老张从不承认，但是大家都知道是怎么回事。这年头，群众的眼睛是雪亮的，尤其是对于男女关系的识别，简直就是一看一个准。很多人都以为老张会一直太太平平地继续下去的。可是，慢慢也发现老张有了烦恼，有人甚至看到过老张和那个女人在大街上吵过。情人间一旦发生了争吵，那也就是意味着关系出了破裂。至少，也是破裂的开始。很快，他们的羡慕就会消失

了。他们开始为自己感到庆幸！

老张一直到后来，也没明白他们的破裂到底是为了什么。仿佛也没有什么原则性的问题，就是为了一些小事而争执。说着说着，她就不高兴了。她动不动会要一些态度，老张的情绪也受了影响，就也不开心。老张不开心，不去哄她，她就越发地不开心。老张觉得她有时太任性，或者说，他看到了由于单身而带来的古怪。如果说，原来他对她的个人生活与性格充满了好奇，后来他则觉得她的性格太不健康了，是需要竭力回避的。

胡小姐有理由不满意老张的态度。现实生活中的大部分女人，跟着某一个男人，总是有所图谋。而她认为自己一直是纯粹的。而最可气的是，当她表露一下她的心迹时（其实也并不很强烈），老张丑陋的男人嘴脸就暴露了。老张并不知道，胡小姐并不是非要嫁他不可。但通过老张，胡小姐是有了想嫁人的意思了。就在这个时候，还真有人给胡小姐介绍了一个小伙子，比胡小姐还小两岁。两人见了面，也一起吃过饭，看过电影。那个小伙子对胡小姐的感觉好像还不错。胡小姐对他则是有点无可无不可的意思。谈不上好感，也谈不上不满。感觉里，他要比老张的分量轻（比较而言，她更喜欢成熟的男人）。男人要是轻了，就压不住女人的心了。尽管如此，两个人还是接触了一段时间。老张对此，好像是没有知觉的。胡小姐一直很小心。她不想让他知道，怕他受刺激。这样，过了一阵子，那个小伙子对胡小姐不冷不热的，也不积极主动，最后就彻底没了联系。

因为这样，胡小姐就变得格外的空虚。她需要一个依托。而偏偏这个时候老张的态度又是不咸不淡的，她怎么能不生气？她生气，是不能向那个小伙子发泄的，只能向着老张。老张对她的内心

寂寞一点也不察觉，胡小姐就打电话找他，即使他在家里。不，正是知道他在家里，她才打电话的。有一次夜里十二点多了，她给他打电话，让他过去。老张在电话里支支吾吾。边上他的老婆朦胧中还在问：谁呀。胡小姐就对着电话说：对你老婆说，我！告诉她，是我！吓得老张一下就把电话给合上了。从那晚以后，老张好像就开始有了心律不齐的毛病！

就像俗话说的一样，纸是包不住火的。老张的妻子到底还是知道了。她发现老张的神情越来越诡异，而且神秘的电话开始多起来了。她的直觉告诉她，他出了问题。一盘问，他就招了。这让她很伤心。很长时间以来，她一直是信任老张的。她怎么也想不到老张居然和外面的有些男人一样，花天酒地，胡作非为。他真是太可耻了！她没有和他大吵。她只是让他选择：1. 从此断绝和那个女人的来往；2. 离婚。

老张当然选择是第一项。

这是大多数男人在事发后的唯一选择。

老张的老父亲也知道了这事，气得连他的宝贝八哥也顾不到了，到了老张家里，挥起拐杖要打他。“混账！混账！混账！”老人家不住口地骂他。

出了这样的事，没有人会支持老张，更没有人同情他。一切都是自作自受，活该倒霉。认命吧，他在心里自己这样说。自己这样一想，就格外地消极。

后来的事实证明，老张根本就不了解女人，而且缺乏相处的经验。在和胡小姐的关系中，他根本就没有好好地琢磨过她。他们一开始就是比较平等的。但现在的平等而又平衡的关系被打破了，他就表现得比较拙劣。对她突然的改变，他显得有点手足无措。事实

上，他在工作中，处理危机事务的能力还是相当强的。但是对于自己的私生活，则显得比较迟钝。他性格中的一些复杂因素，让他酿成了巨大错误。事实上，他是有能力化解的。只是，他在这过程中不够及时。他的迟钝与迟缓，加重了胡小姐对他的怨恨。她打电话到他的公司，指责他。老张感觉在同事面前丢了面子，也越发地恼怒。

男女间一旦感情出现了问题，往往就成了一场清算。这场清算，是毫无情面的，甚至可以说是残酷的。胡小姐对老张的无情清算，开始只是在心里，后来就爆发出来了。一次在小汤山温泉那边，两人就很严重地争吵了。为了什么事，后来仿佛也说不清了。胡小姐气得用高跟鞋击打他的车子的前挡风玻璃。把挡风玻璃打得开了花，四分五裂的纹路，绽放得惊心动魄。老张的心都凉了，就像掉进了冰窟窿。他突然发现胡小姐变得完全不讲道理了，和过去判若两人。甚至，他觉得她原来对他的好，就是一种陷阱。现在，她露出真面目了。她是下了一个甜美的圈套，让他钻。等他钻进去了，她开始收紧绳子。

他感受到了这绳子的力度了。

当然，这样的指责是牵强的，他自己也知道。但是，他委屈的情感需要一个可供攻击的目标理由。胡小姐当然更不能承认这样的指责。她觉得老张作为一个男人，太没良心了。他显然没有尽到一个情人的责任。他太不称职了，一点也不体贴，不宽厚，不磊落。

他们互相在心里开始怨恨。

怨恨不断地累积。

他们的感情，曾经是那样的美好，美好得就像是一匹华丽的锦缎。然而，就是这华丽闪亮的巨大锦缎，其实是经不得一根细针

的刺划的。猛一刺划，迅速地撕裂了，而且飘下很多断丝败絮。老张和胡小姐，都看到了这一令人感伤的景象。但是，他们谁也不停手，一起用剪子撕，用手扯，仿佛谁撕扯得越厉害，声音越响，裂开的口子越长，内心越快慰。好几次，胡小姐在打电话还不能发泄的情况下，从楼上下来，到了老张的公司里来，继续理论。

老张很尴尬。

所有的人，都在事后指责胡小姐的不是。他们觉得她不懂规矩。情人们，就是好好相处，有话好好说，翻脸吵闹，就是很不对的。人们都是同情老张的。他们光从气势上，就判断责任在那个女的。尤其是办公室的女同事，她们一致认为胡小姐根本就不是个好东西。她们从她的单薄身材以及戴着眼镜有些苍白冷淡的脸，就不无嫉妒地说她为人刻毒。

老张被她们说得心情很灰。

男人们嘴上是做了不少的安慰，但心里直接就觉得老张惹了这一身腥太不值了。那个女的除了年轻，又不算漂亮，也不风骚。既然这样，和她搞什么情人？他们相信老张在这个女人身上，也是有一些经济上的往来的。这样一算，其实是不如在外面的一些场合风流的，纯粹的交易，事过之后，了无痕迹，没有任何副作用。现在搞成这样，身心俱疲，多不值呀。家庭里、单位里，都是不能安生。显然，老张这步棋是走错了。

“对这种女人，你根本不能软弱！”这是所有人的一致看法。

老张也开始检讨自己是不是太迁就她了。他怎么好这样听任她发泄自己的坏脾气呢？他必须扼制住她。

胡小姐当然也会有她的一帮朋友和同事，对她的遭遇给了深深的同情。她们都认为这个老张不是个好东西。对这个的男人，就应该还以一定的颜色。他这是在欺负她作为一个单身老姑娘，没有社会经验，没有对付坏男人的经验。这样的恶，岂能姑息！

她们同仇敌忾，全都支持她斗争到底。

9

老张真的要疯掉了。

在精神上，老张是垮了。原来所有的甜蜜与美好，都不复存在了。他现在很悔。如果可能，他会告诉所有的人，千万不要搞什么婚外恋。所谓的婚外恋，恋到最后，就是一场巨大的灾难。他不知道别人是怎么样的，但他知道自己已经是遍体鳞伤了。公司的老总和他谈话，说他是有能力的，可以发挥他的特长。老总说，经过研究，决定让他到一个分公司去，担任副经理。老张知道，那些客气说都是虚的，是为了安慰他。真正的原因是老总是嫌他这种状态影响了工作，也影响了公司的整体印象。总起来说，这样的安排还是合适的。不算升，但也没降。

老张同意了。

甚至，老张是感激老总这样的安排。他需要躲避。离开这座办公大厦，是他做梦都希望的。他觉得自己已经被胡小姐伤害够了。好几次，胡小姐缠着他，撕打他，他都忍了。还有两次，他发现车子好好地被人砸了，他相信那也是她干的。有一次在大街上，她还是拦住他，让他给她一个说法，他愤怒了，打了她一个耳光。她的眼泪当时就下来了。她怎么也没想到他会打她，而且打得很重。她过去和他吵，和他闹，他只是躲避，但从没打过她，甚至都没骂过她。

他没法打骂她。

胡小姐好几次要自杀，一次是上了楼顶，要从上面跳下来。幸亏被人及时发现，救了下来。这个事件，甚至上了电视新闻。自然，人们是同情她的。这事闹得很大，整个楼里的人都知道了。大家都在打听，谁是老张。老张声名狼藉。所有的目光都盯着他，弄得他很难堪。他的洋相出大了。没有人因为一桩婚外情，闹得像他这样轰轰烈烈的。

老张受不了。另外两次，胡小姐还住进了医院。她服用了安眠药，被人送进了急救室。他坐在外面，就像是一只受了伤的掉毛的老狗。他的心情已经不是沮丧可以形容的了。他真的很后悔。突然之间，过去的所有甜蜜都消失了。甚至，他为自己过去的行为感到恶心。他不能理解自己，也不能原谅自己。

他们都把对方伤得很深。

老张离开了那座办公大厦，把他的手机号码什么的都换了。他把过去的办公室里有关他的东西，哪怕是一张纸片，都清理得干干净净。什么他们过去吃饭的发票、电影票的存根、宾馆里赠送的洗漱用品……他要和过去，来一个彻底地了结。他要离开这个地方。而过去的这个办公室，曾经是让他那样的迷醉。他记得有时晚上下班不回去，请她过去陪自己喝茶。偌大的办公室里安静极了，日光灯把室内照得亮如白昼。有时，他们也不拉窗帘，紧靠着窗口，他们拥抱、亲吻。外面是静寂的黑夜，大厦底下的灯火一片。他们吻得很忘我，抚摸，全然和外面隔绝。现在，他感觉离开了这座大厦，就是和过去告别。这地方，是他的伤心地。他恨不得永远不要再踏进这大厦一步。

以后，就算他是蒸发了。

世界上很多事情，有时候会以出人意料之外的方式结束。老张和胡小姐的这场情人关系，也很出人意料之外。自从老张离开了那座大厦，胡小姐就再没找过他。尽管他把手机停了，但事实上如果她想找，还是能找到的。也许，情人做到这个份上，她也觉得有了彻底断的必要了。一切就此停止，就如没发生过一样。

一下子特别地寂静。

这寂静让老张都有点不能适应。

有时，老张晚上睡不着，失眠，就睁大眼睛在黑暗里想，过去那一切，是不是真的发生过。真的，他真的很怀疑了。但是，现实又告诉他，肯定是发生过的。自从东窗事发后，妻子和他生分了许多。他们之间的话少了许多，即使有交流，也是说的是日常家庭开支或者是涉及家庭的有关事务。语调里，很冷。他们的关系，已经降到冰点了。尽管老张和胡小姐的关系已经断了，但是，妻子现在却主动想要和他分开。如果不是老张的父亲突然病倒，也许她早已经扯他去民政部门了。

老张的父亲是突然中的风，已经卧床好几个月了。

老张身心俱疲，找了个保姆，看护着老人。

老张事发以后，简直不敢面对老父亲了。他内心里有愧，总觉得父亲的突然中风，和自己的事件有一定程度的关联。老父亲一辈子正经的，从没在男女关系上犯过错误。他觉得一个男人要是在这种事情上犯错，就是猪狗不如。老张想想，似乎也有道理，猪狗们其实是没有道德禁忌的。而自己鬼迷心窍，让情欲占了上风，而现实又有制约，的确是不如猪狗。他很悔，可是，却又悔得有些无可奈何。

时间一天天过去，老张的心，慢慢地在结茧。

10

一晃又是半年多过去了，老张的日子慢慢地平静了。在新的那个下属公司里，老张干得还不错。关于胡小姐，老张听说她已经嫁了人。这样好，他想，嫁了人就好。嫁了人，也许她的心态就恢复正常了。告诉他这个消息的人说，胡小姐嫁的是一个离异的中年男人。那个男人经商，开着一家公司，据说还挺有钱的。换句话说，胡小姐嫁得是不错的。可以想见，她会有一个比较幸福的婚姻生涯。

就在这年的秋天，老张的父亲去世了。安葬完父亲的第二天，妻子就和他办理了离婚手续。半个月后，正值一个星期天，老张一大早就去收拾老父亲的屋子（离婚后，原来的房子判给了妻子。他要回到这里住了）。屋里有些乱，人去屋空。但是，老张却总觉得老父亲的气息还在。他感到他是无形的，就像一个影子，还在屋里的黑暗中某处看着他的一举一动。

在阳台上，老张看到到处都是灰尘。而鸟笼子居然还好好地挂着，吊在晒衣架上。那只八哥还在里面，看到他了，在里面扑打着翅膀。据照顾老父亲的保姆说，这只八哥在老父亲生病了以后，就很少讲话了。尤其是最后的两个星期，这只鸟几乎就成了哑巴。

老张知道，也许这只八哥平时是让老父亲逗惯了。必须要去引导它，它才会再开口说话。它肯定和老父亲之间，有了很深的厚情。他用衣叉，把鸟笼勾了下来，左右端详着。

“你好，”老张对着八哥说。

八哥在笼里看着他。

“你好！”老张引逗着它。

八哥梳理着羽毛，然后仍然定定地，有些警惕地看着他。

“你好！”老张又说。

八哥抖了抖羽毛，说：“混账！混账！你是个混账！”

那声音，就如同老张老父亲生前的一样！

葬 礼

1

昨天夜里下了一场大雨。

雨是从后半夜下的，下得很大，一直到早晨五点多钟才停。

现在院子里都积了水，泥泞得很。紫色的梧桐花落了一地。几只母鸡在地里跑来跑去的，忙着啄食。显然，紫色的梧桐花吸引了它们的注意，新鲜而奇特。它们大约以为是可食，但啄到嘴里，立即就感觉到了异样和不适，就用力一摆头，使劲甩开。所以那样用力，像是感觉自己不该这样上当。可是，大约是不甘心，它们又再次啄起，却又再次甩开。如此反复，不厌其烦。这时，有几条蚯蚓不适时宜地从潮湿腐烂的地下钻了出来，正好被某个眼尖的母鸡发现了，啄住其中的一条，吞食着。而不巧地又被别的母鸡发现了，要求分食。于是，它们就开始追逐起来。一只在前面拼命地跑，努力护卫自己的成果，另外几只不甘心让它独食，就在后面拼命地追，穷追不舍。一边跑，一边“咯咯咯”地乱叫着。

当然，它们的奔跑范围仅仅局限在这个泥泞不堪的小院里，团团转。

它们全然不知道屋里发生的事。

就在昨天晚上，顾家的老奶奶仙逝了。

对鸡来说，人的生老病死同它们并没有什么直接的关系，它们表现得很麻木。它们只管啄食。其实对乡村里的人来说，一个人的生老病死，同样也不算什么。村里村外，每年都要死一些人。再说，顾奶奶病了好多年了，人们在心理上，感觉她迟早会走。而且，她现在也不算少丧，已经是七十一岁了。换句话说，就算是不生病，在这个年龄死，也算是高寿了。

但是，对泰太爷（老爷子大名叫顾安泰，但村里很少有人知道他的名字，尤其是年轻一辈，都只尊称他叫泰太爷）来说，老伴的死，还是比较意外的。

事实上，老伴病了有些年头了。那时候，她才多大呀？才二十来岁，还是一个小媳妇，也就和现在他们的孙女顾嫩嫩差不多大。不，比她还小两岁呢。顾嫩嫩现在还没谈对象呢。泰太爷记得，她在生下二儿子宝坤以后，身体就不太好，好像是风寒（坐月子时没坐好），经常关节疼。然后到了四十来岁的时候又得了心绞痛和风湿病。再然后，又是糖尿病。最后，是气管炎。可以说是百病缠身。农村人，小病小灾的根本不算什么。只要还能吃饭、睡觉和行走，没躺倒不能动，就还得照样下地干活，忙家务，带孩子，操持一切。几十年来，虽然她的身体一直不那么好，时好时坏的，但也

就这样撑下来了。直到最近的十来年，她才显出真的不行了，住院抢救了好几回。她就像是一头生了几十只小猪崽的老母猪，身体被彻底地掏空了。又像是一台旧机器，燃料耗尽，零件损坏，再也发动不起来了。

泰太爷明白，自己也是一台老机器，早晚也有发动不起来的一天。但是，总起来说，他的状况比老伴要好。他要亲手把老伴送走。

现在，这一切都成真的了。

昨天晚上，昏睡了多少天的老伴，突然苏醒过来，说是想吃梨。这个季节怎么可能有梨呢？但是，老伴的愿望，他又不能不满足。已经是九点多钟了，泰太爷拄着拐杖，摸着黑，来到了村口的小卖店，说要买一瓶糖水梨罐头。店主对他的到来，非常吃惊。显然，他们已经许久不进这样的货了，这种东西，对村里大多数人家来说，仍然算是奢侈品，进了以后卖不动。货架上是没有。但店主不死心，他依稀记得什么地方还留在一瓶的。他不忍心让泰太爷空手而归，就在小店里面各处翻箱倒柜地寻找，结果还真的就从一堆纸箱里，翻出一只来。全是灰。用抹布抹干净，递到了泰太爷的手里。罐头里的糖水已经浑浊了，一块块梨瓣表面已经呈棉絮状了。

泰太爷拿回家，好不容易撬开铁锈斑斓的盖子，用勺子小心地舀出来，喂她。她刚开始看到糖水梨时眼睛好像还亮了一下，可是在吃了两勺后，就摇头表示不吃了。而那两勺，大部分都顺着她的嘴角流出来了，真正到喉咙里的，也许只像是滴了一点雨粒。她已经好多天不能进食了，连一口水都喝不下去了。

那几天里，泰太爷一直有种隐隐的感觉，感觉她的日子不多了。这半年来，老伴总说在黑黑的屋子里，看到有许多黑黑的人影，晃来晃去的。她说那些人围在她的床边，互相窃窃私语，神情诡谲。有时，她还主动呼唤他们的名字。而这些人，无一例外，全都是已经死去的人，有她的父母，也有村里的人，甚至，她还看到了他们的三儿子。

三儿子也死去好几年了。

泰太爷当然看不到，但他相信也许一个快要死去的人是可以看到的。

有关灵魂和来世，谁能说得清楚呢？

就在几天前，她有过一次苏醒，对他说："你把我的东西都准备好，穿上新衣服。我要走了。"泰太爷相信这只是她的又一次胡说。"真的，你不要不相信。"她说，"我晚上走。晚上好走。不惊动他们。""哪呀，你别乱说。你还好着呢，不到走的时候。"泰太爷安慰她说。"我知道，就这几天了。我不能告诉你，但就这几天了。"她用非常坚决的语气说。"你是怎么知道的？"泰太爷问。但是，她却闭了口，什么也不再说了。

一辈子了，他还是依了她。

世界上的事，很多是你永远也没法了解的。

泰太爷活了七十多年了，看过无数的生死。村里很多年龄和他差不多大的，都走了。甚至还有年龄比他们小得多的，也走了。看得多了，他就相信一句话：人死如灯灭。人活着，其实就是那一口气。一口气没有了，也就走了。但面对眼前的老伴，他仍然禁不住有些恍惚和疑惑，这真的就是和自己过了一辈子的老太婆吗？她瘦得真是已经没有人形了，整个身体蜷缩着，手臂、大腿以及整个躯干，枯得像柴棍子。皮肤是黑瘦的，皱巴巴的，一点光泽也没有了。她现在体重只有六十多斤。她说话时的声音，弱得像是从地底下传上来的。眼睛里也是空洞的，一点神都没有了。

一个人的眼里要是没神了，估计魂也就快走了。

那个晚上，泰太爷一直在她的床边守着。他想着等会要给她换一块干净的垫褥。她拉撒都是在床上，而且自己根本不知道。她早已经缺乏知觉了。她身上长了很多褥疮，很多都溃烂了，可是她却一点也不知道疼。

夜静得很。其间泰太爷出去小便了两次。年纪大了，尿多。其实也没几滴尿，但就是忍不住要尿。在屋外，他还站了那么一会。抬头看天。天上黑黑的，只有少许的星。抬头看天，是多少年养成的习惯了。其实现在的天气和自己的关系不大了。年纪大了，早就不种地了。

回到屋里时，他摸过她的身底下，是干净的。不知不觉中，他有些犯了迷糊，睡过去了。老年人容易犯迷糊。也不知是什么时候，懵懂中，他仿佛听到有人在叫他，"你醒醒，你醒醒，我走了！"他一惊，醒了。他第一个反应就是看看老伴。她依然保持着原来的姿势，但是他却直觉判断她已经走了。

"你醒醒，醒醒。"他叫着老太太。

可是老太太一点反应也没有了。

他伸手到她鼻前，果然已经是没了一点的气息，再摸她的手脚，都已经直了。

2

那个晚上第一个知道此事的，是大儿子顾宝乾，他也是第一个到的。

当然他是到了以后才知道。

那个晚上，他睡不着，心里烦躁。这一年多，他一直挺闹心的，家事不顺。他有三个儿子和一个女儿，全都成家了。两个儿子（老二家功、老三家保）在他们叔叔的厂里干活。偏偏大儿子家成却选择在独自南方打工。他们就和大儿子生活在一起。正常情况下，就是他们和媳妇以及孙子孙女在家过日子。

过得很不顺心。主要是婆媳不和。婆媳关系的恶化，也导致了他们年轻夫妻之间的恶化。这还倒罢了，打去年开始，媳妇和外村的一个叫张三的男人搞得不清不白的。这不，家成刚从南方回来，她就吵着要和他离婚。吵得整个家里鸡犬不宁。如果真的离了，小孩子怎么办?

对刘菊花的离婚要求，儿子顾家成表现得很木讷，好像无所谓。但事实上，他肯定不想离，但是他却没有对此采取任何反制措施。至少从表现上看，他采取了一种听之任之的放任态度。他不和刘菊花去沟通，同样也不同他们这老一辈去沟通。他从南方回来，听刘菊花提出离婚，只是一味地低头不吭声。这个闷葫芦!

看到媳妇提出离婚，婆婆郑三娥更是气不打一处来。

自打媳妇过了门，婆婆郑三娥和媳妇刘菊花就一直磕磕绊绊的，两人谁也不入谁的眼。有意思的是，当时媒人介绍的时候，可是郑三娥最先同意的，而且非逼着家成同意。现在刘菊花居然要闹离婚，在婆婆郑三娥看来，简直是犯了天条。在她的眼里，媳妇整个是一无是处，浑身都是毛病，妇道的东西全然没有一点的。她生气，却又不和刘菊花明火执仗地干，只闷在自己的屋里头骂。什么话都骂，什么难听骂什么，可听着的却是顾宝乾。

顾宝乾听着能说什么呢？只能闷头抽烟。看他不吭声，于是郑

三娥就更加起劲地骂，连他也一同骂上，好像是他和刘菊花沆瀣一气，同穿一条裤衩，闹着要离婚。

这个晚上，已经是十点多钟了，本来已经上床睡了，郑三娥又开骂了。一开始骂刘菊花，说她懒，说她嘴馋，说她不懂得持家，说她不顾孩子，说她不疼家成，说她作风不好，乱搞男人。一句话，她这个样子，根本就没有资格离婚，殊不知，她正是因为有了别的男人，才想离婚的。其实她骂来骂去，都是老一套。骂不出新意。正在顾宝乾叹着气，准备睡下时，她却又开始骂家成，骂他没有男人血气，说他窝囊。最后，话锋一转，一针见血，“哼！就是像你！活脱一个你！脓包货！”

这边郑三娥在骂，忽然听到房子的那头传来砸东西的声音。紧接着，刘菊花的嗓子就响起来了，“你们不要以为我是好欺负的……滚一边去……姓顾的家没有一个好东西……老娘不是好惹的……”

随着刘菊花的声音高起来，郑三娥的声音倒慢慢小下去。但郑三娥依然还是要骂顾宝乾的，喋喋不休。

顾宝乾实在听不得了，最后只好披衣起来，他知道，这样发展下去，婆媳俩肯定又要摔碗掼碟了。他在外屋抽了一支烟，然后悄悄地低头出门，往老爷子这边走。几十年了，他一直被郑三娥骂。从年轻时，她就开始骂他，一直到现在五六十岁了，还要被骂。她说儿子像他，可是她怎么不说媳妇像她呢？妇人当家。他一直闷着。她骂她的。她把他骂出来，他正好可以来看一下老太太。老父亲前些天说过，老太太怕是不行了。却没有想到，一进门，老父亲就告诉他，老母亲刚刚过去。

屋子里死一样的寂静。顾宝乾沉默了一会，看了看躺在床上的

老母亲，并无特别的异样。但毫无疑问，她已经过去了。半晌，听到了老父亲响起的压抑哭声，才想起来应该去告诉其他家人。

泰太爷一共有四个儿子，一个女儿。

顾宝乾是老大。

老二叫顾宝坤。他有三个孩子。大女儿是前年出嫁了，另外儿子马小军也说下了媳妇。还有一个漂亮宝贝女儿，叫顾嫩嫩。

老三叫顾宝天，几年前就去世了，得的是肺病，留下了两个女儿。

女儿叫宝莲，就嫁在本村里，如今也是有好几个儿女。

老四叫顾宝地，是老爷子的骄傲。

顾宝地在城里当干部，在市里一个公司里当科长。科长已经当了十几年了。老爷子不知道科长是个多大的干部，但不管怎么说，是个官，而且还是在城里。他也有一儿一女，大的是男孩，明年就要高考了。女儿小一些，还在读初中，初三年级。

老太太过去了，顾宝乾第一个想到的就是赶紧告诉顾宝坤。顾宝坤虽然排行是老二，但实际上却是当前整个顾家的主心骨，比他这个当老大的要有威信。顾宝乾自己在兄妹五人中，是最为忠厚无用的一个，没有主见的。他要遇到什么事，都还要倒过头来向顾宝坤请教。在这个村子里生活的顾家大大小小几十口（包括卢家，也就是顾宝莲的夫家，甚至还有小一辈姑娘嫁的夫家），大大小小的事情，都要听听宝坤的意见。——顾宝地的意见当然也很重要，干部嘛，见多识广，但他毕竟是在城里。请示与决断，都不能在第一时间，所以，顾宝坤就实际上是泰太爷这一脉的顾家大大小小几十口人的实际决策人。

毫无疑问，顾宝坤是个能人。四乡八村，都很有名。原来他也

是不显山露水的，一直到四十一岁那年，他承包了村里的一个小造纸厂。开始时，没有一个人相信他会发财。最多，也就是挣点活钱罢了。的确，他经营得也不很好，有一年甚至亏了不少钱。有好几次，他都想甩手不干，转包给别人了。但不知什么时候，他发起来了，成了一个有钱人。

那个造纸厂他整整经营了十年，由小到大，最后他突然就歇手不干了。他在原来的厂址上，办起了建材厂。很多人当时都想不通，但后来却不得不佩服他的精明。造纸厂每天都哗哗地向外排着乌黑的废水，周围的庄稼都死光了。县、市经常有人来查。而建材行业却越来越红火。不但是城市，即使在乡村，也到处都是人家在盖新房子。

毫无疑问，他办的建材厂就红火得不行，因为他有关系网，根本不愁销。每天都有银子哗哗地流进来。那哗哗的样子，让人瞧着都眼热。

人是个怪玩意，谁有钱，谁的腰杆就粗，谁的说话就有分量。因为宝坤有钱，所以，在家里家外说话的分量就显得比别人重要许多。人们信他，也服他。亲戚们自然都是投靠他的。就以老大家的三个儿子为例，除了家成不肯在他厂里做工以外，家功和家保，都是在他那里。作为叔叔，他是不可能亏待他们的。甚至，连妹婿的堂哥家的孩子，都被安排在他的厂里。能照顾的，他都会照顾，这是他的原则。

顾宝乾赶到二弟家，回答他的却是大侄子。大侄子告诉他，说他父亲到村主任家里去了。顾宝乾也不说什么事，就又赶紧急匆匆地往村主任家赶。

来到村主任家，看到顾宝坤和村主任正说着什么事呢。夜已经

很深了。村主任家的堂屋里，就只他们俩。看到他的到来，他们都吃了一惊。顾宝乾就照直说了。

听说老母亲去世了，顾宝坤一愣，赶紧就站起身，连声说：“走走走。”两个人一起往老父亲这边赶。同时，顾宝坤边走边打电话，让儿子顾小军通知所有的人。吩咐完了，他自已则拨通了城里的电话，通知宝地。宝地已经睡了。他告诉他这一不幸的消息。宝地沉默了一下，然后说：“我明天就赶回去。”

很快，村里顾家大大小小几十口人都被惊动了。

3

雨是突然间下起来的。

屋里开始响起了妇女们的哭声。

哭的都是妇女们。

男人们在抽烟，商量着后事的安排和处理。

妇女们中，最先赶到的是郑三娥和刘菊花。这婆媳俩半小时前还鸡嘴鸭舌，进行了一番摔盘砸碗的口角。这下，倒是一起来了。儿媳妇刘菊花年轻，步伐急促，郑三娥则是步伐缓慢。她心脏不好。刘菊花五大三粗，黄头发，红脸膛，身上肉滚滚的，腰和屁股是不分的。而屁股和奶子都是村里村外妇女中最为肥硕的，第一号，无可匹敌。而郑三娥则要比她矮一头，但却也是胖胖的。两人倒很有几分相像，只是一个块头大一些，一个块头小一些。不知道的人，乍看，还以为她们是一对母女哩。看到躺在床上干瘪僵直的老太太，刘菊花先放开了嗓子哭，“我的亲亲老太太啊，你怎么就这样走了啊——”然后郑三娥才也跟着哭了起来。

顾宝莲是和她的男人一起来的。她的男人是个老实人，平时不大吭声。家里家外，一切都是顾宝莲说了算。男人越老实，顾宝莲就显得越凶悍；顾宝莲越凶悍，男人就显得越发的老实。谁都能看得出来，顾宝莲是仗着自己的娘家人的势力，颐指气使，飞扬跋扈。在她眼里，自己的男人就像在她家里干活的长工。是的，那不是他的家，而是她的家。除了孩子们的姓是随着男人的，其他家里所有的一切，在她看来，都是她的。她对男人的态度不仅是外人看了不舒服，连自己的孩子们现在也反对她。孩子觉得没脸面。可是，外人们虽然看不惯，却不好说什么。儿女们看不惯，也没法奈何她。于是，她就依然是我行我素。

看到自己的嫂子和侄女们已经有人先到了哭起来，顾宝莲心慌，跌跌撞撞地进来，连身上的雨水也没擦（她从家里出门的时候，雨正好下起来），一头就拨开她们，伏在床上，痛哭起来。

周兰芝和女儿顾嫩嫩当晚也不在家里，她们在邻居家串门子，顾小军找了半天才找到她。知道了消息，周兰芝心里又急又愧，想着不该婆婆故去了，一个子女都不在身边。传出去，自然就不光彩。于是，人还未进门，哭声老远就已经传来了。她是在离门口还有十步之遥的时候，把哭声先扬起来的，“我的妈哎，你怎么好好地就去了啊。苦命的妈妈哎，我的亲妈呀——”然后一头就扑进了屋里，呼天抢地大哭起来。

顾嫩嫩看到她妈哭，也赶紧抱住她，一起哭。一边哭一边劝她妈妈不要过度伤心。她知道她妈身体其实也不好。哭了一会，女儿不让再哭，周兰芝也就停了。众人里，只有她是穿戴得很整齐来的，因为全身上下都是干净衣服，脚上还穿了一双崭新的皮鞋。停住哭，她也就看着自己的丈夫——顾宝坤，看他吩咐安排老太太的

后事。她的眼神，充满了对自己当家权威的认可和敬佩。

马桂英来得最迟，来了以后就木木地立在她的妯娌、姑子和侄女们的后面，和那些侄孙女、孙子站在一起，看着前面的她们痛哭，自己则是隔一会，就抹一下眼泪。她不想和她挤在一起。她感觉自己和她们是生分的。

在妯娌们当中，马桂英认为自己和她们不是一路人。在众人的眼里，无疑她是一个比较笨拙的女人。她知道人们都认为她笨拙，所以她就不服气，不妥协，不配合。而越是不服气，不妥协，不配合，凡事都与别人拧着干，就愈发显得笨拙。男人在世的时候，她的性格还好一些。男人死后，她感觉实际上她和顾家的人已经没有了什么关系。因为，她总感觉自从男人死后，顾家的所有人更不待见她了。她有两个女儿，大的十九，小的十七。可以说，她们都懂事了。但是，在事情的理解和判断上，她们却与她有着鲜明的不同。她伤心。她想不到她的孩子们和她是拧着的。为了让孩子们的想法和她一致，她就想方设法地和孩子们拧着。她指望通过自己的拧，来改变她们的拧。结果就使得自己一直操心伤神，操不完的心，伤不尽的神。自己把自己弄得很疲惫，很伤心。她悲切自己全心全意为儿女们付出，她们却不和她一心。男人死的时候，她很伤心，哭得要死要活的。也许是那次把泪水都哭光了，所以，对老太太的死，她就显得不太悲切。而且，在她看来，这些跪着痛哭的人中间，有些人是假情假意的，装装样子。

她连样子都不想装。

女儿小青红着眼睛，抑制着悲痛，拽了拽她的衣角，示意她至少去哭两声，但她却瞪了她一眼。小青不甘心，轻声说："妈，你这算什么样子？哭两声呀。"

“我是个粗人，哭不出眼泪来。”她没好气地说。

周兰芝在一边听了，看了看她，什么也没说。她不好同她理论的。因为她了解她。属骡子的，脾气特别。她犯不上和她斗气。

事实上，顾宝乾也哭了。原来他还不觉得特别的伤心，后来看着那么多女人在哭，受着情绪的感染，想到自己这些年来活着的艰难，也就忍不住大哭起来。五十多岁的人了，哭得特别伤心，鼻涕眼泪横流。后来还是顾宝坤叫住了他，让他收声。他需要他商量正事。

正事就是后事的处理。

顾宝坤把泰太爷、顾宝乾、顾宝莲的男人卢振良，还有顾宝乾的大女婿苏二槐、自己的儿子顾小军，一起聚拢了，沉重着说：“老太太故去了，事到如今，我们有很多事要做。我已经打电话给宝地了，大概他明天就能赶回来。”

“老太太后事怎么做，等宝地回来，我们再商量。”顾宝坤说，“眼下，急需要做的，二槐你和你姑父振良明天先去买几匹布，回来搭孝帐。小军你去通知远处的一些亲戚，包括你的岳丈家。还有，你去到厂里，叫老李，通知我的一些熟人。让他再把厂里的事情安排一下。最近这些日子我肯定不能去厂里了。”

“老太太这件事，我看要大办。”顾宝坤说，“老太太这一辈子也不容易，拉扯了我们这么多子女。她这样子也算是高寿了，她走了，我们就好好办一次。我们顾家大大小小几十口，人丁兴旺，血气冲天，孙子孙女们一大堆。好好办一下，也是体现我们的孝心。”

“最后到底要不要大办，反正我们再商量，到时叫宝莲、马桂英一起来商量。我们听听宝地的意见。当然，更主要的是听老太爷的意见。”顾宝坤说。

顾宝乾在一边点着头。是自己的老母亲去世了，要大办，他能有什么意见呢？卢振良也点着头，同意。这是大是大非问题，谁能反对。泰太爷更不会反对。

但对于怎么办，泰太爷没主意。他以后只能听儿子们的安排。

人老了，一切还都不是由儿子做主？他现在的心里凄惶得很。几十年的夫妻了，老伴说走就走了。他担心老太太一死，自己以后的日子不好过。是的，过去在村里人的眼里，这老两口过得还算是知足。这么多年来，泰太爷和老伴一直生活在他们自己的老屋里。儿女们也都有自己的家庭，为自己的日子而忙碌。老伴病卧在床，都是泰太爷照应。儿女们有空了，就会过来看看，转一圈，就走，算是来过了。泰太爷也不说什么。儿女们的义务，就是出粮出钱。五个儿女，出得并不一样。他们之间也为这个发生过龃龉，甚至有过非常激烈的时候。儿子们表面上都还好，主要是媳妇们有意见。女人们总是这样的，小肚鸡肠。好多年过去了，她们居然还为当时分家时的一点陈芝麻烂谷子而争吵。而事实上，永远也争不出个明白来。有时候就为了谁多分了一棵树，或者少分个几斤麦种也吵。而事实上，过去家里就那点东西，根本就不值当。一棵树也许可以分成几截（粗细暂且不论），但一个面盆，或者一只桶，总不能平均也分成几份吧？神仙也做不到绝对的公平。而这些陈年往事，就成了儿女们各家出力大小的焦点。乡下这种事情很多，所以大家也就见怪不怪。俗话说得好：十个指头伸出来，还长短不一呢。儿女们的条件不一样，所以，泰太爷也都能体谅的。但是，体谅的结果，就是谁也不会满意。现实的情况就是，大儿子家负担重，每年出两百五十斤粮食，一百块钱；二儿子家出三百斤粮食，四百块钱；三儿子家原来是给的，自打宝天去世以后，泰太爷和老伴商量

就不再要媳妇马桂英出份子了；老四在城里，一年给六百块钱。女儿是不必出份子的，但是逢年过节，买点糕点糖果之类的就行了。所有的儿女中，老二和老四的条件是最好的。老四一家在城里，各方面条件都还不错，但他毕竟是固定工资，妻子早已经退休了，工资也不高，而下面还有两个孩子在读书，所以，实际上经济条件也还是不能和老二家相比。泰太爷和老伴就这样住在老屋里过了好多年。儿女们给的粮食是够吃了，可是用钱就困难了。老伴是个药罐子，就连西药都是成把成把地吃。有时候，一颗小药丸，还没黄豆粒大，更有甚者，只有老鼠屎粒大，就要十几块钱，简直就是在吃金豆子。钱像流水一样，从泰太爷手里流走。他那点薄底子，省吃俭用余下的，根本就不够流的。如果可能，他甚至愿意把自己身上的血也流尽。可是，就算他把自己身上那点可怜的陈血流尽了，也不能救老伴的命啊。每到老伴住院的时候，他就得向儿女们求救。虽然有些艰难，但总算是把老伴救了过来。一次又一次。好多次，他都以为她挺不过去了，可是，她却又挺了过来。她活着也挺遭罪的。有时，他甚至想：她还不如死了好。她活着太痛苦了。最后这几年，她完全躺在床上不能动弹，整天整夜地呻吟，痛不欲生。吃喝拉撒，全要靠泰太爷伺候。泰太爷也老了，伺候起来也吃力得很。但是，他仍然努力地伺候着她。有她在，他心里多少还有些牵挂。而今，她真的走了，再不受那病痛的折磨了，而他也彻底地成了孤家寡人。

她走了，为她大办 场，也算是对她的 种安慰。

虽然她已经全然不知道。再繁华隆重的葬礼，与她也没有关系了。

风光的是活着的人。

但办与不办，是态度问题。

顾宝坤从一开始内心里就想到要大办，很坚决。这事一定要大办，大办特办，只是他嘴上没有说出来。这事他不好主动提出。他要先隐藏起自己的观点，但又必须曲折迂回地表达着他自己的一些意思，然后让别人先正式提出。最好是老大顾宝乾提，然后是让宝地支持。最后他来拍板。这样，就算是最后别人有什么意见，也归落不到他的头上。他经营企业这么多年，和各种各样的人打交道，对一些事情是比较会把握的，而且把握得很准。

世上的一些事，往往很复杂。

而且，越是自家的事，越是复杂。

顾宝坤已经想好了，这次所有的操办费用，都由他独自承担，至于别人家要出多少，他不管。那些钱可以都给老父亲，作日后生活用。而由这个丧事收来的礼金，各家可以平分。他自己不多拿一分。

为什么要这样做呢？当然是因为不想因为这件事，而产生兄弟间的纠纷。他知道，兄弟们之间还好，而婆娘之间就不好办。一个个婆娘都是难缠的主。他要化复杂为简单。只要自己吃了亏，一切都变得简单了。但自己真的是吃亏了吗？表面上当然是的。但不管如此，他还是想大办。

顾宝坤想大办，基于两点认识：一，老太太去世了，理应大办。不办说不过去。二，他顾宝坤在这方圆几十里，名声赫赫。他有能力大操大办。他要不办，别人难免会在背后指指点点的。其实，顾宝坤还有一个认识，那就是他通过这件事，可以进一步扩大他的影响。他要把老太太的葬礼办得特别的风光，让人知道，他顾宝坤是个孝子。大孝子。他不是个光会赚钱的生意人，更是一个知

道礼义仁至信的大丈夫。四乡八村，也还是有人对他说三道四的，通过这件事，他也可以进一步达到收拢人心的作用。

屋里女人们的哭声抑扬顿挫，此起彼伏。而外面的雨，一直不停地下着。泰太爷估摸着天快亮了，就顶着雨，拄着拐杖，来到门前路口的树下，找了一个稍干的地方，烧了一堆黄纸。民间的习俗是，她的魂魄要在天亮前飘走，天亮了就来不及了。泰太爷边烧着纸，边默默地流泪。纸烧完了，他又静静地待了一会，才重新回到屋里。

女人们也都哭累了，不哭了。

外面的雨也停了下来……

4

阳光灿烂。

天蓝得一丝杂质都没有，真的就像是被水洗过的一样。

谁也没有想到第二天的天气会这样好，就在早晨五点多钟，顾家人还在担心天气好不起来呢。所以，昨夜雨下得是恰到好处。当然，晴得更是恰到好处。

村里的人闻讯，纷纷前来吊唁。

老的，少的，男男女女，都来看望。他们唏嘘着，感叹着。大家追忆老太太的一生，平凡而又不易。最为可贵的是，她竟然这样一点也不让人烦神，自己事先提前穿好了要走的衣服，然后悄悄地不知不觉地走掉。有些妇女心软，念及老太太过去待人的种种好处，以及自身的种种不幸，进来以后忍不住放声大哭。

泰太爷的悲伤就不用说了，过去很多的陈年旧事，一件件都涌

上了心头。他觉得老太太跟了他一辈子，吃了无数的苦，却没有正经享福过。而对于她的后事安排，这时候的他，是全然没主意的。他什么也没有。他愿意听从二儿子顾宝坤的安排。

顾宝坤让顾宝莲和大侄媳妇刘菊花赶紧去镇上的商店里买些黑布和毛巾回来，然后又让自己的女人周兰芝带领着别的小媳妇裁剪的裁剪，缝纫的缝纫。孝子们都是要有一套孝衣的。另外，还要给每个来吊唁的人发一只黑袖，一条白毛巾。

泰太爷的地方太小了，村里来吊唁的人根本就挤不下。除了床铺饭桌，屋里最多只能站上十来个人。村里人平时在田野里空旷惯了，现在挤在这么一个窄小的地方，就一下子感觉行动特别的困难。真的是水泄不通。

顾宝坤皱着眉头和泰太爷及大哥顾宝乾商量，说最好是把老太太的灵床移一下，否则这样不是办法。再说，外面来人看了影响也不好。他所说的外面，自然是指镇上的一些干部。老太太死了，少不了会有一些镇上的干部来吊唁。这个老屋子，让人看了实在是不够体面。泰太爷和顾宝乾听了，觉得也是个道理。但是，按照乡下的风俗，老人死，不是停在长子家，就是在末子家。老四家在城里，显然是不现实。停在长子家，自然就要商议。

顾宝乾对于这事，自然没有什么异议。因为，他感觉没有理由来反对。老太太过世了，放在长子家里，差不多是村里人的一种习惯。但是，他心里没底，郑三娥是否同意。事实上，他看到当他们这边在商量的时候，郑三娥正和马桂英在一边说着什么。从郑三娥不时往这边瞟的眼色里，他感觉这事可能不太好商量。而且，就算是郑三娥同意，还要看看大儿媳刘菊花的意见。一旦她不同意，那闹起来会比谁都凶。

“汉奸又在出坏主意呢。”马桂英对郑三娥小声说。

马桂英在背地里给她的这个二伯子顾宝坤起了个外号，叫“汉奸”。因为，她觉得在顾家的这几个老兄弟里，就数顾宝坤心眼最多。虽然在她男人死后，顾宝坤对她家里也时有一点小照顾，但是她仍然觉得他是一个“坏人”。

“老太太死了，干吗就要挪窝？就在这里有什么不好？他现在嫌丢人了，要换大地方，还不是为了他自己？他要早有那份孝心，当初老太太生病的时候，就应该接到他自己的家里去。他家里两层楼房，又大又宽敞，镇上的干部们来看了也体面。哼！他现在打你们家主意呢。宝乾一个老实人，说不定会同意啊。你要阻止他。”马桂英拽着郑三娥的衣角，拨撺着。她不想看到顾宝坤的安排得逞。她不想太“便宜”了他。

顾宝乾低着脑袋走过来的时候，还没抬头，就已经听到了郑三娥的一声低声怒叱，“顾宝乾，我告诉你，你个榆木脑袋，不许你答应。你就是一个活死人，只比死人多一口气！你要答应，我就和你没完。他要体面、好看，就把死人抬到他家里去。”

“不要这样……我不是正要和你商量嘛……”顾宝乾委屈又无奈地说。

“他大伯你可不要傻。我看兄弟们里面，就数你和我们家那死鬼最老实厚道了。老实厚道的人，就永远吃亏。你不知道他心里打的什么主意呢。你把老太太弄过去，小龙、小梅他们都还小，他们不害怕？再说，菊花能愿意？菊花本来和家成就别别扭扭的，你们要是弄回去，不要惹出一身的晦气！”马桂英说。

郑三娥和顾宝乾现在最听不得的就是关于家成两口子的事。听到“晦气”这两个字，立竿见影，就像已经触着了“晦气”。农村里的人，对死者还是有一种“敬畏”。这种“敬畏”并不是出自对死者本身的敬畏，而是对死者“魂魄”的敬畏。死者的“魂魄”，往往带有一些让人恐怖的东西。人们不怕生人，但怕鬼。谁也没有看过鬼，但人们相信人在死后，一定有一种人们看不见的东西。这种东西一定是阴森的，恐怖的，是恶的，是邪的……

事实上，顾宝坤在开始和顾家乾商量的时候，就知道这事大半行不通。就算是老大同意，郑三娥也未必会同意。他知道，在老大的家里，其实是郑三娥说了算。在开口说这事之前，他在心里隐约想好了，如果他们不同意，他就把老太太移到自己家那边，也不是不可以。但是，凡事总要讲一个礼数吧？农村的习俗就是非长即末，老太太死了，理应到老大家去办。再说，自己还准备下半年娶儿媳呢。农村里的另一个习俗是，要是家里办过丧事，是不作兴在近期再办婚事的。

果然，不出顾宝坤所料，事情行不通。顾宝乾结结巴巴地说了一大堆不能接受的理由，啰啰唆唆，词不达意。无非就是说孩子们胆小啊，害怕，另外，家里的地方也不够大，显不出体面啊，等等。而且，怕刘菊花不同意。是的，把事情推到刘菊花身上是最好不过的了。对于这个侄媳妇，顾宝坤不知说些什么好。小户人家出身，眼窝子浅，泼辣，不讲礼数。整个一个泼妇。她的心是野的。家成根本就斗不过她。可是，就是这样的一个女人，居然也有了野男人，真是笑话。不过，她那对巨大的奶子和肥硕的屁股，倒也很吸引人眼球。顾宝坤看不惯她，但他不和她计较，毕竟自己是个叔公。两个辈分的人。

老大是个老实人，顾宝坤在心里想。自然他这样，自己也就没有必要为难他。为难也没有什么意思。他现在只需等老四宝地回来。人聚齐了，再商量。

“大哥大嫂这样做就是不对的。”顾宝莲红着眼睛，脸上的泪水还在，怒气冲冲地说，“外人看了不笑话？老太太死了，就应该在老大家。”

正在和马桂英与顾小青这母女俩一起折卷着黄裱纸的郑三娥直起了身子，不乐意了。事实上，她一直在听着这边的动静。她扔下手里的黄表纸，扯了扯衣角，站起身，大声对着宝莲说，“大姑你这话说得就差了。我们这样做怎么就不对了？老太太死已经死在这里了，干什么现在反倒要挪窝？现在说不好看了，怎么不好看？我们家反正是两腿插黄泥，整天捧着牛屁股干活的粗人，不在场面上走，不要什么脸面，也没有什么脸面。外人要看什么笑话？老太太在世的时候，我们一分钱没少出，一斤粮没少给。我们怎么就不对了？你就不要站在湿河滩里说‘干’话，过去你这当姑娘的怎么样，我们也是见过了的。”

这话等于是把顾宝坤和顾宝莲全卷进去了。尤其是顾宝莲，感觉脸上挂不住。的确，老太太的过去，她照应得不多。但农村就是这样啊，姑娘们天生是不用承担什么责任的，都应该由哥哥们承担。但话虽如此说，但姑娘们多尽孝道也是应该的。郑三娥和话，等于在指责她不孝。而就在前些日子，她去看望老母亲，老母亲提出想吃水藕粉，她听了没吭声。当时她想：她想吃干吗不向儿子们去要啊？她坐了一会，然后拍拍屁股就走了。老父亲当时也在，没有和她说一句话。现在，她受着这样的指责，忍不住就哭了起来，大声回击说：“对，我是站在湿河滩里说‘干’话，你们姓顾的兄弟们个个分家有家产，我是出门的姑娘，什么也没有。东西得不到，难道我说话的权利也没有？”

“你有权！你有权说自己的去。不要扯上我们家。你要看不惯，你把老太太弄到你们家，我也没意见。”郑三娥说。

顾宝莲两眼要喷出火来，受着这样的抢白，就大叫起来，“老天睁睁眼，谁家不是儿子顶着？老太太有几个儿子呢，什么时候轮着姑娘顶了？世上要是有这样的道理，我就把老太太扛回家！”

“你不要吵了，现在这个时候，像什么样子？别吵了。”她的男人在边上小声地想制止她，但是却遭到她的怒斥。她把对郑三娥要发泄的怨气，正好全倾泻在男人的头上，劈头盖脸的，“你死一边去。我说话，你插什么嘴？真是‘大马路说话，臭茅缸插嘴’。什么时候横出你这么一个东西来？人也欺负人，鬼也欺负！”

“哼，也不知谁是臭茅缸！”刘菊花这时大声说，“谁跟谁家的事？轮得到外姓插一杠子？”

这话狠，既打了顾宝莲的男人卢振良一棍子，也打了顾宝莲一棍子。顾宝莲一愣，这个刘菊花和她婆婆是素来不睦的，现在大概因为触及到了她们共同的利益，所以开始互相帮起来了。她和她婆婆吵架，有她这个小辈什么事？她刚想要回骂，话就要溜出嘴边了，心里一激灵，赶紧又迅速地咬住了话尾巴，止住了。“不能骂，不能骂，不能和她对骂，”她想，“和任何人都可以翻脸开骂，就是不能和这个侄媳妇刘菊花对骂。”一来，是现在的这个关节眼不寻常，二来她也怕她要和刘菊花对骂，不一定能占先。刘菊花是个没有家教的泼妇女人，没廉耻的货，什么脏话粗话都能出得口。且别说是自己，就是她的公婆，也经常被她骂得哑口无言。就是在大前年，老太太还在，她当着顾家所有老少的面，骂她公公顾宝乾是驴操出来的。是个大清早，当时二哥顾宝坤正往镇上去办事。他也听了，从她身边经过都没敢吭声。顾宝坤是什么人？走南闯北的，他

都忍了，她怎么能不忍？

“算了，你们这样有什么意思啊？” 周兰芝说，“一大堆事情要做哩。大嫂子你赶紧带人帮嫩嫩和小青她们把纸卷完，大姑你去把我家的那床新棉胎拿来，回头铺在老太太身底下。”

顾宝莲不吱声，转身走了。

马桂英轻轻地得意地笑了一下。她是最看不得她家的这个姑子的。她是个姑姑，年纪一大把，都有了自己的儿女。但怎么说，也是外姓人。顾家的事，现在轮得上她来插嘴？她在她自己家里飞扬跋扈，可别使到这里来。可惜的是只让刘菊花骂了一句，她就不应了。要是应了，才会有好看。

周兰芝轻易就把这事平息了，自然就又安然地忙她的事情去了。人说：母以子贵，妻以夫荣。一点也不假的。因为顾宝坤在顾家算是一个能人，所以，周兰芝在妯娌们中也常以尊长自居。

“就她会做人，”马桂英小声对郑三娥说。

郑三娥气得在鼻孔里哼了一声。

5

当天下午的四点多钟，顾宝地和白爱萍赶回来了。

他们是由顾小军到县里接回来的。

顾小军开一辆白色的小轿车。那是一辆半旧的尼桑，是顾宝坤大前年以三万块钱的价格，从市里一个做生意的熟人手里买下的。后来据谙行的人说，其实根本就值不了那些钱。但是，顾宝坤觉得值。怎么说，它也是一辆轿车。在乡下，轿车还是一个非常新鲜的玩意。镇政府，也就只有两辆吉普和一辆旧的桑塔纳。桑塔那是属

于镇常委书记的专车，两辆吉普则是归其他镇长副镇长们共用。私人拥有小车的，顾宝坤是第一人。话再说回来，顾宝坤要是真想买车子，不要说是三万，就是三十万，他也照样有钱买。厂里光卡车就有四辆。他只是觉得没有必要那样显摆。在这样的一个地方，不要说有钱容易遭外人妒忌了，就连自家的人，有时心里也是不顺的，恨不得让他多分点给大家才好。

大家都盯着他的钱。

顾宝坤当然不傻，他很清楚别人心里想的是什么。只有儿子，不仅不懂藏富，他还处处摆阔。

二十三岁的顾小军，长得瘦瘦高高的，一张脸白白的，明显是没有干过农活的缘故。到底是因为家庭条件比较优越，所以他的形象，明显与村里别的小伙子不同。他衣着鲜亮，上衣是一件米色西装，下身是一条高档西裤，脚上的皮鞋程亮的。他有好几项第一，他是村里第一个拥有 BB 机的，然后是第一个拥有手机的，再然后是第一个拥有摩托车的。家里有了轿车后，摩托车就低价给人了。手机是换了好几个了，三星、爱立信、摩托罗拉，都用过。而 BB 机，早就没影子了。

顾小军还有一个别人所不及的，那就是他谈的一个对象，是镇上的，拥有正宗的城镇户口，叫张姝，非常漂亮。在整个镇上，可以说，张姝绝对是数一数二的美女。就为了儿子能和张姝谈对象，顾宝坤就能原谅儿子的一切行为。儿子更像是他钓鱼的饵食。毫无疑问，不管最后花多少钱，他都要把这个媳妇娶进门。所以，很多人开玩笑说，这个媳妇其实是顾宝坤先看中了，然后才介绍给儿子的。需要解释的是，他之所以要想让张姝成为自家的儿媳妇，只是为了证明他顾家的能力，——所有好的东西，都应该是顾家的。因为，他顾宝坤有的是钱。

富甲一方。

顾宝地在城里久了，已经完全变成了城里人了。举手投足，以及说话的神态，一看就是领导模样。和他的哥哥们相比，他显得又白又胖。顾宝坤虽然也发福了，肚子比顾宝地更腆，但却不如他白皙。其实，他也是四十多岁的人了，可是看上去却显得相当的年轻。村里人感觉，他总也不变老。其实不变化是不可能的，只是村里那些和顾宝地同龄的人，老得快，而他在城里，风吹不着，雨打不着，太阳也暴晒不着，细皮嫩肉的，老得慢。

这次奔丧，白爱萍也来了。村里人已经是很久没有看过白爱萍了。她是很少回来。她是个正宗的城里人。她的父母是城里人，自己也是在城里出生长大的。虽然父母都是老城区里的普通小市民，但毕竟是城里人。土生土长的城里人和后进城的人还是有区别的。在村里人眼里，白爱萍好像比过去更胖了。胖得多。走起路来，她全身的肉都在晃。头发烫得一卷一卷的，浪花很大，而且染成了一种栗色，嘴唇上描了很浓艳的唇膏，红得夺目。举手投足间，显出城里女人的那种从容和优越。

顾宝地来到老母亲床前，跪着哭了一会。白爱萍也哭。宝坤拉了顾宝地，周兰芝拉了白爱萍。于是，这对城里夫妻也就止了哭。毕竟，自己也都是有儿女的人了，身体要紧，哭伤了身体无益。顾宝坤安慰着宝地，告诉他老母亲去世前后的经过。听说老母亲去得很从容，没有痛苦，顾宝地的表情就舒缓了不少。

白爱萍自然也停止了悲伤，甚至听说老太太死得从容，脸上还现出少许欣慰的神情。两人又安慰了一番老父亲，赞扬老父亲把老母亲照顾得好。然后，男人归男人，女人归女人，分成两个阵营，

各自张罗。白爱萍和周兰芝扎到了一起，听她介绍起后事的一些安排（主要是妇女们在当中担任的工作）。在妯娌们中，白爱萍最待见的，也就是这个二嫂了。她觉得，也就是这个二嫂还能和她说上些话。一来是他们每次从城里回来，都是住在她家里（她家的条件比较好，住着舒适）；二来二大伯子顾宝坤每次到城里去，都会带点东西看他们。由此，感情就比别人来得近。

村主任放下了村里的事务也来了，看有什么地方需要他张罗的。顾宝坤和顾宝地就叫上了顾宝乾，再次商量起老太太的后事来。当然，还有在边上一直默不作声的泰太爷。男人们边商议边大口地抽着烟。好像烟能帮助他们的思维。村主任在这里的角色很特殊，他是这个村里的最高行政长官，正常情况下，一般村里谁家逢到这种事情，达不成一致意见，最后都是由他拍板说了算。但是，这一次显然不行了。论干部级别，他没有顾宝地大，他只是一个村干部，人家可是城里的科长。论财富和影响力，他又不如顾宝坤。挺起来的腰杆子，连顾宝坤的一半粗都不到。不，根本不能和腰相比，只能算是一根脚指头。说真的，很多时候，他这个村主任还需要顾宝坤帮扶。顾宝坤在镇上领导面前说一句，至少顶得上他说十句。现在的这种情况下，他只能察言观色，在顾宝坤和顾宝地面前，说些迎合他们心思的话。同时，他还不能一味地压制顾宝乾，因为不管如何，最后人家还是兄弟啊。他一个村主任，还是外人。

所以，他变得格外的小心和沉重。

经过反复的权衡和磋商，最后的协议是：老太太还是停放在老屋里。儿孙们轮流着去守灵。而吊唁的场子，是换到了顾宝坤家的门前。

其实守不守都无所谓，一个死人，无声无息，她是不可能再起来到各个儿子家走动的。另外，她也不是什么香饽饽，猫狗都不馋她，不会叼走。再说了，泰太爷是一直在的。所以，守，只是遵从乡下的习俗。儿女们轮流。鉴于顾宝坤有许多事要忙，而顾宝地又是从城里来的，所以，正常情况都是顾宝乾陪着老爷子。

顾宝乾倒也愿意守，他凡事帮不上忙，有了这样的任务以后，心里也踏实。

而追悼场地换到顾宝坤家门前，一下子就显得气派了许多。事实上，说是吊唁的场子也并不准确。因为，顾宝坤只是把宴请宾客的场子搬了过来。大片大片的黑布白布，搭起了一个棚子，宣示这是一个纪念的场地。同时，它还有其他的功能。一来挡雨，二来遮阳。正中部位，放着一张条桌，上面供放着老太太的遗像。同时，还请来了一班吹鼓手，演奏。一时就很热闹了。有模有样。

若要观瞻老太太遗容，还要移步到老屋那边去。好在两处相隔不远。真要观瞻吊唁，也很是方便的。

一事两治。

然而，真正过去的并不多。一来是本村的人早在老屋就看过了，而镇上来吊唁的，更多的只是冲着顾宝坤的关系，并不介意老太太的遗容。一把年纪了，也是死得其所。

6

消息传开去，镇上的领导真的来了不少。

镇长、副书记、副镇长、工业办公室主任、派出所所长、财政所所长、文教助理、妇女主任、宣传委员都来了，精神文明指导办公室主任也来了，甚至还有镇计划生育办公室主任。他们送来的花圈摆满了场院，一直通到了村口的马路上。县上也有一些人来，大多是一些部委办局和顾宝坤有些联系的朋友。来了以后，他们分别和顾宝坤、顾宝地、顾宝乾握手，说一些安慰的语言。顾宝乾唯唯诺诺，一副老农民的样子。要不是他老母亲去世，自己怎么能握得上这些大领导那些富贵绵柔的手？顾宝地很客气地，有分寸地点头致谢。顾宝坤则是热烈地，表示着他的感谢。是的，这么多领导来，让他特别的感动。这让他在整个顾家，在全村，甚至是在全镇，显得特别有脸面。

一些近亲和远亲也都来了，尤其是亲家们，是都要来的。不但是老一辈的亲家，小一辈的亲家也都要来。几个妯娌的父母（除了白爱萍的父母，人家在城里，不方便），都来了。郑三娥的父母年纪也有七十来岁了，他们都是老实巴交的农民。周兰芝的父亲来了，她的老母亲几年前就过世了。马桂英的父亲也来了，拄着拐，身上的衣服穿得也不整齐，邋里邋遢的。他过去是个杀猪的，几十年了，现在虽然早已不干了，但身上总是脱不了那种油腻腻的感觉。马桂英知道，就因为她父亲是个杀猪的，在妯娌中，她是不被瞧得起的。虽然她们嘴上谁也不说，但心里却是很鄙夷的。在众多的媳妇里，就她和侄媳妇刘菊花家的出身不好。刘菊花的父亲是个乡村剃头的。但一来刘菊花要比她小一辈，二来，剃头的比杀猪的，听上去还是要好一些。虽然同是劳动人民，虽然同样算是一种手艺，但是，手艺里面还是有个高下之分的。而且，别的人家虽然出身并不高贵，但人家儿女什么的都整齐，一个个谈不上什么出息，就算是种田，却也是很本分安稳。只有她，两个哥哥和一个弟弟，没有一个像样子的，不是爱赌，就是爱酒。爱赌爱酒的直接后果就是导致他们全染上了偷吃扒拿的毛病。她都害怕看到他们，每

次他们到她家来，都是想带点东西走。整个一个破落户！无论是说话，还是做事，都让马桂英有种羞耻感。

丢人！

她是有苦说不出。

在所有的老少亲家中，最被顾宝坤重视的，当然就是顾小军的岳丈了，也就是张姝的父亲。他待他格外地客气。贵客。张姝的父亲只有四十多岁，在镇上，原来在水利站当会计。会计虽然不是什么官，但毕竟是公家人。

公家人和农民身份还是有很大的区别啊！

和他一起来的，自然还有他的女儿。

张姝的父亲是带着张姝一起来的。

正像人们传言的那样，张姝真的是漂亮极了。一米六四的个头，长发飘飘，身材窈窕。也许是因为顾及老太太去世的缘故，所以，她穿了一身素色的衣服。但这一身素色的衣服，更显出她身材和大腿的修长。

“真的像画上一样啊。”村里的那些妇人们都赞叹不已。

是的，镇上的姑娘张姝，显得细皮嫩肉，皮肤白得就像是在牛奶里泡过的。一双眼睛黑亮黑亮的，精灵古怪，简直会说话。她就像一朵鲜艳欲滴的鲜花，走到哪里，就把人们的眼球吸到哪里。走在镇上花花绿绿的一堆姑娘里，她还不像今天这样扎眼。现在，在一群灰色的人群里，她真的太扎眼了，把村里村外来到这里看场面的姑娘全比下去了。

画上的人是不必下田干活的。这样的人，只配在家养着欣赏。当然，顾家反正有的是钱，供得起。人们这时候都有了感慨，觉得漂亮就是一种资源。不，是资本。

张姝不但漂亮，而且乖巧。来了以后，她就一直低眉顺眼地跟在周兰芝这个未来婆婆的后面，帮这帮那的。而周兰芝哪里舍得让她下手？未过门的媳妇，谁家都是当成宝贝一样的供着。她让她去找小军，可她却偏偏不，宁愿和顾嫩嫩在一起。两人亲热得很，走路都并着肩膀。

顾小军看着，心里是火急火燎。他特别想找个机会和张姝再厮混在一起。虽说他过去和张姝也常见面，并且不乏有些非常亲热的举动，但现在正是在热恋头上，哪有够的时候？看他那上窜下跳着急的样子，张姝和顾嫩嫩就很得意地笑。

她们开心得很。

顾宝坤看在眼里，喜在心里。准媳妇比女儿，更让他喜欢。

虽然张姝还没过门，但是一切都是按照即将过门的媳妇的礼数进行的。顾宝坤想过了，他可以在县城里给他们买一套房子，让他们结婚。也许，就放在年底进行，如果时间来得及的话。

在众多的来客中，还有一个人也是让顾宝坤格外欢迎的，那就是钱副镇长。

钱副镇长年龄和顾宝坤仿佛，在几个副镇长中，位列第三。但他有靠山。他和县委组织部的赵部长是亲家，他的女儿嫁给了赵部长的儿子。此外，他还有两个儿子，大儿子在省城，小儿子叫钱小涛，在镇上的多种经营管理站工作。据说，他有抽风的小毛病，医学上的正式称呼叫癫痫病。当然，这只是传闻。顾宝坤从来没见他犯过，倒是见那小子成天在镇上晃荡，一天到晚没个正事，平时喜欢吆五喝六的聚众打牌。自然，少不得赌钱。被派出所抓过两次。但抓了就又放了。好在数目不大。

有一天，有那好闲之人，不知怎么就给顾宝坤递话，说要把顾嫩嫩介绍给钱小涛。顾宝坤开始还有些不以为然，谁想后来有一次钱副镇长主动说了，“老顾啊，我前一次看到你家的闺女了。你要不嫌弃我，我们就做个儿女亲家吧。”顾宝坤一愣，赶紧说：“哪里呀，你这是抬举我啊。我哪敢高攀啊。”钱副镇长说：“别高攀不高攀了，你不嫌我官小，我不嫌你钱少，哈哈。我看我们还算是比较门当户对的。你要愿意，给个话。我们就找个机会，合计合计，作为正事，办个定亲仪式。”

顾宝坤看钱副镇长认了真，就欢喜地连声说：“好好好。”

这事说起来已经是好几个月了。顾宝坤和周兰芝合计过，要是真和钱副镇长做了亲家，那真是一件很好的事情，绝对是他家高攀。美中不足的就是这小子浪里浪荡的，爱打牌，没正经。关键还不止这个，关键是他有病。有人说，一旦犯起这羊痫风来，是四肢朝天，人事不省，双眼紧闭，口吐白沫。当然，吐过也就好了，不会有性命之虞。问题是，女儿同意吗？两口子商量到最后的结果是：不管她同意不同意，这门亲也要做。如果不答应这门亲事，明摆着是不给钱副镇长的面子。不给钱副镇长的面子，以后还好在镇上做事吗？至于那癫痫病，可以治嘛！

主意既定，顾宝坤就主动和钱副镇长联系，说有机会就办。这次老太太去世，钱副镇长是在所有镇领导中，第一个赶到的。一只手握着顾宝坤的手，另一只手轻轻地拍打着他的手背，安慰说：“啊，亲家公，节哀！节哀！”

当时，感动得顾宝坤心头一热。

顾宝坤想，在把老太太火化安葬后，一定要把这事定下来。

“谢谢你来，”他对钱副镇长说。

钱副镇长笑笑，说：“我们是兄弟一家亲，客气什么。”

顾宝坤想想，也是。

来了这么多的客人，自然要招待人家吃饭，酒席是少不了的。而且，大多数客人来，都是送了礼金来的。多的一两千（像顾宝坤在县里的那些朋友，还有张姝的父亲），少的三四百。

最少的就是马桂英的父亲了，出了二百块。事实上，马桂英的老父亲当时只拿来了五十块钱，被马桂英看了，气不打一处来。这样少，拿出来不是丢人现眼？所有的亲家们，都是三五百块钱，谁只拿几十块钱？老爷子的礼金，换来了她好一顿奚落和抱怨，“没有钱，你就不要来。好好地死在家里。一把年纪了，你不来，谁也不会怪你。你这样来，不是故意让我出丑？”

但事已至此，马桂英也没有办法，只好她自己又给他添了一百五，凑成了二百，递了上去。老爷子抖抖索索，说是他不是故意出这么少，实在是如今自己用钱都是向儿子伸手。儿子没钱给他。就这五十块钱，还是他前些日子好不容易积余下来的。顾宝坤接过这二百块钱的时候，特意说，老人家不必客气的，但他还是收下了，并且让妹夫卢振良记了账。丧事办得这样大，有许多的礼品和礼金要进来，自然要有专人登记。顾宝坤到底是经验丰富，他知道这种事情有时候会吃力不讨好，如果他大包大揽，最后的结果肯定是里外不是人。因此，他先是把这事推在老大身上，让他来记录。老大就是老大，有公信力。但是，老大却说什么也不干。老大是个老实人，虽然也能识得些数字，但到底没有经过这样大的场面。所以，他嗫嚅着，坚辞不干。他害怕自己搞不清楚这里面的账目。于是，最后很自然地就想到了宝莲的男人。这是一箭双雕，等于把郑三娥、马桂英、顾宝莲的嘴巴都堵上了。家里最难对付的，就是这几个女人。

为了招待好客人，顾宝坤特地请来了厨子浦麻子。浦麻子是这方圆附近几十里地最出名的厨子。六十多岁，至少有了四十年的厨艺史。他带来了两个徒弟，都却只有二十来岁。那天正好张巧梅来，顾宝坤就让她在厨房里当下手。

“她怎么来了？”周兰芝的眼里要冒出火来。

顾宝坤赶紧压低嗓子说：“厨房里没人，我让她来帮忙。这个节骨眼里，你不要胡来，吵起来影响不好。你不要瞎想！”

“我瞎想？你嫌在外面影响还不大？还要借着这个机会来宣传？”周兰芝咬着牙，恨恨的，“这个不要脸的，居然也好意思来，还嫌丢人丢得不够。真是天生的婊子货！”

顾宝坤当时正要往屋里走，听到她这话，立马止住脚步，用更低沉压抑的嗓子喝道：“你少说两句，别人不会以为你是个死人。你尽是胡咧咧。你看见了什么啦？让你两句，你还上风了。”

周兰芝见男人真正动怒了，只能忍了气，低着头，走到一边去了。她的脸色变得非常不好。为了张巧梅的事，她过去已经和顾宝坤不知吵了多少架。

张巧梅就是邻村的，原来周兰芝就认识。这里是逢五、十五、二十五赶集市。逢到赶集的时候，妇女们就从四面八方的小路上过来，汇在一起，然后像潮水一样，向镇上涌去。周兰芝就认识了她，因为她在一群行进的妇女当中，笑起来声音最响，最放肆。

说真的，开始时的周兰芝甚至有些喜欢这个叫张巧梅的年轻女人。一是这个张巧梅年轻，只有三十多岁。二来是她长得蛮好看的，腰是腰，屁股是屁股。尤其是她那双眼睛，黑溜溜的，左盼右顾，掩不住的风情外溢。三是她性格好，嘻嘻哈哈，一副人来疯的样子。她不认生，看到谁都是自来熟，显得特别的亲热。

让周兰芝没有想到的是，后来自己的男人居然和她搞上了。或者说，是她搞上了自己的男人。他们两人年龄悬殊有二十岁。而且，她居然是在自己男人的工厂里干了两年多了，她才知道。当然，这种事情，一般来说，她总会是最后一个才知道。外面都传疯了，儿女们也都知道，但没有一个人对她说。

“你怎么了？”看到她那煞白的脸色，白爱萍关切地问。

周兰芝不吱声，一边默默地抹着泪。这件事，她已经忍了很多年了。自从男人和这个张巧梅搞上了，眼里整个就没她的份了。他把她安排在厂里的食堂帮忙，轻松得很，其实就是白白地养着她。一年也不知道贴她多少钱。净拿工资不说，还在暗里买礼物讨好她。据马桂英有次告诉她，说顾宝坤给张巧梅买了一辆红色的小金鸟电动车，要一两千块。她开始还有时将信将疑，后来自己一连好几个晚上睡不着，冲到厂里一看，果然有一辆崭新的电动车。她真是气坏了。自己在家省吃俭用，别人的女人却大把大把地用着家里的钱。一年、两年……许多年过去了，真不知道自己的男人往那个窟窿里填了多少钱。你说她怎么能不心疼?

心疼归心疼，她在人前，还要装着一副不知道的样子，笑呵呵的。

“还不是被汉奸气的！”马桂英小声对白爱萍说，“你看到在厨房里帮忙的那个女人没有？叫张巧梅。和大伯有那个的。”

“噢。”白爱萍明白了。

“家里家外这么多的侄子侄女，没见他好好帮过谁。他对待这个女人，倒像是亲娘一样。这个女人的一家子，就靠他了。吃的用的，连孩子上学的钱，都是他出！”马桂英是越说越气。

“不要脸的货！他们也不避人了，现在倒越来越公开了。”马桂英说，“我看她来了，要有好戏看。”

白爱萍皱着眉头，不说话。她隐约感觉，老太太的丧事与葬礼，真的可能不再平凡了。在现在这种既平静又热闹的外表下，可能有一股暗流在涌动……处理得好，也许波澜不惊，处理得不好，也许后面就会有惊涛骇浪。

她转头去找自己的男人顾宝地，要把这事和他悄悄说一说。

7

对孩子们来说，这样的场面是非常难得的。尤其是对更小的一辈来说，老太太的去世给他们带来的更多是快乐。一是他们并不清楚死亡的意义，二是他们第一次看到二爹爹家聚了那么多的人。可以称得上是人山人海。另外，更重要的是，还有糖果糕点，有大鱼大肉，有鞭炮和唢呐。即使对于成年人来说，因为顾老太太是高龄去世，所以，也谈不上有太多的悲痛。相反，因为这样的大操大办，倒平添了几分喜庆热闹的气象。

吹鼓手一共是七个人，从外镇上请来的。这帮乡村音乐家，年龄参差不齐，年老的有六十多岁，年轻的才二十来岁。他们每人一支唢呐，吹得极其卖力。

因为有了这门手艺，这帮乡村音乐家们就可以不必从事艰苦的体力劳动。一年下来，他们的实际收入，要比种田要高出不少。在乡下，不仅是谁家死了人要吹，谁家结婚、祝寿、生孩子也都要吹。这成了一种风俗。生意好得很。你要是干活，还有农忙和农闲的时候。可当吹鼓手，一年三百六十五天，根本没有闲的时候。除了结婚，讲究一个季节性（一般人家选择在春、秋、冬三季里进行。没有谁会选择在大夏天里结婚），其他时间谁也止不住在哪天要死人，要生孩子，要过生日。

走村串户的唢呐音乐家们，他们吹来吹去不过是一二十支曲调。结婚、生孩子、祝寿、死人，吹的都是大同小异。什么《步步高》《百鸟朝凤》《喜洋洋》，更有甚者，还有流行歌曲或是电影、电视里的插曲，像《妹妹你大胆地往前走》《月亮代表我的心》《情深深雨蒙蒙》。

在这几个吹鼓手中，有一个年轻小伙子吹得最好。曲调悠扬。他会吹很多曲子，当然，他必须照顾其他人，只吹那几首大家都会的曲子。也不知为什么，很多小孩子喜欢围在他身边，看他吹。也许是因为他吹得最为生动。他鼓着腮帮子，吹得非常认真，摇头晃脑的，像在沉浸其中，特别有模有样。每一曲终了，他就把吹嘴拔掉，把唢呐倒过来，让口水流出来。那一丝口水，像一根蜘蛛丝一样，透明清亮，能挂得老长。看到他这样子，小孩子们就兴奋得不得了。尤其是顾家功、顾家保家的孩子，还有卢振良家的几个孙子，一直围在他身边嬉闹。

小伙子走村串户惯了，显然习惯了和孩子打交道，而且，他后来明显有了故意夸张和表演的成分在里面，逗那些孩子玩。有胆大的孩子甚至去抢他手里的唢呐。他脚上穿着的一双本来是雪白的崭新运动鞋，很快就被那些小孩子踩得乌黑。但他也不生气，照样边吹边和他们逗着玩。

“这个家伙吹得蛮好的。”张姝对顾嫩嫩说。

顾嫩嫩就笑。

她没有告诉任何人，其实这个小伙子其实是她过去的同学。

初中时的同学。

他叫邹吉祥。

他们看到以后，互相没有打招呼，没有说一句话。

他们只是眼睛对视了一下。

对视一下，什么都不用说了。

你知，我知。

当然，还有天知地知。

就在这个中午，大家刚刚吃过饭，男人和那帮吹鼓手还都在休息的时候，女人们在忙碌，收拾着桌子，到处是乱糟糟的，她从里屋出来，要去爷爷那边换他过来吃饭。这个邹吉祥突然举起了唢呐，吹起了一曲《爱的代价》。她看了他一眼，发现他正在盯着她看。她的脸就红了，赶紧低了头，大步朝前走。

他吹得真是好。

她想不到他怎么会吹得那样好。

她感觉他把那好听的声音都吹到她心里去了。

8

天气晴朗得不得了。

毫无疑问，以后会一天天地变得热起来。

村外的麦田里，麦浪翻滚。

已经是五月了。

顾家的男人们，还在讨论老太太的后事安排。按照乡下的习俗，老太太要在家里停放五天。然后，就要火化。火化完了，就是正式安葬。

安葬地早已经有了，并且建好了墓基。

大约在大半年前，顾宝坤就已经选好了那块地方。那时候，老太太已经是第四次住院抢救了。他知道她的日子不多了。他就赶紧寻找墓地。顾宝坤特地找了一个风水先生，看墓地风水。那风水先生姓郭。他要求人们叫他“郭大师”。

“郭大师”把老太太的安息地，挑在了西山。

在西山脚下。

西山，是个不大的小山，树木葱郁。

“郭大师”五十来岁，在这一带很有些名气。虽然他看过无数的风水，每次给人家找的都是风水宝地，但实际上这么多年来，一次也没有看谁家的子孙真正从吉地得到好处，发达过。但人们仍然是对他深信不疑。他高高瘦瘦的，下巴上留着一撮山羊胡子，鼻梁上架一副墨镜，皱着眉头，手握罗盘，在小西山的南坡上走来走去。

这个叫屯溪的地方，实际上是个平原，独独在靠近蓝水湾的这样一个地方，有一座小山。人们叫它西山。西山并不大，也不高，但因为四周里是一马平川，所以它就显得很有点那么些意思，看上去甚至可以说是气派。

大气。

西山上全是树木。

就在山脚下，有一些墓地，都是属于周围村里的一些人家的。“郭大师”没有在那些杂乱的墓地里转悠，而是直接来到了一个非常偏僻的地方，弯弯曲曲的小道，到处是荆棘。

“这块地方是少有的好，”这位风水大师用感慨的语气说，“一般人我是不会费心找这样一块地方的。”

顾宝坤赶紧巴结地说：“有劳大师！有劳大师！”心里想的却

是，“他是借机要钱啊！”当然，为了讨个吉利，多花些钱也应该的。

“书上说，‘葬者乘生气也。五气行乎地中，发而生乎万物。人受体于父母，本骸得气遗体受荫。经曰：气感而应鬼福及人。’”姓郭的嘴里念念有词，听得顾宝坤晕头晕脑，不知所云。但是，他也知道，一定是好话。听上去，非常有学问。

“你看这块地方，”姓郭的直立着，指着一块起伏的地势，说，“宛委自复，回环重复。若踞而候也。若揽而有也。欲进而却，欲止而深。来积止聚，冲阳和阴。土高水深，郁草茂林。贵若千乘，富如万金。经曰：形止气蓄，化生万物，为上地也。”

顾宝坤只听懂了一句，“为上地也，”满心的欢喜，赶紧递上一支烟，点上。

“郭大师”深吸了一口，然后徐徐吐出，沉默了一下，缓缓地说：“这块宝地安葬老太太，保证子孙发达。”

“噢。”顾宝坤满心欢喜。

姓郭的四下里看了看，又现出一副神秘的样子，小声说：“只是有一桩不好。”

顾宝坤忙问，“什么不好？”

“这块地，对老三，老四都不好。老太太有几个子女？”

“五个。三男一女。按年龄排，老四是女的。”

“噢，那就不要紧。而且，我告诉你，这块地，对老二特别好。你是老几？”

顾宝坤说：“我老二！”

“郭大师”就笑了，说：“好啊！我告诉你，这块地方，对你这一脉，特别好。对老三老四那两脉，也没有大伤，只是子孙不旺，财运不旺。但对你，老太太的这块地方，好，以后包你顾老板生意兴隆，财源滚滚，特别对你的子孙，好，以后，生男，是龙，生女，是凤。真的。”

顾宝坤虽然不敢相信他的话，但仍然是满心的欢喜。

人对好话总是相信的，而且充满了一种期待。

泰太爷、顾宝乾还有家里的其他人，看到那块地方，都感到满意。顾宝坤独资请人，把墓基，做得非常的漂亮，高大、气派、豪华。依山而立，面南背北，两边是茂密的树林，脚下是一条浅浅的小河。整个墓基，有两米多高，完全是大理石砌成的。远远的，就能看到。

顾宝地和白爱萍看了，也夸赞不已。

甚至，顾宝坤把钱副镇长都领来了，看了一番。钱副镇长也很满意。的确是一块好地方。风水宝地。相信这块墓地，对顾家的后人有好处。农村人，讲究风水。至少，在心理上，是种满足。

现在，钱副镇长觉得，顾家的事，他以后就要多加关心了，既然他们已经基本同意结成儿女亲家了。顾宝坤发达，自己脸上也有光。他在这个问题上看得很清楚，——和顾宝坤结亲家，很不错的。当今社会，讲的就是钱和权。权，他是有了。同时，他还有一个更有权力的亲家，组织部副部长（虽然只是一个副的，但据形势发展来看，在最近两三年内，很可能就可以升到正的）。他需要的就是另一个有钱的亲家。而顾宝坤，显然是个再为合适不过的人选。

“明天我让小涛也来。”钱副镇长那天突然对顾宝坤说，“送老太太一程。你说行吗？”

顾宝坤一愣，随即说，“好，好，好。”

9

男人们可以尽情地喝酒。

可以喝得满脸通红，大醉而归。

由于前来吊唁送礼的人太多，只能分批进行。就这样，每天都是二十多桌，厨房里的人忙得不可开交。就是张巧梅，也是真的忙。忙得满头大汗，有时衬衫都湿了，粘在身上。大厨师浦麻子对她非常的满意，如果不是有她相帮，光他和两个徒弟，还真应付不来每天这几十桌酒席。虽说菜肉都是现成的（每天一大早就从顾宝坤那个厂里的食堂那边运过来），但蒸、炖、炒、煎，都很费功夫。

但是，她越是这样卖力，周兰芝看得就越不舒服。

过去不管男人怎么样，她眼不见为净。这回，他居然让她到家里来，这不能不说是明目张胆，根本没把她放在眼里。如果他爱那个女人，那她周兰芝算什么人？是他家的保姆？还是帮佣？或者只是一头母猪，只是给他产子？

周兰芝越想越悲哀。

好几次，她一个人来到老屋，在老太太身边哭得很伤心。老太太当然毫无知觉。一个死人，是不知道她哭的。就算是知道她哭，要是知道她哭的原委，也就不值得感动了。最多，也只是同情她，安慰她两句。

张巧梅当然不会注意周兰芝的反应。虽然从法律上来说，她是属于另一个男人的，可是她的心，却是归顾宝坤的。她是周宝坤的女人，从肉体，到灵魂。她爱这个男人。既然爱他，她觉得自己在

这个时候，就要好好表现。对于别人怎么看她，她不在乎。

爱情，她想到了这个词。她想，她可能比周兰芝更爱这个男人。是的。她爱这个男人，稳重、老道、能干，非同寻常。他比她大快二十岁了。他的年纪看上去像她的父亲。可是，她就是爱他。

她很清楚地记得，几年前，她在镇上的一个棉花加工厂里当临工。一个晚上回家，偏偏在半路上就遇上了他。他当时骑着一辆摩托车。他提出带她一段。当时天色已经很晚了，于是就同意了。谁想，车到半路，突然就坏了。他怎么修也修不好，只能推着走。她心里还挺内疚的，心想：要是他不带她，也许就不会坏。

他安慰她，一点也不怪她。

她就陪着他推着车一起走。

那是一个秋天的晚上，路边长的都是玉米。走到三墩村那片地里时，他突然说："你可以到我的厂里去做事。"她的脸就红了。她明白他说话的意思。他看她不吭声，就抱住了她，然后把她往地里拖。她是想挣扎的，也挣扎了，可是他的力气很大。他把她摁在地上，然后就剥她的衣服。她真的没有想到他会那样。他是个四乡八村有名的企业家，怎么会看上她?

"和我日吧，我会好好待你的。我喜欢你。"他说。

她突然之间就软了。因为，她在他的脸上看到了那种男人的霸道，还有老男人的那种宽厚。原来，她觉得他那样的男人，形象是很高大的正经的。忽然之间，她就看到了他在坚硬凶狠的另一面，有着一种软弱。为了想"日"她，他变得软弱，低声下气地求她。她突然间就变得想让他弄了。他说的那个"日"字，让她心里"怦"地响了一下子。后来她就不动了，让他弄，容易地得到了她。

弄过之后他并没有马上走。他帮她整理衣服，掸净衣服上的草

屑和泥土。他说他喜欢她，喜欢她眼睛，喜欢她的笑，喜欢她的屁股，还喜欢她的奶子。她当时暗想：其实他的侄媳妇刘菊花，屁股和奶子比她更大。

事情过后，张巧梅并没有主动找顾家坤。有时，她在晚上会不自觉地想到那件事。心情复杂。但她想，她再不会主动和他有什么瓜葛了。她甚至有些后悔，那个晚上自己太顺从了。

半个多月过去了，她以为事情已经过去了。在乡下，像这种偶发性的一次男女奸情，过去也就过去了，外人不知道，就跟没有发生过一样。但她没想到，有一天顾宝坤会主动找上门来。

一切就都变了。

世上没有不透见的墙，很快，就有人知道了他们的关系。

很多人在骂，他们不骂他，单骂她。尤其是女人们，用最难听的话骂她。

她的男人也骂她，甚至动手打过她。但是，张巧梅却是铁定了心和顾宝坤保持着那种关系。

她发现自己爱上了他。越是接触得多，她越是迷他。她觉得他与别的男人不同。她喜欢他，甚至包括他脸上苍老的皱纹。而顾宝坤也认真地喜欢起她来，给她买了许多东西。他要诚心讨她的欢心。

她开始时并没有想到物质上的好处，但女人是虚荣的。

虚荣之下，她也就接受了。

自从进厂后，家里的条件有了很大的改善。

那些妒忌她的人，并不是妒忌她和顾宝坤睡觉，而是妒忌她因为和顾宝坤睡觉而使自己的条件有了改善。

为了家，为了孩子，她有权改善。

她想：她不是婊子。就算是婊子，为了家，为了孩子，她又有什么值得可耻的呢？

她不是婊子，她只是喜欢这个男人。

就算是婊子，她也只是顾宝坤一个人的婊子。

因为在镇上，顾宝坤是个名人，所以，认识她的人也很多。她走到哪，都有人在背后用指头点着她。

最让她感到惊讶的是，那天中午帮忙上菜的时候，钱副镇长居然装作无意的样子，在她的屁股上捏了一下。她当然也装作不知道。想不到钱副镇长表面上那样一个严肃正经的人，居然也做出这种事。可见，男人们在心里，都是花的。

猫，都是要吃腥的。

钱副镇长的儿子那天下午也来了。她开始有些不明白，后来问刘菊花，才知道原来顾宝坤有意把顾嫩嫩嫁给他。顾宝坤和钱副镇长已经谈拢了。这算是典型的门当户对了。让人眼热。

钱小涛长得和他的父亲有几分相像，都是中等的个头，尤其讲话的神态。他长得黑黑的，细细的眼睛，笑起来倒是有一口好看的白牙。他衣着笔挺，骑着一辆崭新的摩托来，大大咧咧的，进来以后毫不谦逊。显然，他是知道他父亲的意思的，也清楚来的目的。可是，他却一眼就看上了张姝。

顾嫩嫩与张姝相比，太本色了。

张姝是能让人眼睛一亮的那种女孩。

但张姝却并不怎么爱搭理他。

过去在镇上，钱小涛也想追过她，但一直没有正面的接触过。她知道他爱赌钱。她可不想嫁一个赌徒。她比他更需要钱，需要钱来日常开销，比如说，买一些时髦衣服和首饰，而不是把钱白白地

浪费在牌桌上。除此之外，她还听说他有病。她想不通，自己未来的公公为什么要把这样一个人给顾嫩嫩。

顾嫩嫩显然对钱小涛并不是很了解。

她就和顾嫩嫩窃窃私语，把她所知道的，告诉她一些。她也知道，自己在说的时候，要尽量婉转。

她想她应该有权知道这些。

顾嫩嫩听了，脸上也显出了不高兴。

谁会高兴呢？

首先是马桂英，那天突然生气了。她突然就发起火来，差点把桌子掀了。很多人当时都面面相觑，不知道是怎么回事，后来才清楚，她的父亲三天里，一次主席都没有坐过。老人家一直是处于下桌。马桂英前两天的脸色一直是阴着的，她在忍着。她其实是一直想发火的，可一直也没有找到合适的借口。那个中午，几个妯娌说起客人送礼金的事情，她突然就爆发了。当时说礼金，并不涉及她的父亲，只是说这几天一共收了多少多少。其实，像郑三娥，更多的注意力是在担心以后几家如何分配这些财物上。马桂英就突然变脸了，说："一个个驴鸡巴日出来的，狗眼看人低。老太太的事情，还分出三六九等。我们没脸，也不要这个脸，以后谁爱怎么日弄就怎么日弄去！"

不仅是她的妯娌，边上的很多人也都吃了一惊。

马桂英可不管别人的吃惊，拉着她的老子就走，要回她的家。多少人也劝不住。最最关键的是，她扬言老太太的葬礼，她不再参加了。

那成什么体统？！

"她这是怎么了？"顾宝地当时正和泰太爷商量着关于他以后

生活上的事情，见了，就赶紧过来问。

“谁知道呢？”周兰芝感到莫名其妙。其实，她是隐约知道一些的，但她不想说破。这种事情，说破了，有什么意思呢？

“这几天她父亲一直是坐在下桌的。”刘菊花说。

顾宝地一愣，感觉这事是有点不妥。

“怎么会这样呢？”白爱萍说，她也有些不解了，毫无疑问，这样的安排是存在问题的。而她自己，已经在主桌上坐过好几次了。显然，家里其他人是尊重她，尊重她是从城里来的。“我们大家都是自己人，其实是不用上桌的。”她说。

顾宝莲想，我们当中的谁上过桌子呀？还不就是你吗？这会了，她倒说这话。

“每天的桌席是谁安排的？”顾宝地问。

“是村主任。”卢振良说。

顾宝乾和郑三娥就朝顾宝地使了一个眼色，不让他再追问下去。村长是顾宝坤请来帮忙的，自然，他也是按照顾宝坤的指示来进行安排的。但是，不管如何，老太太的葬礼她不能不参加。不参加成什么话？而且，按照习俗，老太太去火化，她也是要送行的。一家老小，上到耄耋老人，下至牙牙学语的孩子，只要是血亲，都得送。一个亲人也不能缺！顾宝地的两个孩子也从城里赶来了，特地等着送奶奶火化的。

“我去劝劝她。”白爱萍说。

周兰芝不说话，心想：也就只有她能劝一劝了。

10

马桂英是坚决地不来了。

白爱萍怎么劝都不管用。

马桂英说她是被顾家的人伤透了心，“既然人家不把我当人看，我也不必把他们当人看。”对着白爱萍，她历数顾家老小的一桩桩“罪恶”。她从最早的分家开始，说顾宝天是如何的忠厚，被欺负，一直说到顾宝天去世，而自己又是如何含辛茹苦地，抚养着顾家的骨肉。

整个一部现代社会农村女人的苦难史。

白爱萍无话可说。

的确，她感觉马桂英挺不容易的。

说到伤心处，两个女人，相对着，哭了一会。也许是因为白爱萍陪着流了不少泪，所以，马桂英感觉应该给她一点面子，最后同意由着孩子去。

孩子们代表她。

这也很不错。

一个很体面的解决办法。

白爱萍带着一种成就感刚回到顾宝坤家这边，却又听到一阵吵嚷，原来是刘菊花和家保的女人王小翠打起来了。两个女人先是对骂，然后发展到动手，互相揪着头发，像两头斗红眼的公牛，头顶着头，一定要拼个你死我活。事情的起因非常简单，王小翠的孩子和刘菊花的孩子在场上玩，不知怎么闹起了矛盾。王小翠看到刘菊花的小儿子推了自己的儿子一下，跌倒了，就责怪侄子不该以大欺小。刘菊花的小儿子受了婶婶的责骂后，居然哭了起来。刘菊花听到儿子哭声，看到王小翠正用手指头点在儿子的鼻梁上，责骂呢，就一个箭步就冲了这小妯娌的面前，嘴里不干不净起来，“你这个没有出息的货，一天到晚惹是生非，我说过多少次，叫你不要厌，你耳朵里面塞了驴毛了？小的不懂事，你大的也不懂事？你是吃了屎的吗？”其实王小翠并没有想太多地责怪侄子，但看到儿子摔得那样重，还是忍不住发了脾气。可她在手指点到侄子鼻梁上的时候，已经有些后悔了。偏偏这时候，刘菊花就过来了，而且那话里的意思明显是在勾着她。“大嫂子，你看看这弟兄俩，也不知为了什么事，惹闹起来。”王小翠说，她在心里已经有了退让的意思。可是，刘菊花却还火着呢，说：“小孩子的事情，说不清。可是你也不能太护短了啊。小三子有什么错，你告诉我，我自然会责罚他，你也不能娘俩一起欺负他。”在刘菊花的心里，一直是对这个王小翠不满的。她感觉王小翠和二叔叔家是联系得比较近的，男人在他家的厂里打工，挣了一些钱，日子自然过得比自己家好。因为过得比自己家好，所以，她可能在心里是瞧不起自己的。是的，她平时和家功的女人杨四，都是挤兑她的。

事情有时候奇怪得很，众人的劝架，反倒成了浇往烈焰上的汽油。她们在周围人的劝慰中，反倒越争越凶，最后竟动起手里。刘菊花五大三粗，看上去很有力道，而王小翠正好相反，是个小个子，一头的黄毛，看上去不堪一击。然而，这两个真的顶了起来，居然一时不分胜负。毫无疑问，两个人都使出了最大的力气。两人一边顶，一边骂。什么话最难听，什么话最伤人，她们就骂什么话。有几个女人上前拉，可是立马被她们冲得东倒西歪。她们的力

气太大了。女人们根本分不开她们。奇怪的是那天家成和家保两人都不在。于是，其他男人因为辈分不同，就不好拉架。顾宝地从里屋听到吵骂声，出来了，喝令她们松开对方，可是谁也不肯先放手。他这个从城里来的叔叔，在这个问题上，没有了威信和震慑力。

郑三娥在一边气得发抖，她本来最近心脏就不好，现在看到自己的两个儿媳打成这样，气得自己像筛糠的一样。她因为生气，竟然就哭出声来，“现尽了人眼啊，不知我八辈子作了什么孽，要出这样大的丑。丢人啦，丢人啦！”

白爱萍推着顾嫩嫩，说：“你去把她们分开！这成什么样子？这在村里让外人笑话死了。”

顾嫩嫩不顾了一切，使劲地拽着那两个人。她们趔趄着，在耗着最后的力气，却又仍然不放开。

张巧梅正好从厨房出来，看到顾嫩嫩拉得东倒西歪的，就上前来帮忙。其实那两人要是她不拉，也正准备罢手了。她一拉，刘菊花就先松开了手。就在刘菊花松手的刹那，王小翠扬手就冲着刘菊花打了一耳光。王小菊所以来这样一下突然袭击，是因为她感觉在前面吃了些亏，——刘菊花薅下她一把黄毛，生疼得很，而她击打对方的乳房，却像打在海绵上，根本不起作用。

刘菊花哪里受得了这样的侮辱，立马怒吼一声，更为疯狂地扑向王小翠。而张巧梅拉着刘菊花衣服的手还没有来得及松开，被她一扯，两人都趔趄了一下。刘菊花红了眼，已经完全没了理智，回手就冲着张巧梅打了一拳，“你是什么人？有你这样拉偏架的吗？眼睛长到屁眼上去了吗？人也欺负人，鬼也欺负人！骚货，要浪浪到家里去，不要到这里来现形！”

张巧梅松开手，脸上红一阵白一阵。她没有想到自己好心，竟然惹出这样的不是。自己偷人，无人不知。可是，谁也没有在这样的场合辱骂过她。按说刘菊花也偷人，可是，自己却不能回骂。

周兰芝本来还在为两个侄媳妇打架而感到难堪，突然听到刘菊花骂詈起张巧梅来，不由精神一振。多么好！她忍隐了多少年，往往只能在心里骂，从来也不敢在场面上骂。一来没有机会，二来自己的男人也不允许。现在看到张巧梅这羞愧得无地自容的样子，真是特别的解气。痛快，痛快，真痛快！

足足有两分钟时间那样长，张巧梅一抽身，回了厨房。就在人们还在期待她下一步的行动时，果然看到她提着自己的包，低着头，迅速地离开。没有一个人去拦她。没有人敢拦她。太伤人了，不可能拦住她的。

也就是在她刚走不久，人们开始认为刘菊花不对了。人家好心拦架，你无论如何是不能那样伤人的。

“菊花你这样不对。‘打人不打脸，伤树别揭皮。’人家好好地来帮忙，你这样算是什么？”白爱萍批评着刘菊花。

“我伤她？人伤我，怎么就没人讲公道话了？”刘菊花显然不满意她这个城里婶婶把胳膊肘往外拐。她想好了，谁欺负她也不行，不管是外人，是妯娌，还是婆婆，抑或是城里的婶娘，甚至是天王老子。她不管！她刘菊花五大三粗，斗大字认不得两个，但是，她骨头硬，不服软，就是不肯让人欺负。

但是，她没有想到，在这个晚上，真的就被人狠狠地欺负了一下。

11

顾家的场院上灯火通明。

吹鼓手们的唢呐还在吹着。

白天要吹，晚上也要吹。晚上是在晚饭后，七点到九点这个时间。中间可以休息，半个小时的间隙。九点以后，才能休息。吹的还是老调调，稍有不同的是，中间吹过一个《我们的事业比蜜甜》。当然，事实上谁也不会在乎吹什么曲调。

顾宝坤是七点多钟才从外面回来的。他白天里到县里去，是厂里的一件事情非得要他处理。一处理完了就匆匆往回赶。下午五点多钟，他回到镇上。突然，他就看到了张巧梅。他正疑惑呢，张巧梅也看见了他，却低着头，并不理睬。

事情自然很快就明白了。

顾宝坤是火冒三丈。

没有人知道这个下午在镇上，顾宝坤和张巧梅发生了什么。甚至，根本就没有人知道他和张巧梅碰到了一起。张巧梅是早早就离开了顾家的，她越想越气，气得不能平静。任何人都可以骂她，唯独这个刘菊花，凭什么骂她？她是想帮她们分开，没有想到自己倒平白受了这一番辱。

当时，要是地上有缝，她倒真恨不得一头扎进去。

在厂办公室里，张巧梅是哭得一塌糊涂，顾宝地怎么劝都劝不住。她甚至说，她想和他断了。

顾宝坤铁青着脸，是怒气冲冲回到家里的。很多人和他打招呼，他却像是没有听见一样。他看到顾小青，问："你大嫂呢？"顾小青平日是很害怕这个叔叔的，看他脸色又不对，不敢作答，可是，显然顾宝坤已经听到楼上另一间屋子的声音，他就大步径直上了楼。

刘菊花当时正在楼上的一个房间里帮助周兰芝和顾宝莲叠衣服。大大小小几十口人的衣服，堆了一床。下午的时候，白爱萍狠狠地骂了王小翠一顿，认为如果不是她突然起手打那一下子，也许后来也就不会发生刘菊花辱骂张巧梅那件事。王小翠一声不吭。她个子小，心眼也小。等白爱萍责骂完了，她转身就走了。回家了。一直到晚饭时，也没出现。

尽管已经有人出面认为责任不在刘菊花单一方了，可是刘菊花心里的怒气却仍然不能消除。她觉得，在她们三妯娌中，自己作为老大，是最得不到公婆的关爱的，——尽管他们生活在一起。她已经想好了，等老太太葬礼这件事情过去以后，一定要想办法收拾收拾王小翠。王小翠家正在盖房子，才开始打地基，她要在一个漆黑的晚上，预备下一条有自己秽物的月经带，埋到刚灌下的泥浆里，让她倒八辈子霉。

她坚信这种巫术是非常灵验管用的。

叔公顾宝坤一脚迈进来时，刘菊花就感到大事不好，直觉告诉她，他一定是冲着她来的。但是，她还没有想到他会那样直接。他一步就到了她的跟前，然后猛烈地挥起了他的右臂。一记耳光，就像炸鞭一样，在她的左脸颊上响起，她迅速感到一阵麻辣。

"你他妈的泼妇！泼妇！"顾宝坤大吼着，声音像炸雷，"你一个剃头人家的女儿，小户家子，还想在姓顾的头上拉屎撒尿。我一直忍着，早看你不顺眼了，骂公婆，欺叔婶，好吃懒做，他妈的还偷人养汉。”

刘菊花也像张巧梅那样，当时愣了足足有一分钟，然后眼泪才一下子夺眶而出。她并不是哭，而是一种悲愤。她的脸一下子红得厉害，眼里还喷出火来。那边，顾宝坤早被周兰芝、顾宝莲和白爱萍等一干妇女拉住，可他却一边破口大骂，一边还想挣扎着上前，要打刘菊花。

“你干什么？还嫌丢人不够啊？”周兰芝死死地抱住顾宝坤，大声哭起来。

刘菊花在短时间内，回过神来，要反击。她铆足了力气，披头散发要过来撞顾宝坤，她要和他拼出个死活，却被人挡着。“行了，行了，不要闹了。”周围全是这样的声音，而且声音很大，仿佛错误在她似的。那时候，她才感到自己是多么的无奈，居然没有人主持公道。她对着这个平日里有权有势叔公的脸，用力啐了一口唾沫，嘴里骂着，“日你妈个鸟叔公，操你祖宗八辈子！你凭什么打我？你人模狗样的，仗着有钱，包养女人，你还替她出气，算什么东西？”

“刘菊花，你翻天了！你给我滚，滚！滚！”顾宝坤怒不可遏，他何曾受过这样的辱骂？这些年来，他顾宝坤无论是在家里，还是在厂里，从来就是要风是风，要雨有雨，没有人敢违他的意，更别说辱骂了。

“你们放开手！你们放开手！”他像是使出了全身的力气，怒吼着，那声音像要把屋顶都掀翻了，威胁着那几个在他身边左右挟持着他的女人。他头上、臂上的青筋全暴了出来，像一条条黑色的蚯蚓在蠕动。也许那声音真的是太吓人了，吓得那几个女人稍一松劲（并没有放开），他就一头朝刘菊花扑了过去，就像一头饿极了的狮子，扑向一头无力的惊恐的小羊。

男人和女人到底是不一样的。

刘菊花和王小翠两人打，还看不出胜负。可是，顾宝坤和刘菊花，立马就看出了胜负，而且是压倒性的。他一把就薅住了她的头发，把她摁倒在地上，拳点像雨点一样落下去……

最急的就是周兰芝了，她想不到自己的男人会这样。她使劲地拉着，拼了命一样。顾小军、顾嫩嫩也都来拉。最后，顾宝乾、顾宝地，还有家成、家功、家保他们几个兄弟都来了，顾宝坤才放了手。

场面不堪收拾。

12

三辆卡车，送老太太。前两辆都是装人，后一辆装着若干的花圈、挽幛和一班吹鼓手，一路上浩浩荡荡。

顾宝坤、顾宝地、白爱萍和泰太爷几个是坐着小轿车。

马桂英真的没来。

刘菊花也没来。

没有来的还有顾家成和周兰芝，他们一起在家里，陪着刘菊花。

过去凶悍惯了的刘菊花，第一次受到这样的打击，感觉她没有办法再活下去了。那个晚上，她真的想和顾宝坤拼了，哪怕拼死，也值。可是，自己的公公婆婆都息事宁人，阻止她进一步行动，泰太爷也赶来了，甚至给她下了一跪。最可恨的，是自己的男人，死活拖她回家。他顾家成要是个顶天立地的男人，就应该坚决地和她

站在一边，向她的叔公讨个说法。可是，他只知道劝慰她。她当时甚至想：如果他挺身而出，讨要她的公道，她以后就和那个张三断绝往来。可是，他没有。

丑大了！王小翠她们几个肯定在心里乐死了。活丑，她在心里一直想着这个问题。她平白地受了这样一顿痛打，总要有个解决的办法。她不可能好好地就咽下这口气去。可是，她想来想去，似乎只有两个方案可行：一、到镇上、县里去告他；二、自己一死了之，自尽。以自尽来表明自己是不肯屈服的。前一种，她翻来覆去考虑过了，要想告他，是告不赢的。他在镇上、县里都有熟人。而且，现在他还和钱副镇长攀了亲家。那么，好像只有自己一死了之了。

她要用死来抗争。

她要用死，告诉顾宝坤，她不是好欺负的。

这个晚上，她一直没有睡。翻来覆去睡不着。

凌晨四点多钟，她一个人悄悄地起来，来到自家的院子里，在一个土窖里，挖起了一瓶农药。她坐在鸡棚边的地上，听着鸡棚里鸡们的骚动声，闻着那种骚烘烘的气味，心想：天亮以后，这所有的一切都与她无关啦！她也想到了孩子。孩子们会好的，她想。他们有父亲，还有爷爷奶奶。

东方的天空还是灰黑的，但她感觉已经有些发亮了。她举着瓶子，“咕嘟嘟”地喝了下去。那味道有些怪，有些呛。但她感觉并不很难喝，至少不比白酒更难喝。很快，她就喝完了，因为瓶子里原来也就一半而已。

刘菊花衣着单薄，坐在晨风里，有些冷。她眼前的村子是黑黢黢的，而顾宝坤家的楼房是高大的，独立的，威严的，矗立在还有些冷的晨风里。在第二遍鸡叫中，她看到原来灰黑的天空透出了一片红色。那片红色在慢慢地扩大，就像一片红墨汁在水里洇开来。而且，它越来越红，越来越亮。就在那片红色中有了一点金色亮斑时，她感觉体内烧得厉害，五脏六腑，都像被烧起来了。慢慢地，她就躺在了地上……

顾宝乾是听到牛叫声起来的。

那是一头奶牛，其实是家功家养的，最近生病了，拴在他家屋后，让他照看的。老太太一出事，他根本就没顾上。听到牛叫，他不放心了。披衣起床，刚打开门，就看到场院上躺着的刘菊花。

顾宝乾大声地叫着老太婆，叫着家成。郑三娥倒是最先冲出来的，看到刘菊花躺在地上，嘴里吐着白沫，吓傻了，不停地抖。“快叫人！快叫人！叫家功把拖拉机开来，赶紧送医院！”

很快，顾宝坤家这边的人也都知道了。

周兰芝脸色惨白，头发没梳，脸也没洗，衣服的扣子都扣错了，脚上的鞋子也穿反了。她吓坏了。出大事了，人命关天的大事。如果刘菊花要是有个三长两短，那么，自己家也完了。她相信要是出了人命这样的大事情，自己的男人顾宝坤也是顶不住的。

太阳一竿高了，镇上医院那边也没有进一步的消息传过来。顾宝坤在家里一直不说话。所有的人其实都揪着心。本来，老太太去世，就是一起非常事件。现在，居然又突然发生了这样一件事，不能不说是一件大事。而且，这事件，比老太太去世，更为轰动。一旦她要真的死了，那么，后面一定会有很多负效应，就像电视里放的多米诺骨牌，倒了一张，后面所有牌都会应声倒下……

泰太爷也担心。

一直到了八点多，有消息过来了，说刘菊花已经脱离了危险。

这边鞭炮齐鸣，吹鼓手们的唢呐也高昂地响了起来，汽车发动了，老太太上了火化之路……

妇女们穿着白色的孝服在痛哭。过了这一天，老太太的身体就不复存在了。存在的，只是一把深灰色的骨灰。

活着的人，只有在看到亲人死亡的时候，才会深切地感受到生命的虚妄，才会在自己的心里追问生命的意义。甚至，他们看到了自己的末路。

不寒而栗。

外面的阳光好极了。视线中的田野，远远近近，一片葱绿，生机盎然。

但顾宝坤心里是灰的。

他一颗心还是悬着的。

13

在镇上的医院里，刘菊花被救醒过来，已经是九点多钟了。

周兰芝看到她醒了，“嗵”的一声就跪下了。

“二婶婶你这是做啥？”刘菊花有气无力地说。

周兰芝不抬头，哭着，央求说：“你答应我一件事。我求你！你要答应我，我就起来。”

刘菊花不吭声。

“对不起你，大侄媳妇，你就原谅这一次吧。”周兰芝哭得快泣不成声了。

一边的顾家成有些羞愧，他用力拉着周兰芝，说：“二婶婶你不要这样。”

周兰芝不肯起身，怎么拉都不起，只是一味地低着头，痛哭着……

14

下晌的时候，顾家大大小小几十口人，从县上回来了。

一路上，依然是吹吹打打，热热闹闹。

车子到了村口，所有的人都下了车，顾宝乾、顾宝坤、顾宝地走在前面，后面跟着孙子、孙女、重孙、重孙女，再后面则是媳妇和孙媳妇们。老太太已经不见了，她已经变成了一撮灰，无声地盛在骨灰盒里。

顾宝乾小心地捧着，低着头。

“还是把它送到我的小屋里去吧。”泰太爷颤抖着说。

他想让老伴的灰再伴他一个晚上。第二天，也就是明天，她（虽然已经是灰了）就要到西山去了，永远地和他分开了。当然，直到他死。但，就算到那个时候，两人也还是没有什么关系。只是两个“它”，两只骨灰盒，毫不相干地分躺在各自的墓坑里。

送完了老太太，一大家子几十口人仍然回到顾宝坤这边来。

顾宝坤家这边依然是忙碌的。

晚上还要有十多桌酒席要办。

周兰芝已经回来了，她木木地坐在正屋里，一副很疲惫的样子。看到了顾宝坤，她没说话。他也没有和她说。他知道她心里在怪他。怪吧，他才不在乎呢。他不想对她做任何的解释。他知道，刘菊花也已经回来了。在老太太火化的时候，他一个人去了一片小树林里，打了电话。他在电话里了解过了刘菊花在医院里的情况，没有危险。

尤其让顾宝坤高兴的是，张巧梅又回来了。

这真是太出他意料之外了。

张巧梅换了一身新衣服，在厨房里忙来忙去的。看来，她已经尽释前嫌了。看上去，她比前几天更漂亮了。她脸上白了，屁股也更性感了。

“你来啦？”他说。看着没人注意，他瞅准机会，在她的屁股上捏了一下。

她没说话，只是飞了他一眼。

那轻轻地一飞，有说不尽的妩媚。

就在他心旌摇荡的时候，顾小军喊他，告诉他，说今天晚镇上的书记镇长们都要来，尤其是一把手王书记，从市里开会回来了，顾不上休息，特地赶来参加晚上的酒宴。他知道，王书记是钱副镇长出面请的，说是以示对他这个民营企业家的尊重。

顾宝坤心里是高兴的。

这个晚上，在顾家坤家的大院上，灯火通明，热闹非凡。

因为是最后一场了，所以，这个晚上，吹鼓手们愈发卖力地吹着。在这样的一个晚上，月明星稀，声音传得特别的远。他们把几天来吹着的曲调，又一次地重复，努力做到不走调。吹完了这一场，他们就要揣着各自的红包，连夜离开，回家。

他们都想家了。

顾宝坤很高兴。一件大事，他操办下来了。当中，有一些波折，有一些不快，但是，他都抵挡过去了。现在看起来，还是比较圆满的。不管怎么说，至少他办得很是风光，排场很大。

这个晚上，和前几日不同的是，宴请的清一色是干部，镇上的，周围村里的。顾宝坤代表全家，向这些镇、村干部敬酒。而那些镇、村干部也都一一回敬，并且还向从城里来的顾宝地敬酒。

酒酣人畅。

钱副镇长酒喝了不少，满脸通红，喝到高兴处，得意地说，自己和顾宝坤做了儿女亲家。王书记听到，一愣，但随即就站起来，端着酒杯，表示祝贺。

“好，好，那我先敬一下，然后就等着再喝你们的亲家喜酒。”王书记亲切地说。

“好好好，就冲你王书记的话，就这样定了。到时一定请你。”钱副镇长说。

“是是是，”顾宝坤也连声应着。

“早点啊，我们也等着呢。我们也要喝啊。”别的干部们，也纷纷端起酒杯，嘴里乱哄哄地嚷着，表示祝贺。

顾宝坤和钱副镇长互相搂着肩膀，站在一起，就像一对亲热的兄弟。不，比兄弟更要亲热，连声说：“好！好！好！”

很多人都在这个晚上喝多了，醉了。

顾宝坤当然是醉了。

一直到晚上十点，那些客人才慢慢散尽。

15

夜空，月亮高挂着，特别的皎洁。

受雇于顾家的吹鼓手都散了，每人都得着了一个不薄的红包。大家心里都很高兴。年轻的吹鼓手邹吉祥，自然也得到了属于他的那份。但他没有打开看。就在他随着大伙准备一起回家的时候，他感觉有人轻轻地拉他的衣襟。他一回头，看到是顾嫩嫩。

顾嫩嫩的眼睛还有些红。在众多的孙女中，她是哭得最伤心的一个。也许是因为她岁数大一些。同时，她也不像别人那样，经历过什么沧桑。

“你慢点走，走到前面小河边的桥上等我，我有话对你说。”她小声说。

他应了。

夜深了，特别的静。

顾家没有任何人发现顾嫩嫩不在家。

当顾嫩嫩和邹吉祥走到一起时，却并没有什么话说。

“你爸给你说下了对象？”半晌，邹吉祥说。

顾嫩嫩不吭声。

“挺好的。”他想了想，说。

“我才不愿意呢。”她说。

月光下，村子里静极了。远处的田野黑黑的。开始下雾了，像一层白纱，轻轻地飘着。两个人若即若离，离开了小桥，沿着河边走着。

“如果我跟你走，你敢不敢带我走？”顾嫩嫩突然这样问年轻的吹鼓手。

他一下子懵了。

16

第二天，老太太就要正式下葬了。

忙到这一天，葬礼才算是正式开始。

但葬礼的正式开始，却也正是葬礼的正式结束。

17

顾家的人忙坏了。

他们现在都在等，等天亮以后就正式出殡。

一班道士们五点多钟就来了。当时天色还暗，东天刚刚才泛白。道士们穿着一身宽大的玄衣，头戴玄服，手里拿着铜钹，急急地走着，就像一群吸血的蝙蝠在幽明的夜空飞过。

他们是连夜被顾家派人请来的。

顾宝坤家里的人一夜也没睡。

就在送走了所有的宾客后，周兰芝突然发了病，又哭又笑，然后一头就跌倒在地，双目紧闭，人事不省。白爱萍当时正好在她身旁，一把就薅住了她的头发，往上提。“她晕过去啦，快拿点冰水来。”她喊。听到她的喊声，另外几个妇女立即乱成一团。好久，才拿来一袋冰块，敷在她的脑门了。好半天，她的一口气才上来，但立马又开始胡言乱语了。

“她这是怎么了？”妇女们没有见过这样的病症。

“是癔症吧？”顾宝地想了想，猜测说。

顾宝坤也感到奇怪。

“她原来有过吗？”顾宝地问。

“从来也没有过，她一直很好的。”顾宝坤说。

“她是受着了什么刺激。”顾宝地说。

顾宝坤就不吭声。

众人把周兰芝抬到了床上，服侍她躺下，听她嘴里的胡言乱

语，让人感到害怕。她说的都是一些很邪恶的语言，说的都是一些已经故去的人和事。她的喉咙里能发出不同的声音，有男声，也有女声。有粗哑的，也有尖细的，有成年的，也有如稚童的。稀奇古怪。

泰太爷也来了，看了这种状况，叹着气。半晌，说："说不定是中邪了。"

顾宝莲说："找个半仙驱驱邪吧。"

当时顾宝坤厂里的那个负责日常事务的老李也在，说："红庙沟有一班道士，人家说很好的。他们的道长和我很熟。有时他们也给人家出殡做道场的。"

顾宝坤想了一下，倒是挺好的。

一举两得。

"那你辛苦一下，去请来。连夜去请他们。"顾宝坤说。

老李得令，急急地就走了。

道士们来的时候，周兰芝才睡着了一小会。一家人都精疲力竭。顾嫩嫩是一点多钟才从外面回来。没有人注意到她有什么异样。回来后，她就一直守在她妈妈的身边。直到天亮，她也没合一下眼。顾宝坤当然也没睡。他接待了那些道士，然后看他们贴黄表纸，在家前屋后洒水，嘴里念念有词，作法。

天，终于亮了。

大家都松了一口气。

全家人都准备好了。

郑三娥没来，刘菊花也没来。周兰芝也还睡着。其他的人，男女老幼，全聚齐了。道士们在泰太爷的老屋前后，洒着水，敲着小铜钹，嘴里咿咿呀呀地唱着。他们身上的黑衣和头戴的方帽，看上

去显得特别的严肃。毫无例外的，他们一个个都很瘦，好像不食人间烟火。他们的每一个动作，都显得非常的认真。虽然法事很繁，但他们决不漏过任何一个最微小的细节。

法事冗长。

道士们不紧不慢，一板一眼。

非常职业化。

太阳已经升有一竿高了。

村里的人也都来了，围着，看着道士们做着法事。一切看上去，都是那样的莫名其妙。没有人能看懂他们做的是什么意思。只能含糊地理解，那是在祛除妖魔。对村里人来说，道士们做法事，是非常新鲜的。在此之前，他们也只是听说邻村有人家做过。但在本村，的确还是第一次。

“起！”随着道长一声吆喝，鞭炮齐鸣，炸得人耳膜都痛。几里地外，都能听到这一片密集的炸响。人群中，弥漫升腾起了浓浓的白烟，并向上空飘去。火药味呛人。人群蠕动了。几个孝子，手捧着老太太的骨灰盒，走在了前面。媳妇们跟在后面，扬起了哭声。哭声一片。孙子孙女辈的，跟在后面。最后面的，则是村里看热闹的人。

周兰芝居然也又来了，她被顾嫩嫩搀着。她脸上除了哀伤，没有别的特别表情。她混在众多的妇女当中，眼神空洞。

村里人当然不知道昨天晚上她所经历的一切。

她自己也不知道。

她现在只有悲伤。在她的眼里，除了走着人，还是走着的人。

耳朵里听到的哭声，让她感觉非常的遥远。

这是一个非常隆重而浩大的葬礼队伍。

一路蜿蜒着，向西山前进。

不知过了多久，前面的人停住了。人们来到了小西山，来到了老太太的墓前。

满眼里全是绿色。

山上全是树。

亲人们全站到了前面第一排，半圆形。道士们在墓坑里烧着黄表纸，画符，洒水。对天，对地，指指戳戳。在道长的示意下，泰太爷从长子顾宝乾的手里，接过了老太太的骨灰盒，吃力地弯下腰，缓缓地放到墓坑里……

鞭炮再次响起来。

白烟弥漫……

站在墓前，泰太爷抹着泪。

顾宝坤也擦了一下眼睛。他知道，事情是暂告一段落了，但后面还有许多事情要处理。这个世上，家里家外，总有许多事情等着他去处理。他的直觉告诉他，周兰芝并没有好。她的病还会再犯。但这事他能处理。他相信自己的能力。他并不知道，女儿顾嫩嫩会在以后给他添麻烦，而且是很大的麻烦。

他只看到了眼前。

眼前的骨灰盒一点点地被土掩埋。

黄褐色的泥土是潮湿的，砸洒在骨灰盒上发出空空的声音。还有一些绿色的植物和野草，也被一同掩埋。谁都知道，一个生命就这样永远地离开了人世。虚无地来，又虚无地去。最后，也许连骨灰也不再有，彻底地会变成泥土。

人，就是从泥土中来的。

18

天气真的越来越热了。

除了小西山这边参加葬礼的人群外，外面的世界，一切都非常正常。大片农田里的麦子，已经泛黄了。

布谷鸟飞来了，“快割啦——快割啦——快割啦——”

泰太爷的小院里静静的。

那几只鸡又追逐起来，不知道为了什么。